U0107708

比较

COMPARATIVE STUDIES

38

吴敬琏 主编

中信出版社

CHINA CITIC PRESS

图书在版编目（CIP）数据

比较 . 第 38 辑 / 吴敬琏主编 . —北京：中信出版社，2008. 9

ISBN 978-7-5086-1297-3

Ⅰ . 比… Ⅱ . 吴… Ⅲ . 比较经济学 Ⅳ .F064.2

中国版本图书馆 CIP 数据核字（2008）第 138031 号

比较 · 第三十八辑

主　　编：吴敬琏

策 划 者：《比较》编辑室

出 版 者：中信出版股份有限公司（北京市朝阳区和平里十三区 35 号楼煤炭大厦　邮编　100013）

经 销 者：中信联合发行有限责任公司

承 印 者：**中国农业出版社印刷厂**

开　　本：787mm×1029mm1/6　　　印　张：11.25　　字　数：200 千字

版　　次：2008 年 9 月第 1 版　　　印　次：2008 年 9 月第 1 次印刷

书　　号：ISBN 978-7-5086-1297-3/F · 1438

定　　价：20.00 元

卷首语

从 1978 年至今，中国的改革开放已经走过 30 个年头。改革开放所要达到的目标，按照中共十七大的概括乃是"从高度集中的计划经济体制到充满活力的社会主义市场经济体制、从封闭半封闭到全方位开放的伟大历史转折"。现在，这个历史转折还没有完全实现。为了完满地实现这个转折，我们应当认真总结 30 年的经验教训，让历史照亮我们未来的道路。在这个纪念改革开放 30 周年的日子里，主编吴敬琏如是说。本辑《比较》收录了三篇回顾、总结和比较的文章，正是为了以历史展望未来。

曾任世界银行中国代表处首席代表林重庚以改革亲历者的视角，回顾了中国改革开放过程中，对外思想开放的重要作用，中国领导者和经济学家的勇气与远见，努力而认真地吸收国外的先进理论和经验，根据中国国情将之转化并应用于实践，开启了持续 30 年的增长和发展，成为"现代经济历史上增长和发展的成功典范"。

诺奖得主迈克尔·斯彭斯说自己是"从局外人的视角简要分析从中国的改革历程中学到的经验和教训"，作为领导着一个"增长委员会"的学者，他认为，中国的高速发展和保持了 25 年的增长势头是了不起的成就，"这些总结对于其他发展中国家以及更广泛的增长和发展的研究领域意义重大"。同时，他也指出，中国当前也面临着一系列短期和中长期挑战，如何通过下一步的改革与政策调整应对这些问题，关乎中国经济的未来。

王小鲁的文章对中国和俄罗斯的转轨进行了比较。他认为，中俄转轨之间一个没有得到充分关注和讨论的显著不同就是，俄罗斯选择了一条让少数人受益的转轨路径，而中国则选择了一条更加惠及大众的改革道路。中国过去的改革和发展的成功关键就在于此。但是，由于改革的不彻底，其惠及大众的特征有逐渐向惠及少数人的权贵化模式转换的危险。只有坚定不移地推行政治体制改革才能消除这种风险。

"前沿栏目"是介绍机制设计理论和实验经济学的两篇文章。2007年诺贝尔经济学奖得主埃里克·马斯金在其颁奖大会上所作的演讲《机制设计：如何实现社会目标》。在这篇演讲中，马斯金回顾了机制设计理论的历史，用能源消费中的机制设计为例，深入浅出地介绍了机制设计理论中的基本概念和原理。在此基础上，分析了机制实施所需要的条件及形式。而毕业于亚利桑那大学、主攻实验经济学的上海财经大学经济学试验室主任杜宁华博士，对实验经济学进行了全方位的介绍，例如经济实验试图回答哪些问题，实验应该如何设计、如何运行，经济实验在市场机制设计中有哪些重要的政策性作用等等。

　　近几年，中国对美国的贸易顺差不断扩大，引起美国各界关注，新闻界声称这是中国实行重商主义政策的结果，而学术界认为这是一种政策错误。哥伦比亚大学的阿玛·比亚德教授和诺奖得主菲尔普斯引用80年代以来内生贸易与增长理论的思路，从技术、专有知识和动态比较优势的角度批驳了这些观点。他们认为，中美贸易顺差源于中国的两个落后特点：技术落后使中国有必要积累外汇储备购买美国的先进技术；消费知识的匮乏导致中国对美国产品进口不足。随着技术和专有知识的积累，中国相对于美国的比较优势会发生变化，对美国的出口和贸易顺差也会随之变化。该理论背后的政策含义是，对美国来说，中美贸易顺差并不能用所谓的重商主义政策来解释，也不能据此判断中国现行的汇率制度是保护主义。以此类推，美国的贸易逆差也不一定意味着美国经济出了问题。

　　著名经济学家加里·贝克尔虽然年事已高，但仍笔耕不辍。最近他就北京奥运会中各国的奖牌情况写了一篇博客，题为《决定各国奥运成功的因素》。他说各国获得的奖牌数不仅取决于人口因素、主场效应、人均收入，还取决于一个国家的制度。作为一个一贯的自由主义者，他当然不怎么喜欢"举国体制"，而更欣赏的是美国和英国依靠私人部门，多元化地培养运动员的制度。

　　美联储理事米什金探讨了全球化对货币政策的影响问题。他认为，随着全球产品市场、劳动力市场和金融市场一体化程度的不断加深，经济行为发生了明显的变化，货币政策的目标也更为复杂。但是，近几年来美国和世界其他国家的表现表明，美联储和其他国家的央行依然有能力实行稳定价格和产出的货币政策。

　　越南政府顾问大野健一的文章对今年年初越南爆发的恶性通货膨胀和资

产泡沫进行了分析。他认为，大规模的资本流入超过了越南经济的吸纳能力，在积极的财政政策的推波助澜下，引起越南的经济过热。对于这样的资本流入是否会引起严重的资本账户危机，大野教授认为，只要政策应对得当，合理引导资本流入的规模和性质，就可以避免严重的危机。文章写于年初，虽然形势已与当初写作时有所不同，但正如作者对编者所说的，本文的分析基本上仍然有效。

"法和经济学"栏目介绍了美国反垄断法执行中的几起司法判决，涉及对"捆绑式销售中的价格折扣"是垄断还是竞争的判断标准。作者孙速曾参与数十起反垄断案的经济分析工作，在介绍这些案件的过程中，清晰明了地给出了美国反垄断法的判断标准。中国的反垄断法已经生效，执法机构要借鉴国外的案例，参与国际合作，学习和积累法律分析和经济学分析的经验和方法，同时，法律标准要在抓住主要问题的同时，表述清楚，易于遵循，以减少诉讼结果的不确定性。

中国社科院金融所博士后张晓朴对境外战略投资者进入中国银行业的影响进行了分析，认为中国基本实现了引入境外战略投资者的预期效果，但引进境外战略投资者只是整个银行业改革的一个环节，不能指望境外战略投资者的进入就能完全解决我国原有银行体制的痼疾。国有银行业改革最终能否成功取决于中国能否把外部先进的理念、制度、技术与本土市场、人才、文化有机融合起来，形成真正本土化的银行业发展策略。

目　录
Contents

第三十八辑

中国改革开放过程中的对外思想开放

林重庚

　　今年是中国改革开放 30 周年。我知道有许多人都在进行回忆、思考和总结，并在此基础上写成相关的文章和书籍。当中国 50 人论坛的学术委员会委员刘鹤先生提出，希望我为他们即将出版的《中国经济 50 人看三十年：回顾与分析》一书作序，我欣然同意。我觉得这是我的荣耀，因为这些作者许多都是在过去 30 年中结识的朋友，我们拥有过一段共同的经历，足以让我花费一番工夫，贡献自己的点滴之力。

　　中国 30 年的改革开放可以称之为世界现代史上最伟大的成就之一，也将被看为世界历史的转折点。尽管国内外人士对这段历史都有着广泛而浓厚的兴趣，但对中国改革开放的过程却缺乏详尽的了解。诺贝尔奖得主米尔顿·弗里德曼说过一句话，后来常被引用。他说："能解读中国经济改革的人应该荣获诺贝尔奖。"因此，可以说，由制定过改革方案、参与过改革进程的众多中国经济学家及决策者们，以自己的视角撰文荟集的这本书，在此刻出版，意

　　＊　作者 Edwin R. Lim 在世界银行工作 30 余年，参与了加纳、尼日利亚、印度尼西亚、泰国、越南、印度和中国等国家的业务，其中从事中国业务 10 年（1980~1990），曾任世界银行中国业务首席经济学家（1980 年始），创建世界银行驻中国代表处并任首席代表（1985~1990）。后任世界银行西非局局长、印度局局长。1994~1996 年，领导筹建中外合资的中国国际金融有限公司（CICC），并任首任 CEO。2002 年从世界银行退休后，组建和领导了由中国和世界著名经济学家组成的中国经济研究和咨询项目。本文是作者为中国经济出版社即将出版的《中国经济 50 人看三十年：回顾与分析》一书而作的序。——编者注

义非同寻常。分享这一伟大历程的经验及分析这些宝贵的经验，我以为对经济学界本身，对世界各转型国家的经济决策者，乃至世界上还正在为快速促进本国经济进步而奋斗着的很多国家领导人和经济学家们来说，都受益无穷。

我作为国际组织的一员，并以其有利的身份参与了中国的改革开放过程，特别是参与了这一过程中的前十年，这对我来说是一份难得的殊荣。

我的参与始于1979年7月的一个夏日，尽管到后来我才意识到那一天的重要性。

那一年，我携家人来京旅游，住在北京饭店。那是我第一次带两个孩子回福建老家，很兴奋。当时，外国人来华并非易事，像我们这样的华侨也不例外。当时我在世界银行东亚处工作，南、北越统一后不久，世界银行便开始了越南业务。当时的越南仍很封闭，抵达河内最便利的航线就是经北京转机。当时的中国尚未恢复世界银行席位，与世界银行没有业务关系。我必须以主管越南业务官员的身份，到中国驻华盛顿联络处申请特批过境中国（北京）的签证。1977~1979年间，我本人曾在赴河内途中几次过境北京。

即便这是短暂过境中国的机会，我们这些海外经济工作者也很向往。当时，外面的世界并不了解中国的经济发展状况，我们都极想了解这个国家到底是个什么样。

在中国驻华盛顿联络处曹桂生公使的帮助下，我的家人获准与我同行。我们在北京仅停留3天。第二天，我们意外地接到中国银行的邀请，在前门烤鸭店设宴招待我们。到了烤鸭店，我才知晓，原来，宴请的主人是中国银行研究部主任林基鑫——恢复国际货币基金组织和世界银行席位可行性调研团的团长[①]。在座的调研团其他成员还有：王连生（当时在财政部地方财政司工作，是中国随后派往世界银行的首位执董）；戴乾定（当时在中国银行研究部工作，后任中国银行伦敦分行行长及中国驻国际货币基金组织执董）；张晓康（当时在外交部国际机构司工作，现任中国驻新加坡大使）。作为调研的内容，他们当时已经访问了南斯拉夫和罗马尼亚，了解这两个国家与国际货币基金组织和世界银行打交道的经验。

从席间的讨论中我发现，调研团成员最关心的是如何从世界银行集团的

---

① 中国在1945年即是国际货币基金组织和世界银行的创始成员国。1949年后，席位一直被台湾当局控制，直到1971年中华人民共和国取代台湾当局在联合国的席位。1971~1980年间，国际货币基金组织和世界银行与中国均无业务往来。

"国际开发协会（IDA）"获得软贷款的问题（那时，软贷款是免息的，偿还期为50年），讨论主要集中在申请软贷款的条件上。我告诉他们，任何一个国家申请世界银行贷款，无论是硬贷款（按照市场利率），还是软贷款，关键步骤是世界银行要派员对那个国家进行一次经济考察。申请软贷款的资格取决于经济考察的结果。为此，那天晚上我们主要讨论了准备世界银行经济考察的程序。

1980年初，林基鑫的调研团向中央提交了题为"恢复国际货币基金组织和世界银行合法席位的程序和安排的报告"。报告经国务院批准后，中国银行随即邀请世界银行集团罗伯特·麦克纳马拉行长访华，磋商中华人民共和国恢复在世界银行席位的相关事宜。

麦克纳马拉率领的世界银行代表团于1980年4月抵京。单独会见麦克纳马拉行长时，邓小平强有力地说："中国下决心要实现现代化、发展经济。有世界银行的帮助，中国实现这些目标可能会更快、更有效率些；没有世界银行的帮助，我们照样要做，只是花的时间可能会长些。"[1]在双方的积极配合下，谈判很顺利。一个月后，世界银行董事会批准中华人民共和国恢复世界银行席位。麦克纳马拉行长从中国回去不久，我即被任命为负责中国业务的首席经济学家，分管经济调研及与中国政策对话的工作。1985年，我被派往北京，建立世界银行驻中国代表处并任首席代表。我的这一任命直至1990年[2]。

就在前门烤鸭店那次意想不到的晚宴之后不到一年时间，我便身临其境，不仅可以就势观察中国刚刚开始的改革开放过程，而且从一定程度上亲历其中。根据我当时的工作身份，参与中国改革开放过程的一个主要领域自然是对外经济思想的开放过程。因参与这个过程的许多前辈已故去，反映这方面的文章不像讲述改革过程的文章那么多，我愿借此作序的机会与大家分享我所了解的相关情况。中国从计划经济到市场经济改革目标的演化，有几个阶段，我将分几个主题来讲述：首先是如何引进社会主义国家的改革思想，随

---

[1] 这番话是麦克纳马拉行长后来转述给作者的。晚年间，麦克纳马拉时常提起，通过1980年那次与中国领导人的简短会晤，他坚信，中国不仅仅是把世界银行当做一个资金来源，而是会充分利用它的世界银行席位所带来的所有机会。

[2] 中国业务的第一支团队组建时，伍德（Adrian Wood）任主管经济学家。在我下面回忆的世界银行在华业务活动中，从1981年到1985年的两次经济考察报告，从1982年的"莫干山会议"到1985年的"巴山轮会议"，伍德一直跟我并肩工作。1985年，伍德离开世界银行，回到英国，现在牛津大学任经济学教授。

后是如何引进我称之的主流现代经济学思想。这里只讲述中国领导人及经济工作者如何接触外国经济思想，以及如何与外国经济学家和外国改革实践者们接触，主要谈我亲身经历的事件，不涵盖中国内部发生的意识形态和政治辩论与纷争，那些内容在从计划到市场演变过程中远比这里所谈的内容重要。

认识思想引进的重要性

重要成就通常始于新思想和创新想法。20 世纪 70 年代改革开放启动时，中国正走出几十年游离于世界之外的极度知识封闭境况，尽管许多中国经济学家是那么努力、富有勇气和能力，但没有几个领域像经济学那么严重地与外界隔绝。

中国领导人早就认识到学习外国思想及先进经验的重要性。早在 1956 年，毛泽东在《论十大关系》报告中的"第十大关系"中就指出："一切民族、一切国家的长处都要学，政治、经济、科学、技术、文学、艺术的一切真正好的东西都要学。但是，必须有分析有批判地学，不能盲目地学，不能一切照抄，机械搬用。"然而，事与愿违。在随后的 20 年间，传统的苏维埃中央计划体制原封不动地被照搬到与苏联情况千差万别的中国经济中来。学习西方国家经济思想和经验几乎被看成是一种政治罪过。

中国下定决心启动改革开放最重要的发端之一是，到了 20 世纪 70 年代后期，中国高层领导发现世界他国的经济进步是那么迅猛，相比之下中国是那么落后。仅在 1978 年，前后共 12 位副总理及副委员长以上的中央领导人，先后 20 次访问了 50 多个国家。邓小平先后 4 次出访，到过 8 个国家。"最近我们的同志出去看了一下，越看越感到我们落后。什么叫现代化？五十年代一个样，六十年代不一样了，七十年代就更不一样了。"邓小平说[1]。

20 世纪 70 年代末，邓小平的讲话主题再次重现学习外国经济和技术的必要性。"我们要自力更生、奋发图强来建设自己的国家，同时也要虚心学习外国一切先进的东西，学习和借鉴外国的管理经验和先进技术"；"世界天天发生变化，新的事物不断出现，新的问题不断出现，我们关起门来不行，不动脑筋永远陷于落后不行"[2]。按照邓小平的指示，引进外国思想和学习外国经

---

[1]　引自《南方人物周刊》，《小平在 1978》，2004 年 8 月 17 日。

[2]　引自《南方人物周刊》，《小平在 1978》，2004 年 8 月 17 日。

验，早年在协助中国领导人和经济工作者们确定改革目标和改革步骤中起了至关重要的作用。

引进苏东改革理论和经验

20 世纪 70 年代末，中国领导人和很多经济工作者对于经济改革的必要性和紧迫性已经认识得很清楚，但对于改革目标和步骤却还很陌生。从思想理论到中央计划体制，苏东国家的情况与中国较相近，加上中国的经济工作者们自 20 世纪 50 年代后期就对苏东国家的改革方案有所了解。其实，中国改革的先驱孙冶方和顾准的改革思想与东欧早期的改革思想理论几乎是一致的。所以，开放改革思想从学习苏东的改革理论开始是很自然的。这一举动由中国社科院牵头，特别是经济研究所，所里的很多主要经济理论工作者都曾在苏联留学。

1979 年到 20 世纪 80 年代初，中国与苏东国家经济交流活动频繁，其中包括孙冶方 1978 年访问南斯拉夫和罗马尼亚，刘国光和柳随年 1982 年访问前苏联，廖季立 1983 年访问匈牙利。1979 年，苏东经济学家频繁受邀访华，首位来访者是南斯拉夫经济学家马克西莫维奇（Maksimovich）。其中影响力最大的访问活动莫过于波兰经济学家布鲁斯（Wlodzimierz Brus）和捷克经济学家奥塔·锡克（Ota Sik），他们于 1979 年 12 月及 1981 年 6 月的应邀来华讲学[①]。

布鲁斯是与奥斯卡·兰格（Oskar Lange）及米哈尔·卡莱斯基（Michal Kalecki）齐名国际的波兰经济学家。他对波兰经济改革思想的最大影响是在 20 世纪 50 年代中期，他与兰格和卡莱斯基一起供职于波兰经济委员会，任副主席，为波兰政府经济改革特别是"市场社会主义（market socialism）"提供建议。后来，部分由于波兰政府领导人哥穆尔卡（Wladyslaw Gomulka）对改革失去了兴趣，加上布鲁斯有犹太血统的原因，他丢了官位，在波兰的影响日渐消隐。1972 年，布鲁斯流亡英国，到牛津大学任教。

1979 年，时任社科院经济所副所长的董辅礽赴牛津大学访问时结识了布

---

① 参考柳红：《吴敬琏传》，陕西师范大学出版社，2002 年 1 月；吴敬琏：《当代中国经济改革》，上海远东出版社，2004 年 1 月；赵人伟：《布鲁斯教授谈经济管理体制的改革》（载《经济研究参考资料》总第 259 期）；章玉贵：《比较经济学与中国经济改革》，上海三联书店，2006 年 1 月。

鲁斯，遂邀请布鲁斯年底赴华讲学。布鲁斯在经济研究所的四楼会议室连续讲课两天，会议室里挤满了听众。听众中有来自社科院的学者，也有来自国务院决策部门的官员。讲课报告以简报形式送到中央领导人手中，反响积极。在中国社会科学院院内，布鲁斯得到主管经济学的副院长于光远和主管外事的副院长宦乡的热情接待；在中央，布鲁斯得到薄一波副总理的接见。在当时的政治环境下，由副总理出面接见一位流亡英国坦率直言的波兰人，意义非同寻常。在华讲课期间，布鲁斯由赵人伟全程陪同①。

继布鲁斯成功访华后，刘国光（经济所副所长，后任经济所所长、社科院副院长）遂邀奥塔·锡克于 1981 年 5 月来华讲学。锡克是捷克斯洛伐克著名的改革经济学家和政治人物，主要因"新经济模式"而闻名，该模式被解释为"在苏维埃计划体制框架下减少中央指令，扩大市场经济的作用"，一种被看做是介乎于共产主义和资本主义之间的"第三条道路"。锡克的经济理论在 1965 年及 1968 年 4 月被捷克斯洛伐克政府采纳。"布拉格之春"期间，锡克被任命为捷克斯洛伐克副总理兼经济部部长。1968 年 8 月华沙公约组织的部队入侵布拉格，锡克正在国外访问，因无法回国而流亡瑞士，直至 1989 年捷克天鹅绒革命政权更迭。

锡克在北京的讲学同样很成功，吸引了研究机构及政府部门众多经济工作者，还安排了他与国内著名经济学家薛暮桥、廖季立和马洪等座谈。大概因为在指导经济改革计划方面经验丰富，与布鲁斯比起来，锡克更加受到中国政府领导人的重视。负责全程陪同锡克的吴敬琏跟刘国光商议，以后还是应当多请一些东欧的经济学家，来华介绍苏东改革经验。

那时，中国已经恢复世界银行席位，我正在北京讨论世界银行第一次经济考察报告草稿（详见后文）。吴敬琏和刘国光来找我，提议请世界银行出面，邀请一些既懂改革理论又有实际改革经验的东欧经济学家来华，组织一次学习苏东经济改革经验的会议。我当即应允协助。这就是 1982 年 7 月在浙江莫干山一个避暑山庄里召开的"莫干山会议"。

我们邀请的东欧专家组由布鲁斯带队，包括：波兰国家物价委员会前主

---

① 尽管布鲁斯被公认为波兰重要的理论经济学家，但他对波兰本国经济改革的实际影响却有限。1980 年世界银行开始中国业务后不久，出于对中国经济考察的需要，聘请布鲁斯作为顾问。以后的十年间，布鲁斯着实扮演了一位重要顾问的角色，从社会主义经济理论到苏东经验，他提供了很多宝贵意见。从这方面讲，布鲁斯对中国经济改革理论作出了重要贡献。

任斯特鲁明斯基（Julius Struminsky）、捷克斯洛伐克前副总理奥塔·锡克的工作搭档考斯塔（Jiri Kosta）、匈牙利改革经济学家肯德（Peter Kende）。此外，我们还邀请了苏东经济改革专家、美国威斯康星大学格兰尼克（David Granick）教授。中方参会者由薛暮桥、廖季立和刘卓甫带队，以他们三人名义起草的大会讨论报告会后提交到了国务院领导人手中。

即便是后话，也很难评价与这些苏东改革经济学家的交流对中国领导人及经济工作者们的影响有多大，对中国整体经济改革理论的影响更难以估量。但是，据我个人当时的体会，回想当时中国经济工作者们的情况，及后来对近30年的观察，我觉得对以下三方面影响意义深远[①]。

首先，东欧改革经济学家引进了使用现代经济学来分析苏维埃计划体制弊病的方法。东欧经济学家们不像中国经济学家们那样脱离国外的经济理论。如奥斯卡·兰格和米哈尔·卡莱斯基其实是在西方接受的教育。那段期间应邀来华的东欧经济学家都身居国外。布鲁斯在英国牛津大学，锡克在瑞士圣加仑大学，参加莫干山会议的其他东欧专家分别居住并工作在德国、法国和奥地利。因此，他们可以在中国用现代经济理论的概念和技术来分析中国的经济情况。这就把对经济问题的解释提升到了一个新的层次。例如，1979年来华讲学时，布鲁斯就介绍了买方市场和卖方市场的概念，并提出买方市场在改革转轨期间的重要性。这一概念和理论一直被中国经济工作者们沿用到20世纪80年代中期。

东欧专家们用现代经济分析的方法来剖析社会主义计划经济体制，使这个方法达到一个新高度的是匈牙利经济学家科尔奈（János Kornai）。1985年，科尔奈首次受世界银行之邀来华参加"巴山轮会议"（详见后文），用诸如"投资饥饿症、短缺经济、软预算约束"等概念进一步阐明并加深了对社会主义经济体制弊端的分析。更重要的是，东欧改革经济学家向他们的中国同行论证了中央计划体制紊乱的内在根由是体制问题。中国的决策者和经济工作者们原本以为很多经济上的问题是政策失误，究其根源，其实是中央计划经济

---

① 在此，我要特别感谢赵人伟为这段时期提供的一些素材，带着他自己的解释和分析。其中有些事情我本人并没有亲身经历过。这段时期，赵人伟参与了很多接待外国经济学家的活动。1979年布鲁斯来华讲学，由他全程陪同；1980年，世界银行第一个经济考察团考察期间，他是中方工作组成员；1985年，他是"巴山轮会议"参会者。当时，他是社科院经济研究所的高级研究人员，1985年任经济所副所长，1988年出任所长。

体制下固有的、不可避免的问题，只有通过一套根本的经济体制改革措施才能加以解决。

其次，详尽了解东欧的改革经验加剧了中国经济工作者们对于在中国使用东欧经济改革模式的悲观心理。虽然可以洞察中央计划经济的弊端，但专家们提供的解决方案——无论是布鲁斯的"有管理的市场模式"还是锡克的"新经济模式"，都暴露了重大的瑕疵。"莫干山会议"讨论了苏东改革的新办法。但中国的改革前辈们敏锐地质疑了借用高科技，特别是靠高速计算机来解决经济体制问题的可行性。薛暮桥、廖季立及中国领导人尤其质疑锡克等东欧改革经济学家关于价格改革先调后放的提议，特别是价格调整依据的是计算机精确计算出的数据。即便用高速计算机和使用多部门的投入产出表，也不可能同时计算出经济中数以万计的价格呀？

再次，当东欧这些专家们开始搞清楚中国经济的实际情况之后，都得出这样一个结论，那就是：东欧的改革经验不大适用于中国。中国经济体制实行基本消费品严格配给制、人才流动很受限制、经济生活全面由国家掌控，这是一种极端的"指令性经济"。在东欧，市场机制较发达，企业和家庭消费层次有更大的自主权，具有较成熟的信息和管理系统。即便这样，所有的改革尝试仍以失败告终。中国向他们学什么？除非另谋改革出路。

当东欧专家更多地了解了中国的实际情况之后，也欣然接受了中国需另谋改革出路的说法。一件事足以说明这个问题。"莫干山会议"上，我们讨论了中国改革是采用"一揽子"的方法还是分步进行的方法。与会所有东欧专家强烈建议"一揽子"的方法。会后，东欧专家们到中国几个城市进行考察。考察途中，他们回话，说他们改变主意了。鉴于中国各地情况千差万别，经济落后，贫困现象严重，综合改革中需要的人才、资金和物资储备薄弱，考虑中国仍是个低收入的发展中国家，没有犯错误的余地，建议采用谨慎的渐进改革方法。鉴于上述情况，他们认为，中国改革要有总体规划，要有明确的改革目标，然后可一步一步地进行。因此，在这个重要的问题上，与会的东欧专家、世界银行专家（伍德和我本人）以及中国专家之间获得了共识[1]。

---

[1] 这个最终的共识在薛暮桥、刘卓甫、廖季立1982年8月10日关于"莫干山会议"的报告及世界银行1982年10月关于"比照东欧经验的中国经济改革"的报告中都有体现。世界银行在报告中这样说："……结论是，中国的改革是一个逐渐分步推进的过程，并非是一个同时采用'一揽子'的办法、从一种经济制度到另一种经济制度单纯转换的举措。"

然而，从一方面讲，中国的改革前景令东欧来访专家受到鼓舞。当时中国的情况是，农村改革已经取得成功，为拉动整体经济增长提供了动力。这是没有一个苏东国家在他们改革过程中所经历过的。中国农村改革的成功，使布鲁斯等东欧专家坚信，尽管可以预见中国在城市改革中会面临困难，但这场变革的大趋势难以逆转。事实上，中国的经济理论及改革发展情况已渐渐脱离了东欧改革的模式，东欧经济改革理论已明显不适用于中国。这对于自1979年开始曾几次访华的布鲁斯来说体会最深。1985年，布鲁斯再次应邀来华，参加"巴山轮会议"。会上他发现，中国有些经济工作者还在试图用他五六十年代的分析方法来评价中国的经济改革。布鲁斯态度坚决地建议他们不能再这样做了。他明确地说，20世纪80年代中期的中国情况已经远远超出了60年代苏东改革理论可驾驭的范畴。

　　中国与苏东在改革理论和实践上的分歧日见增多。这种情况在1989年3月国际经济协会于莫斯科召开的圆桌会议"计划经济中的市场力量"中表现得最为明显。当时，经济学家董辅礽代表中国作了题为"中国经济改革中的市场发展"的演讲，详尽介绍了中国的改革情况。讲话中，董辅礽分析到，像在中国这样一个发展中经济国家，改革过程中会出现各种具体问题，如：双轨制的出现；又如，通过非国有部门的增长而并非通过国有部门的私有化而出现的多种所有制形式的并存等。我本人以世界银行中国代表处代表身份参会。会上，我明显觉察，苏东及西欧专家对中国的改革前景高度质疑（除了明显成功的农村改革）。他们认定，中国的改革会日渐消退，如苏东一样，以失败告终。两种思路从根本上支配着苏东经济学家：一是在中央计划体制的框架下，改革应该依靠高技术来提高计划的效率，并在此基础上增强市场的作用，二是在西方专家的怂恿下，后来渐渐成了主流的思路，那就是全盘否定社会主义制度，以完全的资本主义市场经济取而代之，即实行全盘私有化，并以激进的政治改革与之相伴乃至将这种激进的政治改革放在优先的地位。

　　众所周知，随后的20年，苏东国家采取的经济和政治改革措施既不是原来自己的路子，也不同于中国的选择。两条截然不同的道路导致了截然不同的后果，这是有目共睹的。

世界银行的两份经济考察报告：现代经济学入门

　　几乎与学习苏东改革思想的同时，中国通过世界银行的两个经济考察报告认识了现代主流经济学理论。世界银行第一次经济考察是为了中国申请世界银行贷款的需要，第二次考察则是应中国领导人的具体要求。依我来看，正当中国领导人和经济工作者明显发现苏东改革思想和经验对中国的局限性时，现代经济学在研究中国经济问题中前所未有的应用对中国融入主流现代经济学思想理论和迈向市场经济起了推动作用。

1980 年 5 月，继中国恢复世界银行集团席位之后，同年 7 月，世界银行派高级访问团，来华磋商启动中国业务事宜。作为访华团成员，我的任务是组建一个经济工作小组，随即来华进行经济考察，向世界银行董事会提交一份考察报告，这是启动贷款项目的第一步。

几十年对外封闭的缘故，一组外国专家要周游全国并考察中国经济形势的安排让负责接待世界银行考察团的中国官员们有些不知所措。他们会要求我们提供多少信息和数据呀？如果按要求给了他们，我们是否涉嫌泄漏"国家机密"？考察团是不是还有别的目的呢？通过接触，我心里很清楚，尽管上面的领导已经决定与世界银行全面合作，进行这次经济考察，但配合我们具体工作的官员还是有很多顾虑和担忧。

为了增强中国官员对世界银行考察团的信任，我们商定，由中方指派一个工作组，同我们一起工作。中方工作组跟我们一起参加所有会议，凡是我们收到的数据和信息，他们也都有一份，我们报告的每一稿都给他们过目。同时，我们也请中方工作组提出他们对经济形势的分析，加进报告当中。这种与中方工作组并肩工作的模式显然很成功，随后的几十年里，世界银行所有的经济考察团都配这么一个工作组。这种模式延续至今。

1980 年 7 月份之后，我们开始组建一支由世界银行最好的经济学家和行业专家组成的考察团队。整个团队有 30 人之壮大，由几个课题小组组成，包括：经济组、农业组、能源组、工业及交通组。考察时间自 1980 年 10 月至 12 月，每个小组轮流赴中国各地一个月，考察地点选择甘肃、湖北、江苏、北京和上海。这次考察，我整整在中国停留了三个月。

与世界银行首次考察团并肩工作的中方工作组成员有：财政部的星光和朱福林、国家计委的郑立和社科院经济所的赵人伟。此外，各相关行业部委也派了经济工作者与考察团的行业小组一同工作。跟考察团工业组并肩工作的其中主要一位中国经济工作者来自社科院工业经济研究所，后来去了政府部门。这个人就是朱镕基。

世界银行的第一份考察报告的"概要和结论"部分就此次考察的目的这

样写道："近年来，中国境内境外都在争论两个相关的问题。自 1949 年中国革命取得胜利以来，中国的经济发展在为中国人民服务方面做得如何？同时，政府掌控之外的要素、制定的政策以及自身的经济管理体制都分别起了什么作用？结合其他发展中国家的经验，世界银行这第一份关于中国经济的考察报告将初步尝试讨论这些问题，同时讨论这些问题对今后政策的基本含义。"

1981 年 3 月，考察报告第一稿送交中国政府提意见，其中包括一份主报告和各种附件，涉及统计制度、基本数据统计表、农业、工业、能源、交通、对外贸易和金融、人口卫生和营养以及教育。1981 年 6 月，报告提交世界银行董事会。这份报告非常及时，世界银行随即批准了中国政府首笔贷款——大学发展项目。同时确定了中国申请世界银行软贷款的条件。从这方面讲，报告满足了世界银行在中国业务的需要。

世界银行的第二份考察报告是应中国领导人的特别要求而准备的。1983 年 5 月 26 日，中国领导人邓小平和赵紫阳接见由行长克劳森（自 1981 年接任麦克纳马拉行长）率队的世界银行访华团。邓小平向代表团讲述了他对中国发展前景的看法及国家的长远目标。他说，中国刚刚决定启动一个发展规划，要在 1980 年至 2000 年间实现工农业总产值"翻两番"的目标。看了世界银行的第一次中国经济考察报告，觉得有意思，很有用。请世界银行再组织一次经济考察，针对中国未来 20 年面临的主要发展问题，特别要根据国际经验，为达到中国上述发展目标提供一些可选择性建议，并对这一目标做些可行性研究。

遵照邓小平的提议，世界银行第二次经济考察于 1984 年正式启动。由经济学家及各行业专家组成的这支庞大的考察队伍，先后两次共计 9 周时间对中国进行考察，同样选择了甘肃、湖北、江苏、北京和上海。1985 年 2 月，带有 6 个附件（教育、农业、能源、经济模型与预测、国际视角的经济结构及交通）的主报告草稿递送中国政府征求意见。3 月，报告主笔人再访北京，与中方工作小组深入讨论报告草稿，受到中央和财政部领导的接见。

1985 年，题为"长期发展面临的问题和选择"的经济考察报告提交中国政府。这比起 1981 年的第一次考察报告显得更加雄心勃勃。报告部分地尝试根据一个多部门模型来预测可能的经济增长途径，对未来的经济快速增长及 20 年工农业总产值"翻两番"的可行性表示认可。然而，报告同时指出了可供选择的发展途径，其中一个途径尤其强调以服务业和更有效地利用能源两方面为基础，这与主要依靠快速的工业化为基础的途径相比，增长速度是同样的，但在经济发展中能达到更好的平衡。报告还详尽分析了农业、能源、技术、交通、工业分布、内外贸易、人口、教育、就业及社会问题，包括收入差异问题、社会保障问题、住房问题及社会服务问题。

上述两份报告除满足了世界银行和中国政府的工作需要，也算破天荒首次由一个国际经济学家团队对中国的经济情况进行透彻分析。依我看来，这标志着中国在对外经济思想开放和汲取国际发展经验方面取得了重大的进步，表现在以下几个方面：

首先，两份报告证明了脱离意识形态的束缚，科学地、客观地进行经济分析的可能性。分析基于合乎逻辑的理论、统计数据及他国经验教训。考察报告并不谋求限定或改变中国的目标而是单纯地对如何更快、用较低代价实现中国的经济发展目标提出建议。一个明显的实例就是上述关于中国工农业总产值"翻两番"的目标，当时中国内外的许多人士都认为这是一个不切实际的目标。

其次，与东欧改革经济学家们的在华讲学及论著相比，这两份报告从更大程度上引入了许多现代经济学的概念和方法，从诸如机会成本这样的基本概念到诸如计量经济学和经济模型这样复杂的分析工具。当时这些工具在中国仅被少数几个经济学家使用，但是，上述两份报告使这些经济分析工具的使用得到广泛传播，让中国领导人和决策者见识了现代经济学的应用。

最后一点，报告把现代经济学和基于他国发展经验积累的知识，应用到了只有中国领导人和中国经济工作者们才最为知晓和理解的中国经济这一"案例"上。他们发现，世界银行考察报告的结论和建议具有说服力，对中国有用。这一事实让他们坚信现代经济学适用于中国[①]。

1985 年 9 月召开的"巴山轮会议"

苏东的社会主义经济改革理论和经验基本适用于在社会主义中央计划经济框架逐渐引入市场机制。通过自身的改革经验，根据对东欧国家改革失败

---

① 据赵人伟讲，当年，他把世界银行的第一份考察报告念给孙冶方听。除了对西部特困地区人口移民问题保留自己的看法外，孙冶方完全同意世行专家们的意见。1985 年考察报告里提出的建议对中国第七个"五年计划"也很有帮助。但世界银行报告的可用性并非是毫无异议地被中国接受。一位中国的官员看了 1985 年那份报告后这样形容："我们请了一帮'西医'，为中国开了一堆'西药'，要把中国送上'西天'！"

教训的了解，到 20 世纪 80 年代中期，中国领导人及矢志改革的经济工作者们开始认识到，中国的进一步改革必须突破苏东框架，朝着社会主义市场经济的模式前进。如所周知，1984 年 10 月举行的中共十二届三中全会通过的《中共中央关于经济体制改革的决定》提出了"有计划的商品经济"的改革方向，这是中国经济改革理论的一个重要转折。1987 年，这一说法进一步表述为"国家调控市场，市场引导企业"，1992 年，最终表述为"社会主义市场经济"。虽如此，可以说，20 世纪 80 年代中期的中国改革思想已清晰地显现出市场经济的轮廓。这在 1985 年 9 月召开的"巴山轮会议"上的讨论中表现最为突出。

召开此会源于中国领导人。1985 年初，廖季立约我见面。他说，国家体改委的领导建议世界银行组织一次国际研讨会，讨论一下这些题目：

1. 国家如何管理市场经济

2. 从中央计划经济到市场经济转轨过程中相关的问题

3. 在整合计划与市场方面的国际经验

要求与会国际专家需有这三方面的知识和经验，中方与会人员要包括政府各部委参与政策制定的经济工作者和研究机构的经济理论工作者。会议不能只请国际专家做演讲，而是为中外与会者提供一个深入交流的机会。

随后的几个月里，我、廖季立和国家体改委指定负责组织这次会议的秘书长洪虎多次见面，讨论会议应如何满足领导的这些要求。会议终于在 1985 年 9 月召开。8 月底，外国受邀专家抵达北京。8 月 31 日，赵紫阳总理接见与会外国专家及部分中国专家。随后，与会者飞往重庆，会议在一艘名为"巴山"的长江游轮上召开。9 月 2 日，与会人员在重庆登上游轮。9 月 9 日，会议结束，游轮在武汉靠岸。此会名为"宏观经济管理国际研讨会"，俗称"巴山轮会议"。

之所以选择这样一个特殊的会场，是为保证与会的高级政府官员及经济工作者在与会一周内不受日常工作的干扰，专心开会，也是为让与会的知名外国专家不离开会场也有机会欣赏中国最美丽的风景之一——三峡。受邀外国专家允许带夫人同行。会间，游轮常靠岸，夫人们能上岸游览长江沿岸的小镇和景点，会议则照常进行。其间，我们仅休会半天，全体与会人员下船，游览了"小三峡"。

在游轮上开会最大的限制是空间太小，只能容纳有限的人数。所以，中方参会人数受到控制。最初的中方参会名单只有高级领导和一些长者。经过进一步磋商，我们议定，与会中方人员应代表不同的年龄段，遂特意预留几个 40 岁以下的青年参会名额。不能不说这是个明智之举。在随后 20 年的经济体制改革过程中，几位青年与会者都发挥了非常重要的作用。中方与会者名单真正做到了老、中、青三结合，老年与会者如：安志文、薛暮桥、马洪、刘国光、童大林等；中年与会者如：高尚全、吴敬琏、项怀诚、赵人伟等；青年与会者如：郭树清、楼继伟等。廖季立在会议组织中起了关键作用，遗憾的是，因临时身体不适，未能出席会议。

与会外国专家的选择严格按照中方领导提出的三个要求[①]：

1. 国家如何管理市场经济

在这方面既有丰富理论知识又有实践经验的有三人：

几年前因论证金融市场与消费／投资决策、生产、就业及物价关系而获得诺贝尔经济学奖的美国人詹姆斯·托宾（James Tobin），时任美国白宫经济顾问委员会委员，讲述稳定和增长政策理论与实践的《新经济学》作者之一。

联合王国（全称为大不列颠及北爱尔兰联合王国，中国人往往简称为英国）著名政府官员、国际公务员及经济政策领域知名学者阿列克·凯恩克劳斯爵士（Sir Alec Cairncross），曾任联合王国格拉斯哥大学应用经济学教授、联合王国政府经济顾问、联合王国政府各部首席经济学家、牛津大学圣彼得学院院长。

德国著名国际货币政策经济学家奥特玛·埃明格尔 (Otmar Emminger)，多年担任德国中央银行行长。德国央行是发达国家中最独立的中央银行。

2. 从中央计划经济向市场经济转轨过程中的相关问题

第二次世界大战之后，凯恩克劳斯和埃明格尔分别在英国和德国负责放开价格管制及市场复兴的工作，并且在短缺经济条件下制定反通货膨胀措施及解除价格管制方面都有直接的经验。

波兰经济学家布鲁斯和匈牙利经济学家科尔奈是社会主义中央计划体制问题专家。他们的任务主要是讲解从计划经济到市场经济转轨过程中的微观经济要求。

3. 在整合计划与市场方面的国际经验

法国前国家计划办公室主任米歇尔·阿尔伯特（Michel Albert）。

南斯拉夫稳定委员会和政府经济改革委员会成员亚历山大·巴伊特（A. Baijt）。

---

① 外国专家名单中，也包括日本的小林实，是中方直接邀请的。

美国经济学家里罗尔·琼斯 (Leroy Jones)，专门研究韩国经济，曾在韩国计委工作过（因政治原因，未能直接从韩国邀请专家参会。详见后面回忆的1987年曼谷会议）。

今天，大家公认，"巴山轮会议"是在中国经济体制改革一个转折时刻所举行的一次重要会议。当年的很多中方与会者撰写过文章，谈论自己的感受和召开这次大会的意义。根据我自己的参与经历，想在此补充几点：

第一，先纠正一下很多参会者的错误印象。组织这次会议并非世界银行的主张。主动提出组织会议的是国家体改委领导，并且带着事先准备好的要在会上讨论的具体问题，要求外国专家必须满足上述三个问题的需要。会议的组织，包括游轮会场的选择，也是遵照国家体改委领导的意思，为的是给中外与会专家提供一个不间断的、详尽研讨的机会。会上，我们有全体会议、有小组讨论，也有一对一的会谈，无论哪种形式，都能进行到夜里。在世界银行工作多年，我的亲身体会是，最奏效的政策问题讨论要带有需求驱动并专为满足主办国的需求而策划。在我看来，"巴山轮会议"是带有需求驱动的杰出例子。

第二，尽管中国领导人1984年已经决意突破中央计划体制的限制，但是，对于市场经济的理解和运作却相知较少，特别是顾虑市场经济中出现的盲目竞争和非指导性增长，以及不可避免地想到经济迅速增长期与随之而来的经济大萧条。"巴山轮会议"上的讨论清晰地表明，宏观经济管理的理论与实践已经从20世纪二三十年代的自由放任政策发展到了80年代的总需求管理及宏观经济的积极应对政策。很多讨论围绕着通过财政、货币和收入政策等工具对总需求的管理实现市场经济间接控制的议题。

一个小例子足以说明"巴山轮会议"对后来中国经济理论的意义。会议结束前的一个晚上，吴敬琏和我，还有几个与会人员一起，讨论如何为"macro-management"这个大会主题词冠以一个意思相符的中文说法。当时中国称这个词为"宏观控制"，我们觉得与现代宏观管理概念不符，因为这意味着直接控制及使用行政手段。另一说法是"宏观调节"，可我们觉得这个词显得弱些，意味着只是轻微的调节而不是对整个经济进行有效的管理。最后，我们决定把"调节"和"控制"两个词合并起来，创造一个新词汇，叫"调控"。大家知道，"宏观调控"现今已成了一个很普通的宏观管理词汇。这不仅仅是单纯创造了一个词汇，更重要的是，通过间接手段进行经济管理的概念已被广泛理解和接受。

第三，国家体改委领导提议召开这个会议的另一原因，或许还因为 1984 年下半年到 1985 年上半年出现的严重经济过热。由于从很大程度上感觉中央将大幅推进改革，地方政府于是争相增加投资项目，企业设法提高工资和奖金。结果，加剧了通货膨胀压力。管理宏观经济形势的需要因而成了"巴山轮会议"上一个重要议题：诊断经济过热、使用财政和货币工具应对问题，这的确成为一个理想的"案例"。托宾、凯恩克劳斯和埃明格尔三个主要外国专家来自三个国家，尽管他们对宏观经济管理见解不同，各自代表着经济理论的不同派别，但他们一致认为，中国应该采取坚决的措施应对经济过热的问题。从这三位在宏观管理上最具有丰富经验（比照其他与会外国专家）的经济学家到主要有发展中国家经验的世界银行经济学家（伍德和我本人），再到东欧经济学家布鲁斯与科尔奈，在分析中国这个问题的缘由到应该采取的政策措施上都毫无异议。这显然表明，现代经济学有一个核心，那就是，它并不隶属于个人的或政治的解释。

"巴山轮会议"也有不尽如人意之处。对于像韩国这样有代表性的发展中国家，如何在市场经济中实施经济计划的讨论就不尽如人意。所以，两年之后，世界银行再次应国家体改委的提议，组织了一次题为"计划与市场"的研讨会。会议地点选在曼谷，目的是方便从韩国邀请高级代表团参会。时间是 1987 年 6 月。韩国代表团团长是前副总理兼韩国发展研究院（主管韩国战略规划事务）院长金满堤（Kim Mhhn-Je）。有意思的是，这次会议竟让印度代表团受益匪浅。印度代表团团长是曼莫汉·辛格（Manmohan Singh），当时的印度计委副主任（头号负责人，主任由总理名义兼任），副团长是阿卢瓦利亚（Montek Singh Ahluwalia），当时的总理经济顾问。这两位印度高级经济学家在会上被中国矢志从根本上进行经济改革的投入所打动。20 世纪 90 年代初，印度启动改革计划，总策划人就是时任财政部长的曼莫汉·辛格，阿卢瓦利亚是他的副手，任财政秘书。今天，同中国差不多，印度正努力推动可持续的高速增长。曼莫汉·辛格现任印度总理，阿卢瓦利亚现任印度计委副主任。

20 世纪 80 年代末到 90 年代初，国际会议一直是中国政府官员和经济工作者学习国际改革和发展经验的途径，但会议主题从宏观的战略改革问题逐渐转移到更加具体的职能部门问题上。如世界银行与国家体改委于 1986 年联合召开的"金融体制改革国际研讨会"、1987 年的"国有企业管理和组织国际研讨会"等等。从 20 世纪 90 年代到现在，中外经济工作者和实践者的交流与对话越来越多。与以往不同的是，这些活动都是由中国单位自己与不同的外国机构、以不同的层次及多种多样形式来组织了。

最后值得一提的是，以上的回忆不过是中国对外思想开放、学习外国经验过程中发生的几件事，关于类似的事件和举措还有很多。如：另一个重要举措体现在向海外派遣留学生方面。1978 年，邓小平在听取教育部关于清华大学的工作汇报时，对派遣留学生问题就指出，要大规模地派，"要成千成万地派"。到了 21 世纪初，中国留学生人数居全球之冠。2006 年，联合国教科文组织公布的统计数字显示，全世界几乎每 7 个外国留学生中就有 1 个中国学生。据统计，1978~2007 年，共有一百多万中国学生出国留学，其中约 1/4 已学成归国①。

结束语

进入 21 世纪，毫无疑问，中国经济学已经结束了游离于世界之外的状态，在理论和实践上都开始步入现代经济学的主流行列。而且，这应该被看做是中国经历了曲折历史之后开始复兴到一种正常状态。这里有必要对改革和开放加以区分。经济改革并不是一种新的提法：1949 年中华人民共和国成立不久，中央计划经济的弊端就已经逐渐显现出来。苏联、东欧和中国都已经做了种种努力试图克服这种弊端。与此相对照，30 年前中国对全球经济和外国思想制度的开放却是一项意义深远的举措：它扭转了几个世纪以来的"闭关锁国"的政策。

历史上，中国曾经是一个开放和具有技术创新活力的社会。唐宋时期，超过 600 多年的时间里，中国在艺术、文学、科学和经济技术等领域都是最具创造力的国家。在这个时期，中国也是世界上最富有文化和技术能力的社会，经济发达，技术先进。可是，14 世纪之后，中国没能通过自身的技术变革和对国外先进技术的有效利用来保持经济的增长。实际上，在 20 世纪后期之前的 500 多年的时间里，中国拒绝并抵制外国的思想和制度。例如，15 世纪早期，政府禁止海运。尽管在不同的时期，海员在中国南部及东南亚地区违规装运屡有发生，也以不同的形式反对外贸禁令。清朝时期，与国外的接触被统治者看做是一种政治分裂的可能来源。世界范围的探险对前工业化时

---

① 资料来源：教育部留学服务中心引用的教育部统计数字。

期欧洲经济的变化作用显著，在这样一种激励效应下，沙俄后期和日本明治政府对国外技术的有效吸收，推动了现代经济的增长；而占支配地位的内部取向则成为自明朝后期以来中国经济的一个特点。

1800年前后，欧洲大部分国家在技术上已经超越了中国，在接下来的150年里，这种差距日渐加大。1850年前后，日本经济与中国经济大约处在可抗衡的发展阶段，但是，一百年以后，日本已经远远地把中国甩在了后面。20世纪中期，中国和印度（另一个历史上发达而现代经济落后的国家）位于世界上最贫穷的国家之列。正是在这种历史背景下，邓小平和中国其他领导人在20世纪70年代末期开始了改革开放的历程。中国的改革和开放是世界历史上具有重大意义的成就。在没有任何国家从中央计划经济向市场经济转型的成功经验可借鉴，以及有关成功转型的宏伟蓝图引导的情况下，中国改革开放的历程启动了并持续进行下去。因此，这样一种改革将面临巨大的风险和挑战——对经济、政治和社会稳定产生深远的影响。所有试图从计划经济向市场经济转型的国家在转轨过程中都遭受了巨大的经济重创，大部分东欧和中亚地区的国家经济的衰退甚至比20世纪30年代早期的"大萧条"更为严重和持久。中国是唯一一个在改革过程中能够取得持续和快速增长的国家[①]。

从个人的角度来说，作为一位海外华人，我有幸从改革开放之初就参与了中国经济改革开放的过程，因而亲身体验到了中国领导者和改革经济学家们在中国经济改革和开放中的勇气和远见，中国的成功是与他们的努力分不开的。他们的政治勇气不仅在于承认过去的政策失误，而且敢于承认中央计划经济体系的弊端、承认基本制度改革和学习国外经济概念的必要性，最重要的是当面临无法避免的困难和挫折时他们始终坚持不懈。中国的领导者，从邓小平到当时国务院的领导人，以及经济学家如已故的孙冶方、薛暮桥和廖季立都具有高瞻远瞩的战略眼光，他们认真吸收国外新的经济理论和经验，根据中国的国情和实际将之转化并应用于实践。在没有任何成功经验可以借鉴的情况下，他们采取了"摸着石头过河"的策略和试错的方法，这一点最明显地体现了他们的远见卓识。在思想开明并热切地学习国外经验的同时，他们也谨慎地决定哪些适用、哪些不适用于中国的改革开放。尽管他们缺乏正规的现代经济学训练，但他们在基层和高层政府部门的工作经验使得

---

① 越南可能也是一个例外，自20世纪80年代末期以来，越南紧跟中国经济的改革步伐。

他们能够快速地抓住宏观经济学和微观经济学的本质。几乎没有任何国家的领导者能如此成功和明智地把国外新的经济思想转换为具有如此历史意义的经济政策。

今天，依然有很多国外经验值得中国学习，包括正面的也包括负面的。要实现20世纪80年代末90年代初提出的建设社会主义市场经济体制的目标，还有许多事情要做。同样，仍然有许多国家能从中国30年的改革开放中学到许多经验。改革开放的进程及从中汲取的经验教训已经成为当前经济增长和发展有关思想的一个重要元素。诺贝尔经济学奖获得者迈克尔·斯彭斯（Michael Spence）领导的增长和发展委员会[①]近期的报告描述了中国的许多经验，该报告把中国视为现代经济历史上增长和发展的成功典范[②]。无论是在中国还是在其他国家，几乎每天都有关于中国改革开放以及中国正在崛起成为世界经济强国的图书出版。与众多其他图书比较，本书是与众不同的，因为书中的多数文章都是曾亲身参与改革开放的经济学家所著。我希望本书最终能够以多种语言出版，以便更多的读者能够读到它。

（苏国利和鄂丽丽译　赵人伟校）

[①] 该委员会由不同国家的杰出经济学家、政府高级官员、商界领袖以及高层决策人员组成，周小川是委员之一。

[②] 增长和发展委员会的这份报告可以参见 http://www.growthcommission.org/。

中国改革开放的
成功经验和新挑战

迈克尔·斯彭斯

非常荣幸被邀请为《中国经济 50 人看三十年：回顾与分析》这本非常重要的关于中国改革 30 周年的著作作序。我怀着谦恭的心来写这篇序。本书众多作者精深的知识都来自于他们在中国 30 年充满挑战而又取得了巨大成功的改革和增长中发挥的实际角色作用。这种知识和洞察力是局外人所不具备的。对于我个人来说，最好的事情莫过于尽力在中国的增长和发展策略方面做一名勤奋的学生。因此，我将试图从局外人的视角简要地分析从中国的改革历程中学到的经验和教训，这些总结对于其他发展中国家以及更广泛的增长和发展的研究领域意义重大。

世界上有 13 个经济体在连续 25 年或更长的时间里保持了 7% 以上的 GDP 增长率。这种高速增长是比较罕见的。以 7% 的速度增长，GDP 每 10 年翻一番；以 10% 的速度增长，GDP 每 7 年翻一番。这意味着在 20~30 年的时间里，收入水平能够提高 8 倍。正是这种稳定的增长才能够大幅度地消减贫困，并给人们提供更多的机会。

所有这些高增长的案例都是第二次世界大战后才出现的，它们得益于全球经济的不断开放，开放是保持持续快速增长的基石。如此高速的增长在以

　＊ 作者 Michael Spence 为 2001 年诺贝尔经济学奖得主、增长与发展独立委员会主席、斯坦福大学荣休教授。本文是作者为中国经济出版社即将出版的《中国经济 50 人看三十年：回顾与分析》一书而作的序。——编者注

前是不敢想象的。先进国家不能也未曾实现如此高速的增长，只有少数几个发展中国家通过开放，利用全球经济提供的知识、技术以及需求实现了高速增长[1]。

在所有实现高增长的案例中，中国是增长幅度最大、增长速度最快的。这种速度和规模的增长史无前例。在几十年以前，甚至在全球经济已经稳步开放并为经济发展提供了可能的平台的战后时期，像中国这样巨大的经济成就也被认为是不可能实现的[2]。就贫困人口的减少、人们生活环境的改善、生产性就业的增加以及机会感和乐观情绪的增强来看，中国的发展结果都非常引人瞩目。随着经济规模的扩大，中国经济对全球经济的影响也逐渐加大并日益重要起来，同时也产生了新的责任和挑战。在改革开放30周年之际，我们有必要回顾过去并解答如下疑问：改革的成就是如何取得的？在改革之路上曾面临过什么样的挑战？中国成功的经济管理和增长的经验对于后进发展中国家能提供哪些有益的启示？

本书的诸位作者都以不同的方式参与了改革开放的过程，作为一个整体，他们在清晰地阐述改革开放历程及其面临的挑战时具有不可替代的作用。他们的精彩回顾有着如下几个方面的价值。首先，这段历史本身很有意思，同时中国已经是一个重要的大国，在国际经济及其治理中发挥着越来越重要的作用，在国际安全和有关问题的处理中也扮演着重要角色。第二，理解中国在不同领域中制定并调整政策的方式有助于我们更全面地理解发展中国家的增长和发展，尤其重要的是能帮助我们理解市场和监管制度都在发育过程中的转轨经济的政策制定方式。第三，无论是过去还是现在，中国的政策制定者们都不仅受到了市场价格理论和激励理论的影响，也从案例和经验中吸取知识，其中包括其他国家的发展经验，以及发达国家的转型经验。常识、判断和试点被综合地运用起来，帮助决策者在没有完美地图的情况下寻找前进的路径。当然，即使将其中的细节完全阐释出来，也无法为其他发展中国家提供一个完美的发展路

---

① 这些持续快速的增长案例在最近出版的一本书中得到了确认和研究。这本书是增长和发展委员会的一篇报告——《增长报告：持续增长和全面发展的策略》，2008年，5月21日。这篇报告可参见网站 The Growth Report。

② 30年前，如果有人预测中国将会在未来30年中保持9%左右的增长率，就会被认为是不现实的乐观主义者。自1978年以来，分析家们每年都观察到中国面临的重大挑战，而且对其增长过程的稳定性不断产生质疑。但我们都错了。现在是一个很好的时机分析中国成功发展的原因，并从它业已展开的改革画卷中学习经验。

线图。每个国家都有不同的特点，应据此来制定相应的优先政策、形成增长策略。但是可以确定的是，中国的经验具有巨大的参考价值。

1978 年改革之初，中国是一个中央计划经济国家，在之前的几十年中，经济增长十分缓慢。毫无疑问，中国的领导逐渐认识到计划经济体制不利于经济的发展，如果继续沿着计划经济的道路前行，1949 年以来的平等主义变革所带来的良好愿望就会面临无法实现的风险。

当时中国也有一些有利的因素。最为显著的是，在既定的收入水平下，人民的教育水平以及识字率较高。1949 年以后，由于国家拥有土地和生产性资产，因此没有财富集中度过高的现象。当时还有一些农业基础设施，尽管并不能同现在相提并论。军队也拥有一定的技术。

在局外人看来，中国那时的基本选择是保留社会主义的价值观，抛弃中央计划，支持通过市场和价格来配置资源，并提供合适的激励机制。早期的改革措施之一是，在农业部门采用市场激励，对于超过计划体系配额部分的农产品允许在市场上买卖，其效果是显著而快速的。当时，大约82%的人口生活在农村。因此，改革不仅大幅度地提高了农产品的产量和生产率，而且使得大多数人从中受益。改革取得了初步的成功，为新道路的开辟奠定了坚实的基础。改革初期切入点的选择是偶然的还是经过深思熟虑的，抑或是二者兼而有之，对此，那些参与其中的改革家们在本书中有清晰的阐述。但是，这种选择确实阐明了有关改革和增长策略的一个重要的一般性观点，那就是分配并非次要的问题，它对于改革策略和改革项目的可持续性至关重要。这意味着需要对改革顺序做出敏锐的判断[①]。它们既是政治选择也是经济选择。

我们现在已经认识到，经济持续高速增长的一个重要基础是全球经济的广泛合作。开放是必要的，开放能够带来两方面的益处，对于保持7%至10%的增长速度必不可少。第一是知识。在开放经济模式的增长过程中，知识、技术、专业技能、私人和公共部门管理技能被引入进来。总体来说，这种从外部经济中引入的知识会导致一个经济体的生产潜力的快速提升。第二是全球性的需求。这种需求相对于早期的发展中经济体来说，显得巨大而富有弹性。

---

① 前文提到的《增长报告》重点强调了作为成功增长策略重要方面的包容性和公平问题。这一认识主要来自于经验以及对经济结果、政策和改革的政治基础之间相互作用的理解。中国的经验是有积极意义的。

中国经济改革最让人印象深刻且最重要的一点就是承认学习的重要性，而且学习和开放要结合起来。管理中央计划经济和管理市场经济是非常不同的。在市场经济中，许多事情的发生不是被直接控制而是受激励影响的，这些激励来源于规则、选择、政策和公共部门投资。中国从不同的国家、机构和专家那里探索并吸纳外部世界的专业技能，用于加速自己的学习进程。迄今为止，对于一个局外人来说，经济和社会的开放是中国经济高速增长最与众不同的特色之一，这种开放不是表现为技术经济意义上的贸易流和资金流，而是表现在对获取新知识的渴望和与之相伴的学习速度上。很明显，这种学习能力建立在1978年改革之前就已形成的坚实的教育基础之上。中国的识字率和有关的教育指标在过去和现在都远远超过发展中国家的平均水平，这些优势背后还一定存在着更深刻的文化和历史原因。

从外部能学到的东西毕竟是有限的。但不论过去还是现在，从相当成熟的发达市场经济学习管理经验十分有益。激励、分权化和价格信号很重要，个人和组织都会对此做出反应。但当时的中国经历了29年的计划体制，从许多重要方面来看，不存在市场经济体系。从那时到现在，中国经济都处在一个向成熟的发达市场经济转型的长期过程之中。在此期间，市场、监管机构和监管能力正在逐渐形成。

迄今为止，我们还没有发展出十分完善的有关转型经济的模型①。这意味着中国的政策制定者又多了一项挑战。和发达经济体不同，他们手中并没有经过验证的模型，用以预测改革和政策变化的影响。他们要在高度不确定的环境下采取行动，做出决定。适应这种决策环境不仅对中国自身的成功至关重要，也可能是对其他发展中国家最有借鉴价值的方面②。

认识到决策环境的这种不确定性是十分重要的。20世纪90年代经常使用的一种研究方法是建立一个静态模型，模型中有一个适合所有情况的通用公式。这样的方法当然说明不了什么问题。因为据此建立的模型对不同国家、不同经济和不同发展阶段的差异性都不够敏感，而且往往把大多数作用机制

---

① 参见林毅夫——现任世界银行首席经济学家——即将出版的著作《经济发展和转型：思想、策略和生存能力》，该书基于作者2007年秋天在剑桥大学"马歇尔讲座"的系列演讲。

② 有关发展中国家不确定性模式下的政策制定适应性的讨论，参见 Mohamed El-Erian 和 Michael Spence 发表在《世界经济》（*World Economics*）杂志2008年1号第9卷，第57~96页的"增长策略和动力：来自国家经验的一些洞见"，该文也是增长和发展委员会的工作论文。

都限定在私人部门,严重制约了政府的作用。中国让我们更深入地理解了增长的动力机制,从而解放了对政策制定过程的看法。

在中央计划经济的起点上开始改革,也许使中国领导人和政策制定者更容易认识到,中国不能完全照搬发达国家的增长"药方",而是必须对它们加以修正。

不管什么时候,利用不完善的经济反应机制模型来制定经济政策,都要考虑到转型经济的现实情况会产生的许多影响。转型是一个长期的过程,保证经济持续增长对于实现政府和人们所追求的提高收入和减贫的目标都十分重要[①]。

如果说现有的经济理论应用在发展初期的经济体时有局限性,那么政策制定的方法也应该相应地调整。由于政策的变动和改革可能带来不确定的结果,尽可能地进行试点就显得十分必要。成功的试点能够被复制和推广,不成功的则被抛弃。经济的有序开放、有效利用出口区和开放区就是很好的例证。

认识到模型中的不确定性以及市场和政策制定机构处在不断成熟的过程,必然会导致对理论和正统观点产生不信任甚至怀疑,这种不信任和怀疑可能来自内部或者外部。这方面的例子不少。在局外人看来最显著的案例也许是以保持增长为目的的汇率管理制度的演变。随着时间的推移,随着经济规模的扩大,汇率制度从保持内部平衡转向保持外部平衡,以及更多地依赖国内消费来推动经济的增长[②]。

实际上,高速增长会产生无法完全预料到的瓶颈。中国增长策略的成功,部分表现为对瓶颈或阻塞的束缚做出的快速反应。

中国渐进增长策略与众不同的一个特点是,一方面在进行政策调整时采取慎重的、可控的渐进主义,另一方面在政策或改革方案被决定采纳后进行快速而有效的实施。

实用主义的、渐进的、解决问题式的经济发展方式与长期致力于改善公

[①] 李光耀在他的《从第三世界到第一世界:1965~2000年新加坡的故事》一书中很好地解释了新加坡的发展,"就在41年前,独立的新加坡开始了前途未卜的旅程。失业率居高不下,没有自己的工业,前途惨淡,"当时的总理李光耀写道,"我忐忑不安地沿着不知要通向何方的无人走过的小路出发了。"

[②] 有关目前恢复外部平衡而不损害内部平衡和增长要素的讨论,参见由中国研究和咨询项目资助,林重庚、斯彭斯和豪斯曼最终完成的《中国和全球经济:中期问题与对策》,中文版可参见《比较》第24辑,中信出版社,2006年5月。

众福利的明确目标相结合，是中国提供的主要经验，它正在成为增长和发展战略以及确定政策优先目标的新参照系和新理论框架。最初的快速学习和知识引入过程现在已经成为双向车道，也就是说，重要的知识和学习方法正在从中国传到其他的发展中国家。本书的各章将详细说明在一系列政策领域和某些经济部门中实施的这种解决问题式的策略。这些说明将给其他国家的领导人和政策制定者提供宝贵的资源，同时也为我们更好地理解经济发展提供翔实的研究案例。我们可以把这些案例看成对"摸着石头过河"这个著名的比喻的详解。

在不确定的环境下，在一个逐渐向成熟的市场经济和监管体制演进的转型经济中，用不完善的模型做出有序的政策决策，乃是中国过去30年成功历史的重要组成部分，也为其他发展中国家提供了很好的经验。此外中国也有其他显著的特点值得我们关注。

即使在实现过高速增长的经济体中，中国的储蓄率和投资率也是很高的（约为GDP的1/3且仍在增长），更是远高于发展中国家的平均水平。因为国有企业在基础设施建设中扮演着重要角色，所以很难用传统标准来准确区分公共投资和私人投资。但是毋庸置疑，有效的公共部门投资率（在教育和基础设施领域）依然很高，并且为持续快速的增长创造了基础。中国并未像其他发展中国家通行的那样在政府的预算中忽略公共部门投资。这反映了中国改革开放的两个特性：一是重点强调增长和未来的繁荣，为了将来的高收入和下一代的发展，愿意牺牲当前的消费；二是具有广泛群众基础的一党制政治体制能够具有更长远的战略眼光①。

这种跨期选择对于相对贫穷国家来说并不容易。所以，从中国的经验中理解这种跨期选择的基础是什么，对研究发展问题十分重要。首先，这种基础可能有文化上的因素。第二，为公众提供足够的储蓄渠道也是非常重要的。第三，政府应该能有足够的收入，可以将其中的一部分用于基础设施和教育的公共投资。中国政府拥有相当大比例的生产性资产，由此产生的收入能够为公共投资提供资金支持。中国比较不寻常的一点是，它有相对不受限制的政府收入来源可以用于服务和投资。不断增长的私人部门的企业投资（或储蓄）过去和现在都受投资机会和充足的投资回报率所驱动。经济的开放和20

---

① 许多高速持续增长的案例提及了在几十年中持续增长过程中从权威体制到民主体制的转变。

世纪 90 年代加速取消各种残留的限制在这方面起到了重要的作用，还有对外国直接投资的开放，成为引入知识的一个重要途径。

中国并不是传统意义上的资源丰富的国家，其他高速增长的国家和地区也不是。正在走上经济稳定快速增长之路的印度和越南同样没有丰富的石油和矿产资源。所有这些持续高速增长的国家都依赖于快速增长的生产性就业、日益多样化的出口、劳动力的流动、竞争和快速的城市化。其中任何一点都是支撑和引致稳定增长的微观经济机制。中国的改革者能够在中央计划经济的基础上允许竞争来促进经济繁荣，这一点令人印象深刻。不过中国增长道路上最独特的一点是劳动力市场的极大弹性。劳动力从农业转移到制造业和城市服务业，从农村转移到现代经济活动密集的城市。在政策允许之后，国有企业也大幅度裁减冗员，以获得市场竞争力。同时充满活力的经济相当快地创造出了新的就业岗位。

我心中至少还有一个谜团应该得到解释。1995 年到 2005 年的十年间，在制造业领域，可度量的劳动生产率提高得非常快，大约每年 20%。即使制造业的产出增长迅速，这本来也会抑制工作机会的增加。然而，尽管有生产率的大幅提高和国有企业的裁员，整个经济仍然成功地推动了就业的净增长。本书的一个主要贡献就是从增长核算以及因果关系的角度对这个谜团给出了解释，这种深入的案例研究也只有本书的这些知识渊博的作者才能做到。之所以说这一点十分重要，是因为中国经济和庞大的国有企业结构转型的速度都是空前的。

在工业化和经济现代化的进程中，城市化历来是个备受争议但又必要的过程。这常常导致人们怀疑快速的城市化是否明智，我相信中国在这方面也不例外。一开始，人们会怀疑甚至抵制城市化，但是随着时间的推移，他们最终会完全理解集聚经济的重要性和支持城市化的必要性，并尽可能有序地推动城市化。城市化的关键要素是与土地价值相关的价格信号。成熟的城市和农村房地产市场可以帮助公共部门做出有效的选择和投资，这也是中国正在经历的进程。

增长和发展委员会的《增长报告》提出了一些有待研究、讨论和争论的政策领域，其中包括：经常账户和资本账户开放的合适步伐和顺序、产业政策与出口促进和出口多样化、汇率管理，以及在保持就业率净增加的前提下提高竞争力等。这些都是非常重要的政策领域，对其进行政策干预，会带来利益也会产生风险。在我看来，详细解读中国在这些领域内的政策和政策思想的发展变化无疑将有助于提升我们的认识，同时也会给其他国家的领导人和政策制定者以及国际组织（如负责为世界经济的运行制定及协商规则的WTO）带来现实的意义①。现在已经被广泛接受的观念是，恰当的政策依赖于不同经济部门的发展状态，尤其是金融部门。当前最有价值的是借鉴中国的改革和开放经验，更深入地分析政策变革（policy shifts）中的那些具有里程碑意义的重大决策。假如我们认为，经济或者资本账户的突然开放不是恰当的选择，其中的部分原因是这样做风险太大，那么问题就会变成，如何衡量经济体中的各个部分对进一步开放是否做好了准备。

同过去一样，中国依然面临着一系列重要的挑战。这些挑战是新问题，也是国内激烈的政策讨论的焦点。所有这些挑战都是重大的课题。我之所以简要地提及这些挑战，是想说明在高速增长的过程中，没有任何事情是永久不变的。唯一不变的就是总会有新的挑战需要我们去思考、想象，并进行充分的讨论。

地方的环境问题（空气和水质）在高速发展的改革时期一直被忽略，直到最近才受到重视。应该将扭转环境恶化的趋势置于最优先的位置，并走上一条保护环境的发展之路。其中一条就是要取消补贴，使能源价格与全球保持一致。随着能源需求和价格的提高，补贴政策的成本将越来越高，同时，补贴政策不利于环境保护，还会使中国在当前和未来应对全球气候变化的跨国合作体制中处于不利地位，影响自己的利益。

经常账户在长期保持适度的盈余或赤字之后，近期的盈余已达到GDP的12%，这或许是个意外。高额的贸易盈余并不是增长战略的必要组成部分，它会对处理同贸易伙伴的关系产生不利的影响。高额的贸易盈余意味着超过资金投资水平的存款，这种超额存款本可以用于本国消费，却被投资到其他国家。即使采用多种措施（包括可能的财政政策和汇率政策，这些措施可能会影响储蓄和投资率之间的关系）来解决过高的贸易盈余问题，但由于现在的汇率管理过程，外汇储备仍可能继续积累。原因在于，经常账户平衡不会减少私人资本持续大量流入的可能性，而私人资本的大量流入是因为中国投资机会较多以及人民币进一步升值的潜力。控制人民币升值过快的步伐要求

---

① 著名的发展经济学家罗德里克（Dani Rodrik），对这些问题进行了大量的研究，并认为全球经济的演进规则限制了发展中国家的政策选择，例如启动出口多样化以及进行支持增长的结构转型等。

中国人民银行在未来的几年里继续增加外汇储备。值得注意的是，影响经常账户和资本账户变动的各种不同因素并没有得到其他国家的充分理解。

快速的经济增长引发了收入不平等的加剧，这是所有高速增长国家和地区所面临的共同问题，也是增长过程的自然后果之一。但是收入不平等可能过分恶化，要求政府重新予以关注。这一点已得到中国政府和领导人以及制定"五年计划"的有关人士的认同。

中国是一个巨大而多样化的经济体。其最先进的部分处在中等和中上等收入水平，并且正在向发达国家的收入水平靠拢。所有成功的经济发展案例（在我之前提及的 13 个高速增长案例中，只有一小部分做得不错）都表明，从中等收入国家向高收入国家转型是一个十分复杂的过程。这给中国提出了两个挑战。

第一个挑战是我们所熟悉的。在这个转型过程中，在增长初期推动增长的那些因素的重要性正在变弱并将最终消失，取而代之的是资本、人力资本以及知识更加密集的新的经济活动。这种变化是结构性转变的一部分，即使在其他那些成功地实现了转型的国家，结构性转变也并不是总能得到很好的协商解决。问题的另一方面在于，政策制定者很难放弃原来的政策和曾经为成功奠定了基础的产业部门。但是在高速增长的过程中，"坏"的政策往往是那些实施了过久的"好"的政策。

第二个挑战是，对中国来说，一个复杂的因素是并非经济的所有部分都处在从中等收入向高收入转变的阶段上。因此，增长战略和政策必须一方面促进劳动密集型的增长和城市化（中国约有 50% 的农村人口），另一方面又要支持经济中最先进的部分实现结构转变。印度的经验或许会有些帮助，并可以为即将到来的复杂的转型指引方向，那就是及早地发展了全球经济中的先进的服务业。

目前发展中国家面临的主要短期问题或许是全球能源和食品相对价格上涨所引发的通货膨胀。价格上涨幅度如此之大是较为罕见的，而且发展中国家价格上涨的幅度要高于发达国家，其原因是低收入国家的 GDP 和消费者价格指数的大部分与食品和能源有关。通货膨胀对投资和增长的破坏性已成为共识。相对价格变化以及由此引致的收入变化（可能是正的也可能是负的，视部门和 GDP 的构成而定）无法避免。通货膨胀带来的挑战是防止它对经济产生第二轮或者第三轮的影响，同时将它对增长的破坏降到最低限度。中国如何应对这一挑战对发展中国家乃至全世界经济都是至关重要的。

自 1978 年中国改革开放以来的 30 年时间里，中国 GDP 的年增长率一直在 10% 左右，改革初期，这种增长虽令人震惊，但在数量上并未对全球经济产生较大的影响。逐渐地，形势出现了变化。中国的 GDP 已占到欧盟或者美国 GDP 的 25%。10% 的增长大约等同于发达经济体 2%~2.5% 的增长，那是一种非常大的影响。如果继续保持目前的增长速度，15 年后中国的经济规模将要赶超欧盟和美国，中国的经济和政策选择将会对全球经济和全球资本市场产生巨大的影响。同其他大的经济体一样，中国的经济增长和经济规模意味着它对全球制造品和初级产品乃至利率的相对价格都有着重要的趋势效应。

另一个发展中大国印度，也在以与中国相近的速度快速发展着，但是大约要落后 13 年。可是，展望未来的 15 年后，由于这些经济体的联合效应，任何正在演变的全球治理体系要想行之有效，都必然会要求它们加入并积极参与。

对中国来说，这意味着调整它的各种政策，在实现国内经济的需求、发展和演进的同时也在全球经济中帮助保持稳定和平衡，这一改革过程正在进行之中。对于全球经济中其他大的经济体而言，这意味着调整全球的各种正式和非正式制度，以便用一种远比现在更为有效的政策合作过程把中国、印度以及其他新兴经济体包容进来。

本书阐述了中国过去 30 年的非凡历史。从历史的角度来看，这是一本重要的文献。它有助于深入理解[1]中国的改革过程，总结过去的进步和失误，为今后继续前进所遇到的挑战提供指导。它也会加速人们已经开展的学习进程，为增长和发展提供中国的经验。最初作为开放和学习过程的改革肯定还会继续下去，但对于其他国家来说，这同时也变成了一个学习和分享经验的过程。

（鄂丽丽译 吴素萍、余江校）

---

[1] 我们前面所提及的增长和发展委员会的报告，主要阐述了 13 个持续高增长案例的共同特点，并特别考察了中国成为历史上增长幅度最大、发展最快的国家的路径。而且，可以确定的是，中国的增长对亚洲增长产生了积极的影响，对其邻国印度的改革和发展也起到了重要的榜样推动作用。

三十年改革及中俄转轨路径比较

王小鲁

从 1978 年到 2008 年，中国经历了 30 年的经济体制改革。这 30 年中，有丰硕的收获，也有痛苦的教训。特别是同俄罗斯这样的其他转轨国家进行比较，可以发现许多鲜明的不同特点，中国改革的成绩和缺欠都可以看得更清楚。中国改革的成功之处，不仅在于她带来了迅猛的经济发展，成就了中国的崛起，而且在于这个改革总体来看是一场惠及大众的改革。这个改革的缺欠，不仅在于她是一场尚未完成的改革，在许多方面还显现出不彻底性，而且在于她的惠及大众的特征有逐渐丧失的危险，改革的成果面临被少数既得利益集团侵占的危险。清楚地分析中国改革的得与失，才能正确地判断我们目前面临的状况和进一步改革的方向。

一、三十年改革的经济成果

经历了 30 年经济体制改革，中国经济基本上实现了从过去的计划体制向市场体制的转轨。在这个过程中，中国的经济规模（以不变价格的 GDP 衡量，2007 年与 1978 年相比）扩大到原来的 15 倍，年均经济增长率从改革前 26 年的平均 6.1% 提高到改革期间 29 年的平均 9.8%，城乡居民收入水平按不变价格计算提高到原来的 7 倍以上；中国从一个人均国民收入 220 美元的穷国跃升为人均 2 500 美元的下中等收入国家。按世界银行的购买力平价计算达到了人均 7 700 美元。

在此期间，中国经济总量先后于 1992 年超过俄罗斯，1993 年超过加拿大，

2000 年超过意大利，2005 年超过法国，2006 年超过英国，2008 年很可能将超过德国，成为世界第三经济大国。如果以世界银行的购买力平价方法衡量，中国经济规模已经仅次于美国，居世界第二位（以上数据均来自国家统计局，历年数据；世界银行，2008）。

　　30 年改革期间，按国家贫困线计算的中国农村贫困人口，从 1978 年的 2.5 亿大幅度减少到 2007 年的 1 500 万人。按照世界银行的"每人每天 1 美元"的贫困标准（以购买力平价计算），中国贫困人口占中国总人口的比重已由 1990 年的 31.5% 下降到 2005 年的 8.9%。尽管在改革期间的一些时期，低收入居民的收入增长缓慢，甚至有过下降，而且中国现在面临着收入差距持续扩大的问题，但城镇和农村最低收入的 10% 居民家庭，以不变价格计算的人均收入水平在改革期间也还是明显提高了（国家统计局，历年数据；Gill 和 Kharas 等人，2007）。这说明改革在总体上还是惠及了大众。

　　作为两个世界大国、两个前计划经济国家和向市场经济转轨的国家，中国与俄罗斯在许多方面曾经有着共同之处，但转轨过程却有巨大的差别。中国基本上自始至终实行了渐进主义和实验主义的改革措施，有许多改革措施是自下而上推进的，逐步从计划经济体制基本过渡到市场经济体制。俄罗斯在 20 世纪 80 年代后期开始实行了渐进式的改革，但在叶利钦上台、苏联解体后采纳了西方学者建议的激进的"休克疗法"，试图通过一次跳跃转变为西方式的市场经济，但造成了巨大的经济困难。普京执政后对以前的政策进行了调整。

　　两个国家体制转轨的经济后果也大不相同。由于苏联的中途解体、统计数据不全和前后不衔接，我们很难找到俄罗斯过去 30 年的完整数据拿来与中国进行比较。不过研究世界长期发展问题的专家麦迪森（Angus Maddison）提供了 1978~2003 年这 25 年间中俄经济增长状况的可比数据（以购买力平价衡量），见表 1。

表1　1978～2003年间中俄经济成果比较

	中国	俄罗斯	中 / 俄（俄 =100%）
GDP(亿美元，1990 年购买力平价)			
1978	9 350	10 180	92%
2003	61 880	9 140	677%
增长指数 (以 1978 年为 100%)	662%	90%	
人均 GDP(美元，1990 年购买力平价)			
1978	978	7 420	13%
2003	4 803	6 323	76%
增长指数 (以 1978 为 100%)	491%	85%	

数据来源：安格斯·麦迪森（2008，中文版），第 108~109 页，表 4.4~表 4.5。

该表显示，以购买力平价衡量，在 1978~2003 年期间，中国经济规模成长为原来的 6.6 倍，人均 GDP 是过去的近 5 倍，而俄罗斯经济则萎缩到原来的 90%，人均 GDP 萎缩到原来的 85%。1978 年中国经济总量小于俄罗斯，而 2003 年则相当于俄罗斯的 6 倍多。1978 年中国的人均 GDP 仅仅相当于俄罗斯的 13%，而 2003 年则达到后者的 76%。中国与俄罗斯之间还有一定的距离，但差距已经大大缩小。

事实上，在实行"休克疗法"式改革的 20 世纪 90 年代，俄罗斯经济一路下滑，到 1998 年已经萎缩到仅相当于 1990 年 GDP 水平的 57%，几乎比改革前掉了一半。相比之下，1941~1945 年第二次世界大战期间，苏联经济总量也不过下降了 22%。叶利钦卸任、普京上任后的一段时间内，经济开始恢复，增长率加速。2006 年俄罗斯 GDP 与 1999 年相比增长了 58%，年均增长率达到 6.8%，但到 2006 年为止，GDP 还没有完全恢复到 1990 年水平，只相当于 1990 年的 97%。这期间居民消费的增长幅度更大，达到 87%，年均为 9.3%，增速超过了同期中国居民消费的增速。这说明俄罗斯老百姓自 2000 年以来的生活确实得到了改善（数据来自联合国数据库）。

为什么中俄经济改革的结果会有如此重大的差别？我们能够从中得到什么经验教训？下面的部分，将对此进行分析。

二、中俄改革的区别

许多西方国家的经济学家在相当长时间中曾经对中国的经济成就视而不见，或者不断预言中国经济将走向停滞或崩溃。相反，他们对俄罗斯的经济转轨过程和经济前景则曾经有过不少正面评价和乐观的预期。30 年过去了，他们关于中国经济崩溃的预言都没有实现。越来越多持有现实主义态度的研究者开始积极评价中国改革和中国经济发展的成就，他们也越来越多地正视中俄经济成就的巨大差异。

有相当部分国内外经济学家认识到中国的渐进主义改革较之俄罗斯的"休克疗法"有明显的优越性。他们强调改革采取怎样的顺序对后果有重要影响。他们还承认"摸着石头过河"这种不断试验、不断纠错、取得经验、逐步推进的中国式改革哲学，以及改革期间保持了国家统一、社会稳定、避免了恶性通胀和大规模资本外逃，都是成功的关键因素。而俄罗斯在这些方面都恰恰经历了相反的情况（例如，McKinnon，1993；Roland，2000；Maddison，2008）。

在这些经济学家中，林毅夫（1995）对中俄经济改革的差异做了一个比较清晰的解释。他指出中俄在改革前都实行了优先发展重工业的战略，导致重工业过重的结构偏差。由于资源重新配置需要时间，俄罗斯的激进价格改革导致了资源过度配置的部门生产下降，资源配置不足的部门却不可能在短期内大幅度增加生产，从而导致经济萎缩。中国则没有首先纠正资源的错误配置，而是以增量改革的方式使资源配置不足的部门增加生产，在改革过程中逐步改善资源配置，从而保证了改革期间的经济增长。不过，他没有解释为什么这个差别在俄罗斯所导致的不是一个暂时的经济下降，而是一场长达十年之久的严重灾难？

　　另一些人更加强调中国与前苏联在改革前初始条件的差异对改革路径和两国经济成就差异的影响。包括曾做过俄罗斯改革顾问的萨克斯等人。有的作者甚至认为，中国的渐进主义改革道路和俄罗斯的"休克疗法"都是由其初始条件决定的、无法避免的。尽管初始条件对改革的路径和成效的确有重要的影响，但这些观点过分强调了初始条件的差异，忽略了两国在改革前经济体制方面的许多共同性。

　　事实上，前苏联在 20 世纪 80 年代后期已经初步尝试了某些渐进主义方式的改革，例如对加盟共和国下放部分投资权限，扩大国营企业的自主权，对企业超产的产品允许自销、放开市场价格，以及有限度地容许个体私营企业经营。这些试验当时已经取得了某些初步的成果，并不像有些西方经济学家所说的是因为这些试验"失败了"，才转向"休克疗法"式的改革。之所以采用"休克疗法"，纯粹是由于保守派政变失败、叶利钦上台后，促成了苏联解体，并全盘接受了西方经济学家和少数国内激进改革派的建议，人为终止了渐进式改革的探索。

　　中俄改革有一方面的异同从来没有被充分讨论过。这就是中国和俄罗斯一系列改革的初始考虑和实际结果导致了怎样的利益再分配？这些改革有利于哪些人，不利于哪些人？是否惠及了大众，如何能够惠及大众？

　　回顾中国的改革历程，我们不难看到，所有那些最成功的改革措施，事实上都是优先考虑大众的切身利益，顺应民意，从那些问题最多、老百姓最不满的领域改起。而且这些改革措施是否适当，都通过反复的局部实践得到了证明。其中一些主要的成功改革措施，例如包产到户、双轨制价格改革、非国有企业发展等等，都是由基层首创并取得了初步的成功，被事实证明符合绝大多数人的利益，然后才被中央所接受，成为指导全国的政策，因此也可以说是自下而上的改革。中国改革中那些不成功或者遗留问题比较多的改革措施和其他决策，基本上都没有很好地遵守这些原则。

改革是否惠及大众，为什么会对经济绩效有重大影响？其实并不奇怪。经济学中的"帕累托改进"原理指出，资源的重新配置如果能够使一些人受益，但没有人受损，则是资源配置的改善。而一项改革如果能够使全体人民或者大多数人受益，一般来说符合帕累托改进的原则，当然有利于提高效率，促进发展。

相反，虽然俄罗斯的"休克疗法"式改革是由公民投票选举产生的总统叶利钦一手推行的，但"休克疗法"式的改革措施没有充分考虑和照顾大众的切身利益，而且在改革中造就了一小批官商勾结的垄断寡头，把大众利益和改革成果拱手让给这些垄断寡头，导致极度不公平的财产再分配和高度的社会分化。在实行"休克疗法"的20世纪90年代，多数俄罗斯老百姓的切身利益受到严重伤害，得益者是少数，而且得益最多的那些人恰恰是通过不正当手段获取了利益。

之所以导致这种结果，显然与改革政策本身有关。这些改革的设计多数是对西方国家特别是美国现成模式的机械照搬，没有对俄罗斯国内实际状况进行认真研究，没有对其效果进行试验，没有征询和听取社会各界的意见就仓促推行。叶利钦甚至不惜动用大炮解决他与议会之间的政见分歧。等到他的改革措施造就了一个垄断寡头集团，他又在利益上与之结成了共同体。

普京上台后，付出了极大的努力纠正这些错误。他从有些以极不正当的手段将原国有石油公司据为己有的寡头手中将这些石油公司夺回来，但同时反对一般地实行重新国有化。他的努力也包括改善收入分配状况、缩小收入差距、加强社会保障和消除贫困。普京政权既主张市场经济、有序竞争、提高经济效率，又主张社会公正和政治稳定。他在上任时强调："每个国家，包括俄罗斯，都必须寻找自己的改革之路。俄罗斯只是最近一两年才开始摸索自己的改革道路和寻找自己的模式。只有将市场经济和民主原则与俄罗斯的现实有机地结合起来，才会有光明的未来。"（普京，1999）这是对以前改革政策的明确批评。

这种政策变化，是自2000年以来俄罗斯经济能够迅速恢复和发展的一个基本原因。不过，叶利钦时代遗留下来的负面遗产，不是一朝一夕能够彻底清除的，并将继续对未来产生不良影响。

下面的部分，将对中国在几个领域的改革进行回顾，并与俄罗斯的相应改革进行比较，以分析不同的改革政策造成的差异。

三、农业改革

自 1978 年开始的农业改革是中国经济改革的第一步。但农村的包产到户改革并不是一个由政府设计的政策措施，而是由农民在 20 世纪 50 年代就创造出来的一种制度，用以抵消过激的农业集体化对生产效率带来的负面影响，解决吃饭问题。尽管屡屡遭到中央和各级政府的严厉批判压制，被指责为"走资本主义道路"，它还是在 20 世纪 60 和 70 年代一再死灰复燃，并得到一部分敢于替农民说话的基层和中高层干部的支持（有关讨论见中国农村发展问题研究组，1981）。

中国过去过左的农业集体化政策对中国农业的发展有非常不利的影响。经过"大跃进"的破坏和 10 年文革"割资本主义尾巴"，不少地方的农村已经到了百业凋敝、民不聊生的地步。从 1957 到 1977 年这 20 年间，农村居民人均年纯收入仅从 73 元增长到 117 元（当年价格）。1978 年，全国有 2.5 亿农村贫困人口（国家统计局，2005b，2008b）。

1978~1979 年，安徽、四川一些地方的农民在吃不饱饭的情况下自发实行了包产到户，并得到当地基层干部和当时的安徽省委第一书记万里和四川省委第一书记赵紫阳的支持。这在中央和各省都引起了激烈的争论，被一些人指责为"违背社会主义方向"，甚至要求把支持包产到户的干部当做"反革命"抓起来。当时的中央文件还明文规定"不许包产到户"。下面是根据媒体报道，当时万里与中央一位负责农业的老干部的一场当面争论（《南方周末》，2007）：

老干部：包产到户，没有统一经营，不符合社会主义所有制的性质，不宜普遍推广。

万里：包产到户，是群众要求，群众不过是为了吃饱肚子，为什么不可行？

老干部：它离开了社会主义方向，不是走共同富裕道路。

万里：社会主义和人民群众，你要什么？

老干部：我要社会主义！

万里：我要群众！

顶着政治压力，安徽滁县地区在万里的支持下，在一些社队进行了包产
到户试验，效果显著。凤阳县在多数生产队实行包产到户后，1979年全县粮
食增产49%，超过历史最高产量20%，油料增产近3倍，人均口粮和人均收
入分别比历史最好水平高出20%~30%（见王郁昭，1980）。其他实行包产到
户的地区也都取得了明显的成绩。在事实面前，这次争论以改革派的胜利告
终，包产到户成为一项全国性的政策。到1984年，全国97%的生产队实行了
包产到户。人民公社制度正式取消。

在农业改革的同时，国家提高了长期以来过低的粮食收购价格，并逐步
放开了粮食市场。这些改革措施在短时间内改变了长期以来农产品供应短
缺、大量农民吃不饱饭的状况。从1978到1984年，农业生产大幅度增长，
农民收入提高了1.5倍，农村贫困人口减少了1.2亿。1978年，全国65%的
农村居民家庭人均纯收入在150元以下，而1984年人均纯收入200元以下的
家庭已经下降到14%（见表2）。这期间，城乡人均收入差距也从2.5倍缩小
到1.8倍。同时，由于农产品供应状况的改善，城市居民也从农业改革中得
到了实惠。

表2　中国农业改革前后的主要农业产出及农民收入

	1978年	1984年	增长幅度
粮食（万吨）	30 477	40 731	34%
棉花（万吨）	217	626	189%
油料（万吨）	522	1 191	129%
糖料（万吨）	2 382	4 780	101%
水果（万吨）	657	985	50%
农村人均纯收入（元）[1]	134	355	150%
农村贫困人口（亿人）	2.50	1.28	−49%
人均收入150元以下农户比重（%）	65%	14%[2]	

1. 农村收入水平按现价，增长幅度按不变价计算。
2. 1984年的14%是按人均收入200元以下计算，按不变价格相当于1978年的167元。
资料来源：国家统计局（2005b）：《新中国五十五年统计资料汇编》。

俄罗斯的农业改革情况非常不同。1991年末，叶利钦发布命令，在全国
实行紧急土地改革，根据国际货币基金组织的建议实行土地私有化、解散集
体农庄和国营农场，目标是要将俄国农业改造为像美国那样以家庭农场为主
体的私人经济，预定要发展100万个私人农场主（1990年，俄罗斯的农村人
口为3 800万人）。但这项根据外来建议推进的激进改革措施并没有得到俄罗

斯老百姓的广泛认同，成为一场揠苗助长的改革。据一项调查，俄罗斯人完全同意土地私有化的占 32.2%，部分同意的占 14.2%，不同意的占 39.7%，无明确态度的占 13.9%。赞成和反对意见基本旗鼓相当。而对允许土地自由买卖的态度，完全同意的只占 18.1%，部分同意的占 8.6%，不同意的占 60%（见乔木森，2002）。

与此同时进行的"休克疗法"式价格改革进一步造成了农业的困难。1992 年 1 月全面放开了包括农产品和农业生产资料在内的价格控制，导致了农业投入品价格暴涨，涨价幅度远远超过农产品价格上涨的幅度，使多数农民陷入困境。而雪上加霜的是，国家同时取消了农产品补贴和农业优惠贷款，给农业以沉重的打击，导致产出大幅度下降。与 1990 年相比，1998 年俄罗斯粮食产量下降了 46%，农业总产值下降了 47%。1999 年，53% 的农村人口落入官方贫困线以下。

普京执政后，加大了对农业的支持，近年来农业状况有了明显的改善，但还没有完全恢复到农业改革前的水平。2005 年，俄罗斯的农业增加值只相当于 1990 年的 94%，人均粮食产量相当于 1990 年的 81%，人均肉类产量相当于 1990 年的 57%（数据见联合国数据库和世界银行，2008）。

比较两国农业改革，俄罗斯经历的困难主要在于当时的领导者不了解下情和无视俄国具体情况，机械照搬外国模式，也在于他们忽视了俄罗斯农民的切身利益和要求。中国后来出现的某些农业和农村政策失误，某种程度上也与这些因素有关。

中国早期农村改革的成功，来自自下而上的改革实践，也在很大程度上得益于一批领导人尊重实践、敢于改革，把老百姓的利益看得高于意识形态原则。但在以后的某些时期，农村改革相对停顿，农村政策出现了较多失误。这包括在相当时期内国家财政对农村支出过少，忽视农村医疗教育等公共服务和农村基础设施建设，对各级政府缺乏监督约束等等，造成农村苛捐杂费大量增加，农民负担加重，农村居民就医难、上学难和因医疗教育负担过重致贫的现象大量发生。

仅从国家财政支出中的农业支出比重来看，在改革初期达到 12%~13%，而在 20 世纪 80 年代后期和 90 年代大部分时期只占 8%~9%，在 2000~2003 年进一步下降到 7% 的水平。财政支出中用于文教卫生和科学的支出比重在 1992~1998 年约占 21%，到 2000 年下降到 17%。而财政支出中用于城市医疗卫生和教育的经费远远超过农村，使城乡间公共服务资金分配严重不均。

在农产品流通政策方面，也曾一度出现过度干预粮价和粮食生产，关闭粮食市场，试图垄断粮食收购，造成大范围粮食生产过剩和农民卖粮难，以及国营粮食企业大规模亏损、坏账和舞弊行为等一系列问题。

这些因素在一个时期内导致了农业生产波动、农民收入增长缓慢、停滞甚至局部生活水平下降。根据国家统计局农村居民调查数据，以不变价格计算，在 1979~1985 年期间，农村居民人均纯收入年均增长 15%，而 1986~2003 年期间年均增长只有 4%，远远低于同期全国人均 GDP 年增长 8.3%的水平。其中农村低收入居民受到的影响更大。从 1998 年到 2003 年，城镇居民人均纯收入增长了 53%，农村居民人均纯收入只增长了 21%，其中农村最低收入的 10% 家庭人均纯收入则下降了 14%。城乡之间的人均收入差距也进一步扩大到 3.2 倍左右。

2004 年以来，中央陆续推出取消农业税和各项提留、统筹，免除了农村中小学学杂费，加大了农村医疗教育、扶贫和农村基础设施建设投入，并且正在着手全面建设农村低保制度和农村新型合作医疗制度。这一系列政策调整使农村状况出现了明显改善。

四、价格改革

价格改革是从计划经济体制向市场体制转轨的关键一步。改革前，非国家定价的浮动价格只在很小范围存在于一些社队企业和城镇集体企业的经营活动中。僵硬的计划价格和行政管理严重阻碍了供求关系的调整，导致效率低下和严重的结构失衡。生产不足导致的普遍短缺和不符合市场需要的盲目生产导致的产品积压和浪费，是长期难以解决的两大顽症。1978 年，四川省率先进行了扩大企业自主权试点，随后国家经委在全国进行试点，在取得明显成效后逐步把范围扩展到全国 6 600 家国有企业，最后扩展到全部国有企业。这一试验允许国有企业利润留成，设立三项基金，给予企业若干自主权，包括超产部分以浮动价格自销产品的权利，以及在计划不能保证的情况下以非计划价格自行采购原材料的权利。这实际上导致在计划体制以外形成了一个与之并存的市场，以及与计划价格并存的市场价格体系，初步形成了价格双轨制的改革路径。这在实践中证明是行之有效的，并在边际上发挥了调节供求的作用。

从 1984 年的"莫干山会议"之后，价格双轨制从扩大企业自主权的衍生品变成了政府主动推进的改革措施。根据这种边际改革的思路，国有企业的计划调节部分逐步收缩，而计划外的市场调节部分则逐步扩大。同时计划价格也通过逐步调整向市场价格逼近，对基本实现了供求平衡的产品则逐步放开价格。在所有制结构方面，国有经济由于激励不足和体制的制约发展缓慢，而受市场调节的非国有企业部门则迅速发展，从而进一步扩大了市场价格的调节范围。经过一个时期的渐进式改革，市场价格逐步确立了在中国经济中的主导地位。

关于价格改革的路径，当时曾有很多争论。一些人反对扩大市场调节，主张以行政性调价代替价格市场化。另一些人（包括一些西方经济学家和部分国内学者）则主张一次性取消计划价格，全面放开市场价格。前一种意见随着改革的推进逐渐销声匿迹了；但如果当时采纳了后一种意见，显然也会导致与俄罗斯"休克疗法"类似的严重后果（关于当时价格改革的一些争论，见中国经济体制改革研究所，1987）。

当时由于结构失衡，多数产品的计划价格远离市场价格。如普通钢材严重短缺，计划价格约每吨 600 元，市场价格则达到 1 500~2 000 元。其他基本工业原材料情况类似，市场价格通常高于计划价格数倍。而使用这些原材料的许多中下游产品则处于供应饱和状态。如果突然放开价格，投入品成本势必成倍上升，对产品价格不能相应提高的中下游企业来说，会大大超出它们的承受能力，导致大量企业倒闭和数以千万计的职工失业。而有能力存活的企业，则必然以连锁反应的方式将价格上涨逐级向下游传递。这将造成经济衰退和严重的通货膨胀。

这样的结果，是当时的经济无法承受的。相反，随着市场导向的企业逐渐发展，逐步扩大市场价格调节的范围并缩小计划价格调节的范围，则将震动控制在了多数企业和消费者能够承受的范围内。从而平滑实现了计划体制向市场体制的过渡，并实现了市场供求基本平衡。以成品钢材为例，1980 年产量约 2 700 万吨，绝大部分按计划价格调拨。经过 13 年双轨制价格过渡，1993 年产量增长到 7 700 万吨，钢材的价格管制已经基本放开（数据见国家统计局，2005b）。

但是双轨制价格也带来了寻租行为和腐败现象。一些官员滥用权力，把短缺的原材料以计划价格批给自己的亲朋好友，后者则将这些原材料转手以市场价格倒卖，摇身一变就成了百万富翁。因此在向市场转轨的过程中，由于制度不健全和缺乏监督，也产生了大大小小以不正当手段致富的暴发户。这不但造成分配不公，而且导致了政府腐败，毒化了社会风气。

在当时的条件下，解决这些问题有两种可能的办法：其一，尽快取消计划价格，向单一的市场价格并轨，从而消灭通过价差寻租的条件，但这可能引起经济震荡。其二，坚决打击腐败，并推进政府管理体制改革和政治改革，形成政府管理的制度化、透明化和民主监督机制，从根本上消灭产生腐败的基础。然而后者的阻力更大，没有能够如期实行。

1988年，中央提出要搞"价格闯关"，即实行全面的价格改革，大幅度放开价格控制。当时曾有研究机构提出了保留意见。但随后因为居民对可能的物价上涨的恐慌，发生了全国范围的抢购和银行提款风潮，引起社会震动，导致决策层放弃了既定的"价格闯关"计划。这是改革期间民意对决策发生影响的一个例子。尽管没有形成正常的民意渠道，但与俄罗斯少数人一意孤行的"休克疗法"改革相比，当时的领导层能够及时调整政策，毕竟展示了相当的开明度，避免了更严重的负面效果。

然而当时中国的改革者在价格转轨中竭力避免的经济衰退、大量失业和恶性通胀，在俄罗斯却以更加严重的形式发生了。1992年1月，叶利钦在某些西方学者和少数激进派"精英"的推动下，宣布实行全面的价格市场化。当年全俄物价暴涨16倍。到1994年底，实际物价水平达到1991年水平的647倍。俄罗斯老百姓过去的积蓄基本上被洗劫一空。1998年，俄罗斯以1 000∶1的比例发行新卢布，但仍然未能制止通胀。到2000年按原卢布购买力计算，价格水平更涨到9 000倍以上。

以卢布与美元的汇率计，2000年1美元兑28新卢布（相当于28 000旧卢布），币值跌到1990年的两万五千分之一。

之所以陷入恶性通胀的螺旋上升，是因为面对不断翻番的物价水平，企业被迫大量贷款给职工增发工资以维持他们的基本生活需要，银行被迫大量放贷，转而迫使货币当局不断增发货币。而增发的货币又起了火上浇油的作用，不断造成更高的通胀。然而工资上涨仍然远远赶不上物价上涨的幅度。据俄罗斯联邦劳动部统计，1993年9月，物价比1991年底上涨162倍，居民现金收入只增加56倍。除少数人在改革中发了财，这期间普通老百姓的生活水平下降了2/3。

表3显示，在中国价格改革的第一个10年中（1980~1990年），年均通胀率（CPI）控制在7%，经济增长率9.3%，城镇失业率从4.9%下降到2.5%。在这样一个大转轨时期，取得如此成绩是不容易的。而在俄罗斯"休克疗法"式价格改革的第一个10年中（1990~2000年），年均通胀率达到276%，年均

经济增长率为负 4.2%，失业率从 5.4% 上升到 13.4%（1998 年）。这些鲜明的差异，反映了改革措施是否顺应民意、是否将惠及大众置于优先地位，会带来截然不同的后果。

表3　中俄价格改革的第一个10年：通胀、增长和失业

	中国（1980~1990 年）	俄罗斯（1990~2000 年）
年均通胀率 (CPI)	7.0%	276.2%[a]
年均 GDP 增长率	9.3%	− 4.2%
失业率 [b]	4.9%，2.5%	5.4%，13.4%

a．数据年份自 1991 到 2000 年。

b．中国数据分别为 1980 和 1990 年城镇失业率；俄罗斯数据分别为全俄 1990 和 1998 年失业率；两国失业率不完全可比，但能够反映不同时间的相对变化。

数据来源：联合国数据库、国家统计局（2005b，2007），世界银行（2007b）。

经过多年来市场导向的价格改革，我国国内市场的行政性价格管制已经大大减少，市场价格的主体地位已经通过平稳过渡确立起来。到 2004 年，各省市自治区市场定价占商品价格形成的比重平均值已经上升到 92.8%（樊纲等，2007）。

但改革中的一个失误发生在医药品价格领域。医药品不同于普通商品，事关使用者的健康和人身安全；而且供求双方信息不对称，普通消费者不具备对医药品的效能、质量、价格进行评价的专业知识和技能；因此需要权威机构对进入市场的药品进行严格的认证和审批。但在一个时期内，国家药监部门在利益面前与不法药商串通一气，每年批准上万种药品上市；同样的药品只要更换商品名称和包装就可以以另一种药品的名义进入市场，价格暴涨几倍到几十倍，是不折不扣的欺诈行为。这造成了医药品市场的严重混乱。医疗机构又在药商高额回扣的利益诱导下尽量给病人多开药、开贵药，大大增加了病人的医药费负担（参见《长江日报》，2006；郑筱萸受贿及玩忽职守案的有关新闻报道）。

在 1980~2003 年间，以当年价格计算的农村人均纯收入增长了 12.7 倍，人均消费支出增长了 10.9 倍，而其中人均医疗卫生支出增长了 32.9 倍，远远超过收入和消费的增长速度。由于医疗费过高，农村居民患病放弃治疗的现象非常普遍。据调查，1998~2003 年间，农村居民两周患病未就诊率从 33.2% 上升到 45.8%，住院率和平均住院天数也明显缩短。城市居民也有类似情况发生。这说明医药品领域缺乏良好的监管和服务已经严重影响了城乡居民的健康状况，同时也是导致贫困的一个重要原因（中国发展研究基金会，2007；韩俊，2007）。

另一个问题是近年来的价格管制问题。出于减轻通胀的考虑，近年来政府对包括成品油、煤炭、电力在内的基本能源和原材料的价格管制有上升趋势。这些措施虽然在短期内可能有助于减缓价格上涨，但扭曲了市场供求关系。特别是在国际市场上能源价格高涨的情况下，补贴能源价格带来一系列副作用。

首先，这种政策间接补贴了高耗能产业，不利于能源替代和结构调整优化，加大了我国能源进口压力和成本负担。第二，我国出口加工产业比重很大，补贴政策人为降低了出口产品成本，大量补贴了国外消费者，导致利益外流。而为了抵消这种副作用，又采取了限制钢材出口等措施，进一步扭曲了资源配置。第三，这种政策造成国内和国际市场间的巨大价差，诱使能源产品走私出口，更加扩大了利益流失。第四，我国目前频繁使用飞机和家用汽车等高耗能交通工具的居民主要是高收入居民，他们是补贴成品油政策的主要受益者。这对广大中低收入居民是不公平的。

基于以上原因，有必要进一步理顺价格机制，使绝大部分产品和服务的价格回归到市场调节的轨道上来。

五、所有制改革

中国过去非农业经济中的单一国有经济体制和没有市场竞争是导致经济低效率的主要根源。改革前有少量城镇集体企业和农村社队企业，但它们或者在某种程度上像国有企业一样被纳入计划管理，或者在计划体制的缝隙中艰难生存并受到严格限制，不可能有重大的发展。1978年的改革首先从办经济特区吸引外资、允许和鼓励农村乡镇企业和城镇个体经济发展开始，并逐步放开了对私营企业和外资企业发展的限制。这些政策改变，都经历过激烈的争论。反对者主要是从意识形态的理由出发，例如认为乡镇企业"挖了社会主义墙角"，特区是"出卖主权"，发展私人企业是"走资本主义道路"等等。但事实上这些经济成分的发展大大增强了中国的经济活力，提高了效率，扩大了就业，增加了居民收入。因此究竟是看事实、看效果、看对老百姓是否有利，还是固守僵化的意识形态，是当时改革派与保守派之间分歧的焦点。

仅在 1978~1996 年间，乡镇企业、城镇非国有部门和农村个体经营者总共为农民和城镇居民提供了约两亿人的就业岗位，是国有部门就业人数的两倍多。这无论对中国经济发展还是对老百姓的切身利益来说都是极其宝贵的贡献。同时非国有经济的发展也带来了产出的大幅度上升。在工业中，非国有企业占工业增加值的比重从 1978 年的 20%左右上升到 1996 年的 52%，已经支撑了经济的半壁江山（数据来自国家统计局，历年，2005b；下同）。

因此在这个时期，中国的所有制改革，主要是通过非国有经济的发展来实现的。它同时带来了产出、就业和效率的迅速增长。国有企业虽然进行了一些改革，但没有解决某些根本性的问题。特别是企业激励机制问题、政企分开问题、政府如何履行其国有企业所有者职能的问题长期以来没有解决好，而且对企业放松了监管，国有企业效益自 1989 年起大幅度滑坡。

从 1988 到 1996 年，国有工业企业的固定资产净值从 6 000 亿元大幅度增长到 2.2 万亿元，而企业的亏损额却从 82 亿元扩大到 790 亿元，吃掉了利润的大半，使盈亏相抵后的利润总额由 1988 年的 892 亿元萎缩到 1996 年的 412 亿元（均为现价）。国有中小企业全面亏损，不少企业资不抵债，已经成了一个空壳，完全靠有借无还的银行贷款维持。因此也造成了银行的巨额坏债。

在这种情况下，1997 年国务院决定对国有企业采取"抓大放小"的改革策略，允许对国有小企业采取改组、联合、兼并、租赁、承包、出售和破产等方式进行处置。对国有大企业推进股份制等"现代企业制度"改革，同时加强了监管。各地随即出现了国有小企业出售和破产的浪潮，当年国有及国有控股工业企业数量由 1996 年的 11.4 万户下降到 9.9 万户，1998 年减少到 6.5 万户，到 2007 年陆续减少到 2.1 万户。大多数国有小企业已破产或改制为非国有企业。

同期，城镇国有单位就业人数从 1.12 亿人减少到 6 400 万人，共净减少 4 800 万人。其中 1998 年一年减少约 2 000 万人。考虑到同期国有企业还有新增就业，改制中实际减下来的人数更多。其中除了一部分人随企业改制转为非国有企业职工，大部分人下岗了。因此 1998 年及随后的几年成为全国就业形势的一次大震荡，同时也导致了部分居民收入增长停滞或下降、城市贫困增加。从 1996 到 2000 年，城镇居民人均收入按不变价格计算增长了 28%，而占城镇居民家庭 10%的最低收入居民人均收入只增长了 7%；其中个别年份是下降的。

由于国有企业改制和这期间非国有企业的继续迅速发展，到 2007 年，非国有经济占工业增加值的份额上升到 66%（数据中未包括销售额 500 万元以下的非国有小企业），已成为支撑中国经济发展的主要成分。城镇非国有经济创造了约 2.3 亿人的就业机会，占城镇就业的 78%。

改制期间，虽然国有企业数量和就业人数大幅度减少，其工业总产值仅在 1998 年下降了约 3%（按不变价格计算），其余年份都保持了正增长。这是因为改制的国有企业大部分是经营不善的小企业，对总产出的影响不太大。

经过对低效企业和不良资产的淘汰处置，以及激励和监管制度的改善，留下来的国有及国有控股企业产出和效益明显上升了。从 1996 到 2006 年，国有工业企业利润总额从 400 亿元上升到 8 400 亿元。资产利润率从 0.8% 上升到 6.3%，接近工业整体 6.7% 的水平。在国有企业利润中约有 40% 来自主要因油价上涨带来的石油利润。扣除这个因素后，国有企业效益仍然低于非国有企业，但改善还是很明显的，两者间的差距显著缩小了。这期间银行的不良贷款率也降下来了。2002 年，不良贷款占贷款总额的比重还高达 23.6%，2007 年已经降到 6.7%。

上述情况说明，中国经济通过发展非国有企业和国有企业改制两个途径，比较平稳地实现了所有制结构改革，并推动了经济增长和效率提高。但在 20 世纪 90 年代后期的国有企业改制，在就业方面造成的冲击相当大，在某种程度上是一次小的"休克疗法"。事后看，当时的改制留下了如下缺憾：

第一，大批国有企业职工在短时间内集中下岗，由于社会保障体系的建设滞后，以及下岗生活费发放中的不足、延误和遗漏等，导致相当部分人生活面临困境。

第二，在国有资产处置方面，由于没有制定一套明确的规则和缺乏监督、透明度低，给钱权交易、侵吞国有资产留下了可乘之机，导致财产分配不公平。有些人通过非正常途径致富，而许多下岗职工没有得到足够的补偿。

第三，当时这些仓促推行的措施是在国有企业效益大滑坡的紧急情况下不得已而为之。但导致效益滑坡的原因则是在此之前的国有企业改革不力。这包括：

☐ 政企、党企没有真正分家，企业一长制改革半途而废，多头领导或者以党代政、代企问题没有解决；

☐ 企业奖惩制度不落实，企业管理者和职工的铁饭碗都没有打破，特别是对好的经营者不能论功行赏，对经营失败者和渎职者没有责任追究，最后逼良为娼，使一些管理者走上监守自盗之路；

☐《企业破产法（试行）》没有被认真执行，该及时破产清算的企业没有破产；

☐对所有制改革过于保守，对需要改制的企业没有及时改制，而对企业持续亏损坐视不管；

☐银行信贷"软约束"问题和歧视性贷款政策问题长期没有解决，国有企业可以长期拖欠贷款不还，私人企业正常经营也常常贷不到款；

☐最后，政府（或政府官员）作为企业老板（或老板的代理人），行为不端正，对企业放弃必要的监管，不适当干预，和寻租、摊派等等行为并存。企业把老板"伺候"好了，亏损、欠税、欠贷款不还，都不是大问题。其实，关键问题就在于政府自身改革滞后和纲纪靡费。

国有企业与非国有企业最大的区别是老板不同，因此国有企业存在的问题，最主要的是老板的问题。这一问题的重要性，远远超过企业的内部治理结构问题。政府作为老板的非市场行为方式，是导致国有企业经营不善的主要原因。实际上，如果不是这些方面的改革滞后，1998年的那次"休克疗法"本来是可以避免，而以损失较小的渐进式企业改革来逐步解决问题的。

在俄罗斯，所有制改革是一个更加痛苦的过程。1992年，俄罗斯推出了一个全面私有化的改革方案，对全民发行了每人1万卢布的认股权证，用于购买国有企业资产。但这一改革的表面公平性被以下情况侵蚀殆尽：

第一，大部分老百姓没有资产管理的知识、能力和必要的信息。

第二，国有资产清算过程透明度低，某些政府官员和"内部人"得以上下其手，从中牟利。

第三，同时进行的"休克疗法"式价格改革带来了恶性通胀，1万卢布的认股权证在一年之间就只剩两瓶酒钱了。而这时一些精明的商人却以垃圾价从老百姓手中大量收购认股权证，以极低的代价控制了许多国有企业的股权，一跃成为千万、亿万富翁。

俄罗斯第二阶段的国有企业改革更不公平，将剩余的国有资产廉价转让给了企业内部管理者和有内线关系的竞购者。特别是像石油、天然气这样潜在价值极其丰厚的部门，都以象征性的价格"无偿奉送"给了少数寡头，造就了一小批富可敌国的世界超级富豪。

2008年，在福布斯世界富豪排行榜的前100人中，俄罗斯占了19个，是世界各国中除美国以外超级富豪最多的国家。但俄罗斯经济规模还不到美国的十分之一，其财富分配不平等程度在全世界可谓首屈一指（见表4）。

表4 中、俄、美三国世界富豪比较（2008年）

	在 100 名世界首富中的人数	在 1125 名世界富豪中的人数	占 100 名首富的比重	占 1125 名富豪的比重	经济占世界 GDP 总量的比重
美国	32	469	32%	42%	27%
俄罗斯	19	87	19%	8%	2%
中国	0	42	0%	4%	6%

资料来源：福布斯网页（2008）和世界银行（2008）。

这 19 名世界级的俄罗斯富豪绝大多数是涉及资源的石油、冶金、矿业巨头，个人净资产基本都超过百亿美元，合计达到 2 949 亿美元，相当于俄罗斯 2006 年 GDP 的 30%。国有垄断以极不公正的方式转变为私人垄断。当年曾任俄罗斯政府经济改革顾问、推荐了"休克疗法"式改革，并亲眼见证了整个过程的美国经济学家杰弗里·萨克斯，事后不寒而栗地这样描述当时的情况（见美国公共广播公司访谈录，2000）：

"俄罗斯所经历的腐败程度是世界上极为罕见的"；"一些最有价值的自然资源蕴藏被白白送给了我们现在称之为寡头的那些人，他们一夜之间就成了亿万富翁。要想一夜暴富可不那么容易……但他们有不同的办法能够一夜之间成为亿万富翁：那就是进入克里姆林宫的内部圈子，然后就能够把那些资源公司中的某一个攫取到手。"

不过令人不解的是，世界各国的经济学家们，也包括中国的经济学家，对于国家垄断有非常多的批评；然而对私人垄断，包括像俄罗斯那样靠公开掠夺公共资源形成的私人垄断，却视而不见，批评甚少。甚至还不断有人呼吁中国"学习"和"借鉴"俄罗斯当年私有化的"改革经验"。事实上，权贵资本主义和自由竞争的资本主义理念相去甚远，但不少经济学家却看不到两者的区别。

这些仓促推行的改革基本上是出于意识形态和权力的考虑，而不是基于大众的利益和要求。政府通过私有化一手造成了寡头垄断，然后又与寡头结为利益共同体。叶利钦的第二次当选，就是靠垄断了新闻媒体的传媒寡头全力支持才实现的。普京上台后，尽力与这些寡头划清界限，并将最大的石油寡头投入监狱，获得了俄罗斯老百姓的一致喝彩。不过，普京也理性地指出，不能回到改革前的时代，也不能重新实行全面的国有化。在普京鼓励自由竞争、缩小收入差距、实行公平分配的社会市场经济政策下，俄罗斯的社会矛盾在相当程度上得到了缓和，经济也在明显回升。不过，"休克疗法"时代造成的财产和收入分配不公平的格局，并不是短期内能够根本改变的。(俄罗斯所有制改革的情况可参考英国记者弗里兰的目击见证：《世纪大拍卖》中译本，中信出版社 2004 年出版)。

中国所幸没有以俄罗斯的方式改革石油等资源性部门。在福布斯排行榜的一百名世界首富中没有一名来自中国大陆。这一点被世界发展经济学家麦迪森列为中国改革比俄罗斯成功的一个重要佐证。

在福布斯 2008 年排行榜中，财产超过 10 亿美元的全部 1 125 名世界级富豪中，俄罗斯有 87 人，其中的 80% 集中在石油、天然气、冶金、矿业、银行、房地产这几个资源性或垄断程度较高的领域。这说明他们的财富可能主要是靠获取现成的原国有垄断资源或获得某种垄断地位取得的，而不是通过公平的市场竞争积聚起来的。

在这 1 125 人中，中国大陆占 42 人，产业分布比较分散，多数属于竞争性领域。通过市场竞争合法致富当然是无可指责的。但其中唯独房地产开发商比较集中，有 13 人。这也可能说明中国在土地开发转让制度上存在漏洞，使土地资源的丰厚开发收益过多地集中到少数人手中。

比较中俄所有制改革的异同，可以看到通过改善市场环境，让非国有企业充分发展，以改变原来僵化的所有制结构的渐进式改革道路，是顺应民意、惠及大众的改革道路，有明显的优越性。而由少数人基于某种意识形态教条或外来模式关门设计、自上而下推行的改革，往往只能惠及少数人，导致资源、财产和收入分配不公平，因而是违背帕累托优化原则的，从而也带来经济效果的明显差异。至于那些在改革旗号下以牟私利为初衷的"改革"，其掠夺性更是不言而喻。

中国目前仍然面临未完成的改革任务。一些部门过度垄断，缺乏竞争，效率不高，分配也不公平。但对不同情况造成的垄断，需要有不同的改革对策。

以石油业为例，世界各国的石油部门不是国家垄断就是私人寡头垄断(包括跨国公司垄断)，根本不存在完全竞争的石油部门。因此在这个领域，主要问题在于合理立法、改善管理、改善收益分配制度，而不是私有化或简单地反对垄断。俄罗斯的经验教训告诉我们，仅仅通过私有化把国家对资源的垄断变成私人对资源的垄断，既无助于提高效率，更无助于社会公平，仅仅有利于某些利益集团对社会的掠夺。这是未来中国改革特别要防止的。

但银行业的情况就相当不同。目前中国的银行业集中程度过高，地区性的民营小型金融机构发展严重不足，这不利于银行业的竞争和提高效率，也使广大中小企业面临更多的融资困难，限制了它们的发展。因此需要在不放弃金融监管的同时，减少对民营企业的准入限制，扩大金融业的市场竞争。

再以医疗和教育部门为例，它们兼有竞争性部门和公共服务部门的双重属性。改革前的政府垄断导致了低效率，但过去一个时期内放弃政府管理和服务又导致了公共服务缺失。过去这方面改革的失误在于该放开的没有放开，该管住的没有管住。例如对公立医疗、教育工作者的合理工资报酬限制过死，而对诸如药费提成和医药企业更换药品名称注册以牟取暴利这类不正当的赚钱方式却熟视无睹，网开一面。此外对来自民营机构的竞争又有过多的准入限制，尤其是对为低收入居民服务的民营医疗机构和为农民工子女开设的学校帮助过少，限制过多，存在歧视。这些问题一度导致了居民看病难、上学难等严重后果。对这些领域的改革，简单的私有化或国有化逻辑都不可能解决问题，需要从建立制度规则、改善公共服务、强化监督管理、引进外部竞争几个方面进行系统的推进。

六、政治体制改革

我国过去的政治体制是与计划经济体制相适应的。为了保证社会安定和积累条件，当年中国的改革先从经济体制入手，政治体制改革适当放缓，这是正确的改革策略。但随着经济体制改革的推进，历史形成的权力过于集中、透明度低、民主化程度低、社会监督和参与不足的政治体制与市场化的经济体制越来越不相适应，并带来了许多新的挑战。

目前两个突出的问题是收入差距越来越大和腐败现象非常严重。从20世纪80年代中期以来，基尼系数已经从0.32上升到0.47，超出了国际普遍接受的收入不平等警戒线。许多现象表明，我国实际的收入差距比统计数据显示的还要大（见王小鲁，2007）。

在市场化转轨过程中，由于收入分配方式从过去平均主义的分配转向通过市场按要素贡献进行分配，特别是人力资本回报的大幅度提高，必然导致收入差距在一定程度上和一定时期内的扩大。这种因市场化而导致的收入差距扩大是必然的，而且由于激励机制的改善，是有进步意义的。这种扩大是在全民收入水平都在逐步提高的情况下出现的，就总体而言并不必然改变全民共享改革成果的模式。

但从我国目前的情况来看，非市场的因素在扩大收入差距中起了重要作用。这包括因制度不健全和管理不善造成的公共资金及自然资源收益流失、寻租和钱权交易等腐败行为带来的收入以及垄断性收入等等。这些因素使收入分配中出现了大量"灰色收入"，并明显向少数人倾斜，形成了某些既得利益集团，扩大了实际的社会收入差距，是造成社会分配不公和导致社会不满的主要原因。这些问题之所以成为难以解决的顽症，在于现行的政府管理体制不完善、制度不健全，党政机关自我监督不力，又没有能够广泛动员社会公众的力量对党政工作进行监督。

中国过去的改革和发展的成功关键在于惠及了中国大多数人，而由于上述因素的影响，改革和发展有从惠及大众的普惠模式向仅仅惠及少数人的权贵化模式转换的危险，这不仅是对社会公正的挑战，也将大大增加社会不稳定和发展停滞的危险。近年来实行的惠民政策在一定程度上缓和了这些矛盾，给老百姓带来了实惠。但惠民政策不能代替体制改革，只有坚定不移地推进政治体制改革，首先是推进政府管理体制改革和政府职能转换，才有可能从根本上解决这些问题。

从十三大开始，直到去年召开的十七大，历届党代表大会都提出了推进政治体制改革、扩大人民民主的号召。以《行政许可法》和《信息公开条例》为标志，我国政府管理体制改革已经在逐步推进。但目前看来，政治体制改革的实际进程仍然明显滞后于历届党代会提出的目标。对这方面的改革，群众有强烈的要求，并且关系到中国的前途和长远发展，是继续改革的方向所在。

对比中俄的政治体制改革，是一个困难的、需要进行更多研究的课题。按照多数西方学者的意见，俄罗斯在政治体制改革方面远远领先于中国。这是因为俄罗斯实行了更彻底的民主选举制度。不过从本文前面概括的一些情况来看，这种制度变化至少在 20 世纪 90 年代这 10 年中没有能够保护大多数选民的利益。

起源于美国并有重要影响的公共选择理论说明，即使是一个在民主制度下由公众选举产生的政府，也可能做出与公众意志和民主政治理念相违背的政治决策。而且一场民主投票本身就可能导致违背公众意愿初衷的选举结果（参见 Buchannon 和 Tullock，1962；Arrow，1963；Tullock，2007）。这很好地解释了在俄罗斯发生的情况。这也说明世界上现存的政治制度都是有缺陷的、有待完善的制度。

不过，从公共选择理论中也常常会引申出不正确或不够准确的推论。一种新自由主义的推论是，由于政府失灵比市场失灵更常见，因此解决问题的途径是"大市场、小政府"，政府规模越小越好，政府干预越少越好。这种说法在一定程度上成立，因为通常政府有自我膨胀的冲动，而过大的政府规模增加民众负担，过多的政府干预干扰市场运行。限制政府规模的膨胀是有必要的。

但各国的经验也证明政府并不是越小越好，因为有许多公共职能是需要政府负担的，政府放弃应负的责任也会损害大众利益。一个简单的例子就是像面对汶川地震这样的重大灾变，政府绝不能"无为而治"，听之任之。而且政府规模大小，并不决定它的行为是否反映公众利益。

另一种推论是，既然民主政体有这些难以解决的问题，就不如以精英治国模式来代替民主治国模式，因此民主化改革可以无限延期。这一推论的危险在于，没有人能担保"精英"们会自然将公众利益置于考虑的首位。而且精英集团常常有向既得利益集团转化的动机和可能性。我们现在就面临着既得利益集团侵害公众利益的现实威胁。

面对这样复杂的情况，每个处在不同发展阶段上、有不同文化历史传统、面临不同生存条件的民族，都需要拿出足够的政治智慧来寻找更加适合自己条件的社会发展道路和政治模式。但历史经验也说明，民主的大方向是世界潮流，大众的利益和要求必须顺应。我们必须向这个方向前进，坚定不移地推进民主和法制化进程，提高社会参与程度和公众对政府的监督程度。因循守旧、停下来不改革是不行的。

鉴于俄罗斯的前车之鉴，中国的政治体制改革不应当采取"休克疗法"的方式，必须兼顾社会稳定和经济发展。如同在经济改革中面临的情况一样，政治体制改革既需要借鉴其他国家的经验，又不能全盘照搬某个国家的现成模式。在改革路径选择上，"摸着石头过河"，即不断探索、不断试验、逐步推进的改革哲学和改革途径，对政治体制改革来说，仍然是最可取的选择。

七、殊途同归

20世纪上半叶，社会主义计划经济体制在许多国家的建立，可以说是人类历史上最大的一次社会实验，导致形成了一个包括世界人口 1/3 的社会主义阵营。它发端于对传统资本主义体制弊病的批判，从人人平等的世界大同理想出发，试图通过全面的中央计划和国家对各个领域高度控制的方法，建立一种合理生产、平等分配的社会。

这种体制在其建立之初曾经显示过很强的生命力，创造过一系列令世人震惊的奇迹，推进了苏联、中国等一大批国家的工业化发展。但是在几十年的发展和演变过程中，它的实践与其最初的理想渐行渐远。经济效率下降，科技创新停滞，政府官僚化并向既得利益集团演变，民主被集权替代，个人的自由空间和主动进取精神被扼杀。在前苏联阵营内，连国家间的关系也变成了君臣父子关系。

而与此同时，资本主义世界却通过一系列经济和政治制度的改良减少了社会冲突，保持了活力。自由市场竞争和限制垄断推动了经济发展，多元民主政体化解了社会冲突，收入再分配和社会保障制度满足了全民的基本生存需要，自由择业、工会和劳工法律保障了劳工的基本权利。建立在弱肉强食理念上的旧殖民主义世界秩序也在第三世界的反抗下解体，代之以至少表面上更加平等的国家关系。因此，资本主义世界在某种程度上吸收了社会主义人本主义的理念，但拒绝了其集权统治的政治和经济设计。

到了 20 世纪 70~90 年代，世界上所有实行计划经济的社会主义国家都在与资本主义世界的竞争中全面落伍，到了不得不进行全面的自身改革的地步。

在这场改革中，中国和俄罗斯选择了不同的道路。俄罗斯试图通过惊险的一跃全面复制美国模式，但落入了经济衰退和恶性通胀的深渊。少数寡头瓜分国有资产的私有化方式还造成了严重的财产和收入分配两极分化。在 2000 年普京执政以后，俄罗斯已经摆脱了经济衰退，经济总量终于在 2007 年恢复到 1990 年的水平，并有望继续保持快速增长。中国则选择了一条更加惠及大众的改革道路，以渐进的方式放开行政管制，发展民营经济，逐步实现了向市场经济的转轨，并保持了经济的 30 年高速增长。然而中国也还有一系列改革没有完成。

经过 30 年的变迁，中俄两国在某种意义上又回到了同一起跑线上。

在经济发展水平方面，30 年前，苏联的人均 GDP 按汇率算大约是中国的 20 倍，按购买力平价计算是中国的 8 倍，而当时俄罗斯的人均 GDP 还高于全苏联平均水平。今天俄罗斯的人均 GDP 按汇率算是中国的 3 倍多，按不同的购买力平价计算是中国的 1.3~1.5 倍，但经济总量只有中国的几分之一。今天中俄两国在经济发展水平上已经接近于同一条起跑线，今后的问题在于各自能否保持经济的可持续发展。

在经济体制上，两国都已经从过去的计划经济体制基本转轨到市场经济体制。俄罗斯的转轨是在新自由主义思想指导下进行的，以大规模私有化为核心，但在许多领域形成了私人寡头垄断，现在正试图减少这种寡头垄断。同时在保护市场竞争的同时，在公共服务、收入再分配和资源性产业等过去放弃政府管理的领域，正在加强政府的作用。

中国的市场化体制转轨是逐步实现的，政府和国有企业在某些领域仍然扮演重要角色，并仍然存在政府垄断过多、对市场的不适当干预过多的情况，需要继续扩大市场竞争，减少不必要的行政垄断和不适当的政府干预，但也需要防止在反垄断旗号下对公共资源的掠夺和形成私人垄断。在医疗、教育等公共服务部门和收入再分配领域，中国也一度因放弃政府管理和服务以及腐败行为，造成了公共服务缺失；目前也在加强这些领域的建设。因此，尽管表现形式不尽相同，两国在扩大竞争、减少垄断、加强公共服务等方面，面临着许多共同性的课题。

在政治体制方面，俄罗斯初步建立了一套民主选举制度以解决权力合法性的问题。这应当是俄罗斯老百姓参与社会事务、保护自身权益的一个有力武器。但民众对社会管理的参与和对权力的实际监督机制仍然很弱，因此才造成了"休克疗法"改革时期官商勾结、腐败盛行、少数人大肆掠夺社会的情况。尽管现任政府正在努力改变过去的错误政策，但要想彻底从"休克疗法"造成的寡头垄断、法治败坏和收入两极分化状况中摆脱出来，还有相当长的路要走。

很多国外和国内政治学者都过分看重民选总统这个标志性的制度设置，忽略了这个标志背后的整体制度发育状况。俄罗斯过去的实践证明，仅仅直接选举总统或行政官僚是不够的。还需要建立和完善一系列相应的法律制度和民主监督机制，来防止权势集团对人民大众利益的侵害。这仍将是一项长期的任务。

中国虽然在过去的改革过程中避免了重大失误，但并没有建立起防止政府渎职的制度保证，没有解决老百姓对政府的有效监督问题，因而也在改革过程中产生了大量腐败现象，在不同程度上出现了利益集团侵害大众利益、攫取改革成果的现实威胁。这说明中国需要继续推进尚未完成的体制改革任务，坚决推进政治体制改革，转换政府职能并改革政府管理体制，逐步扩大社会民主，逐步建立起公众对权力的监督和制约机制。在这方面，中国与俄罗斯面临的任务也在某种程度上是共同的，甚至可能更加艰巨。

参考文献及数据来源：

安格斯·麦迪森（2008）：《中国经济的长期表现：公元960－2030》（第二版中译本），上海人民出版社。

《长江日报》（2006年5月24日）："钟南山痛斥药价虚高 呼吁建药品专卖制"。

樊纲、王小鲁、朱恒鹏（2007）：《中国市场化指数——各地区市场化相对进程2006年报告》，经济科学出版社。

戈登·塔洛克（2007）：《论投票》（中译本），西南财经大学出版社。

国家统计局（不同年份）：《中国统计年鉴》，中国统计出版社，北京。

国家统计局（2005b）：《新中国五十五年统计资料汇编：1949－2004》，中国统计出版社，北京。

国家统计局（2008b）：《中国统计摘要》，中国统计出版社，北京。

国务院（1997）：《批转国家经贸委关于１９９７年国有企业改革与发展工作意见的通知》，1997年5月23日。

韩俊（2007）："农村医疗卫生政策对农村贫困的影响评估"，中国发展研究基金会《中国发展报告2007：在发展中消除贫困》背景报告。

克里斯蒂娅·弗里兰（2004）：《世纪大拍卖》（中译本），中信出版社。

联合国数据库：《月度统计公报》，联合国网站。

林毅夫（1987）："中国的经济改革与经济学的发展"，载于林毅夫等编：《经济学与中国经济改革》，上海人民出版社。

美国公共广播公司访谈录（2000年6月15日）："Commanding Heights"，http://www.pbs.org/wgbh/commandingheights/shared/minitextlo/int_jeffreysachs.html#17。

《南方周末》访谈录（2007年5月17日）："杜润生：中国改革最需要警惕权贵资本主义"。

普京（1999）：《千年之交的俄罗斯》，〔俄〕《独立报》1999年12月30日。

乔木森（2002）："中俄农业改革比较"，《东欧中亚研究》2002年第6期。

世界银行（2008）：《2008年世界发展报告：以农业促发展》（中文版），清华大学出版社。

王小鲁（2007）："我国的灰色收入与居民收入差距"，《比较》第31辑，中信出版社，北京。

王郁昭（1980）："尊重实践权威，肃清极左流毒"，《未定稿》（中国社会科学院写作组编）1980年第1期，总第52期。

中国发展研究基金会（2007）：《中国发展报告2007：在发展中消除贫困》，中国发展出版社。

中国农村发展问题研究组编（1981）：《包产到户资料选（一）》，内部资料。

中国经济体制改革研究所编（1987）：《中国：发展与改革（1984－1985）》，春秋出版社，北京。

Arrow, Kenneth J., 1963, second edition, Social Choice and Individual Values, Yale University Press.

Buchanan, James and Gordon Tullock, 1962, The Calculus of Consent: Logical Foundations for Constitutional Democracy, University of Michigan Press.

Forbes, 2008, "The World's Billionaires", http://www.forbes.com/lists/2008/

Gill, Indermit, Homi Kharas and others, 2007, An East Asian Renaissance: Ideas for Economic Growth, The World Bank publication.

McKinnon, Ronald, 1993, second edition, The Order of Economic Liberalization: Financial Control in the Transition to a Market Economy, Joins Hopkins University Press.

Roland, Gerard, 2000, Transition and Economics: Politics, Market and Firms, MIT Press.

新书推荐

中国经济出版社即将推出

　　无论是在中国还是在其他国家，几乎每天都有关于中国改革开放以及中国正在崛起成为世界经济强国的图书出版。与众多其他图书比较，本书是与众不同且不同凡响的，诸多作者各有经历、各有视角、各有体例，是一本充满历史厚重感的自由体文集。

　　撰写本书的中国经济50人论坛成员，是一批具有国内一流水准、享有较高社会声誉并致力于中国经济问题研究的著名经济学家。他们中的许多人都以不同的方式走过了中国改革开放30年的历程，有些人还从政策的建言者成了政策的制定者和实践者。无论是写自己所经历的事，还是评述某一方面30年的变革，我们都会从中感受到每一位经济学人求真务实的探索精神、睿智审慎的学术思考和崇高凝重的历史责任感。

前沿

Guide

Comparative

机制设计
如何实现社会目标

埃里克·马斯金

　　机制设计理论被看做是经济理论中的"工程学"。当然，大多数理论研究关注现有的经济制度。理论学家们试图解释或预测这些制度产生的经济和社会结果。但是机制设计理论的求证方向却与此相反。我们以确定期望的结果或社会目标作为研究的开始。然后提出疑问：是否能够设计出适当的制度（机制）来实现设定的目标。如果答案是肯定的，我们再去探求这种机制的具体表现形式。

　　在本文中，我简要地介绍机制设计理论的部分内容——实施理论。实施理论是指在既定的社会目标下，何时能够设计出一种机制，使该机制的预期结果与我们的期望结果保持一致。我将尽量省略技术细节，并将具体解释放在脚注中[①]。

---

　　*　本文根据埃里克·马斯金 2007 年 12 月 8 日在斯德哥尔摩荣获诺贝尔奖时的演讲修改而成。本文翻译成中文，获得了诺贝尔基金会的许可，版权归诺贝尔基金会所有（©The Nobel Foundation 2007）。——编者注

　　**　在此诚挚感谢普林斯顿大学高等研究院社会科学教授和访问学者 Albert O. Hirschman，以及国家科学基金（#SES-0318103）对本文给予的帮助。——作者注

　　①　有许多出色的综述和教材讨论了实施理论，它们在技术上和理论上的处理都比我这篇文章更注重细节。可参见 Andrew Postlewaite（1985）、Theodore Groves 和 John Ledyard（1987）、John Moore（1992）、Thomas Palfrey（1992）、Martin Osborne 和 Ariel Rubinstein（1994）的第十章、Beth Allen（1997）、Luis Corchon（1996）、Matthew Jackson（2001）、Palfrey（2002）、Roberto Serrano（2004）、David Austen-Smith 和 Jeffrey Banks（2005）的第二章和第三章、James Bergin（2005）的第六章、Allan Feldman 和 R. Serrano（2006）的第十四章到第十六章、Eric Rasmusen（2006）的第十章、Sandeep Baliga 和 Tomas Sjostrom（2007），以及 Corchon（2008）。也可参见 Partha Dasgupta、Peter Hammond 和 Eric Maskin（1979），Maskin 和 Sjostrom（2002），Baliga 和 Maskin（2003），以及我早年的一篇综述（1987）。

一、结果、目标和机制

我们所谓的"结果"通常要取决于特定的背景。因此，对于提供公共物品的政府来说，结果由其提供的城际高速公路、国防安全、环境保护、公共教育的数量以及相应的财政安排组成。对于一位希望选出合适人选的选民来说，其结果就只是对那个职位候选人的选择。对于一位拍卖一系列资产的拍卖人来说，其结果相当于这些资产在潜在购买者之间的分配以及这些购买者最终支付的金额。最后，对于房产的购买者和开发商来说，其结果是房屋的详细规格和开发商的报酬。

同样，我们判断"期望"或"最优"结果的标准也要依据不同的背景而定。当评价公共物品的选择时，我们通常用"社会净剩余"最大化作为其标准：有关公共物品的决策是否使社会总收益与公共物品总成本之间的差值达到最大化？对于政治选举，一名候选人在面对面的激烈竞争（将会产生孔多塞胜者）中打败竞争对手的做法通常被视为一种自然的渴望（见 Partha Dasgupta 和 Eric Maskin，即将发表）。在资产拍卖中，对结果的典型判断有两种不同的评价标准：（1）资产是否在出价最高的投标人手中（例如，分配是否有效）；（2）出卖人是否从资产的出卖中获取了最多的可能收入（例如，是否达到了收入最大化的目标）。最后，对于房产的购买者和开发商而言，如果各方之间的交易再无利润可得，这种结果通常被认为是最优的，例如，房产的详细规格和收入一起达到帕累托最优而且个体行为是理性的。

机制就是一种制度、程序或者决定结果的游戏规则。自然而然，谁选择机制——即谁是机制的设计者——也将依据背景的不同而定。在公共物品的例子中，我们通常认为政府提供公共物品的同时，也选择了一种决定物品提供数量和资金配置的方法。同理，对于资产的买卖来说——拍卖就是一种典型的机制——卖家操控游戏规则，即卖家选择拍卖的方式来出卖他的资产。

与此相对照，在国家政治选举的例子中，机制就是选举程序，例如多数原则、决定性竞选（run-off voting），等等。而且，这个程序通常提前很久就已经确定了，或者由国家宪法所设定。这样，我们可以认为宪法的制定者也是机制的设计者。

最后，在房屋建造的例子中，机制是买卖双方签订的一项合同，合同上列明了双方的权利和责任。由于双方通常假定会参与合同谈判，他们也可以看做机制的设计者。

现在，在公共物品的框架下，如果政府最初知道选择哪种公共物品是最优的，那么，达到最优的机制就很简单：政府仅需颁布一项法律，规定达到何种结果。类似的，如果拍卖商预先知道哪些投标者出价最高，那么他就可以把这项资产直接给他们（付款或未付款）。

赋予机制设计理论意义的基本难点就是，政府或拍卖商通常并没有这种信息。毕竟，公共物品净剩余最大化的选择依赖于公众对这些物品的偏好，而且无论如何政府也未必清楚这些偏好。同样的，我们也不能指望拍卖商知道不同的潜在竞标者出价多少。

由于机制设计者们通常不能提前知道哪种结果是最优的，他们通常会通过远比颁布法令指定结果更为间接的方式来获知，而且，设定的机制在实施时必须产生所需要的信息。能够提供关键信息的个人——如公共物品案例中的公众或者资产拍卖案例中的竞标者——都有各自的目标，因此未必能以表露他们真实思想的方式行事，这就使问题更加恶化。因此，机制必须是激励相容的。机制设计的很多工作，包括我自己所从事的工作，都旨在回答下面三个问题：

(A)何时能够设计一种激励相容的机制，以实现社会目标？

(B) 这些机制可能采取的具体形式是什么？

(C) 理论上，这些机制何时失效？

设计这样的机制似乎匪夷所思，但是确实能够实现。然而，一位机制设计者在无法确知其所要达到的目标的情况下，如何获得一个最优结果？这里，我们先看一个具体的例子，或许会有助于理解。

二、一个例子

假设社会上有两位能源消费者，爱丽丝和鲍勃。能源当局选择他们所消费的能源类型。可能选择的能源种类有天然气、石油、核动力和煤炭，能源当局只能选择其中的一种。

假设存在两种社会状态。第一种是，消费者注重当期利益，即当期贴现率较高。第二种状态是，消费者注重未来利益，即贴现率较低。

我们假设爱丽丝对于能源的使用更关注方便性。在状态1中，她对能源的排序是天然气、石油、煤炭、核动力，越排在后面的能源使用起来越不便。而在状态2中，她的排序是核动力、天然气、煤炭、石油。因为她预期技术进步会使得天然气、煤炭和核动力使用起来更便利，在状态2中，她更看重未来的利益。

鲍勃更关注安全性。在状态1中，更看重当期利益，他对能源使用的排序是核动力、石油、煤炭和天然气。如果状态2可以实现，即未来的利益更为重要，他的排序则是石油、天然气、煤炭、核动力。这反映了从长期来看，对核动力废弃物的处置不易实现，而石油和天然气的安全性却很可能得到改善。

表1总结了爱丽丝和鲍勃在两种状态下对能源使用的排序。

表1　爱丽丝和鲍勃对能源使用的排序

状态1		状态2	
爱丽丝	鲍勃	爱丽丝	鲍勃
天然气	核动力	核动力	石油
石油	石油	天然气	天然气
煤炭	煤炭	煤炭	煤炭
核动力	天然气	石油	核动力

假设能源当局希望选择一种能源，使得消费者都能够"适度满意"，这里的"适度满意"指能够实现两位消费者的第一选择或第二选择。那么，在状态1中，石油是最优选择；在状态2中，天然气是最优结果。用实施理论的术语来说，社会选择规则选择了状态1中的石油和状态2中的天然气。如果用 f 表示社会选择规则，那么可以表示为表2所示[①]。

表2　社会选择规则

$$f(状态1) = 石油 \qquad f(状态2) = 天然气$$

假设，能源当局不知道两位消费者所处的状态（尽管爱丽丝和鲍勃知道），因而也无法知道社会选择规则会做出哪种选择，例如，是石油还是天然气是最优的。

---

① 在一个更为一般的条件下，用 Θ 表示所有可能的状态，A 表示所有可能的结果，社会选择规则 f 是一种对应关系（极值映射）$f : \Theta \rightarrow\rightarrow A$，其中，对于任何 θ，$f(\theta)$ 指在 θ 状态下的所有最优结果（在特定状态下，我们考虑可以有多个最优结果）。

对能源当局来说，或许最简单的机制就是询问每位消费者他们各自的状态，如果两位消费者都处于第一种状态，能源当局就选择石油；如果都处于第二种状态，就选择天然气。如果消费者的状态不同，可以通过掷硬币决定。但是在这种机制下，无论爱丽丝处于哪种真实的状态，也无论鲍勃如何对外界宣称，爱丽丝都有动机说她处于"状态2"中。因为两种状态下，相对于石油，爱丽丝更偏好天然气。事实上，鲍勃说他处于"状态1"，爱丽丝说她处于"状态2"而不是"状态1"，可以将实现期望结果的可能性从0提高到0.5，如果鲍勃说他处于"状态2"，这种可能性会从0.5提高到1。因此，我们预计无论在哪种情形，爱丽丝都会选择"状态2"。同理，鲍勃总会选择"状态1"，因为无论在哪种情形下，相对于天然气来说，鲍勃都更偏好于石油。将爱丽丝和鲍勃的选择综合一起考虑，他们的行为预示着在任何一种状态中，结果都是石油和天然气之间50：50的随机选择。也即仅有50%的可能结果是最优的，所以这种机制确实过于天真。

因此，假设当局让消费者参与到机制设计中，如表3所示：

表3 消费者参与机制设计

		鲍勃	
		左	右
爱丽丝	上	石油	煤炭
	下	核动力	天然气

爱丽丝选择上和下作为她的策略，鲍勃选择左和右作为他的策略，他们选择的结果即矩阵中相应的各项[①]。

我们观察到，在状态1中，无论爱丽丝选择什么，鲍勃选择左的策略都是最优的：如果爱丽丝选择上，那么选择左产生的结果是石油（正是鲍勃所偏好的），而选择右，结果是煤炭；如果爱丽丝选择下，选择左产生的相应结果是核动力（鲍勃所偏好的），而选择右产生的结果是天然气。因此，如果鲍勃处于状态1中，左是"占优策略"。而且，给定鲍勃选择左，爱丽丝选择上效用最大，因为相对于核动力来说，她更偏好于石油。这样，在状态1中，

---

① 更一般的，包含n个个体的社会机制是一个映像 $g: S_i \times \cdots \times S_n \rightarrow A$，其中，对于所有个体i，$S_i$ 表示个体i的策略空间，$g(s_i, \cdots, s_n)$ 表示当个体的策略组合为 $(s_i, \cdots, s_n)$ 时，在机制作用下所达到的结果。

可以清楚地预测爱丽丝选择上，鲍勃选择左，即（上，左）是唯一的纳什均衡[①]。而且，关键的一点是，这种选择相应的结果——石油，在状态 1 中是最优的。

在状态 2 中，我们看到选择下是爱丽丝的占优策略。如果鲍勃选左，爱丽丝选下效用最大，因为她更偏好于核动力而不是石油。如果鲍勃选右，爱丽丝选下，相应的结果是天然气，她偏好的是选上的结果，煤炭。如果爱丽丝选下，鲍勃选右效用最大，因为对他来说，天然气要优于核动力。因此，在状态 2 中，(唯一的)纳什均衡是（下，右）：爱丽丝选下，鲍勃选右。而且，产生的结果——天然气，也是最理想的结果。

我们看到，无论在哪种状态下，表 3 的机制都会取得最优的结果，尽管（1）机制设计者（能源当局）不知道真实的状态，而且（2）爱丽丝和鲍勃仅关心他们各自的利益，而非能源当局的利益。更为巧合的是，由于表 3 这种机制所产生的纳什均衡结果与每种状态的最优结果一致，我们说在纳什均衡下机制实现了当局的社会选择规则[②③]。

三、机制设计简史

机制设计理论的历史至少可以追溯到 19 世纪的空想社会主义者，如欧文和傅立叶。这些思想家们认为刚刚兴起的资本主义制度带来种种罪恶，并对此深感不满，他们认为社会主义是一个更为人性的选择，并致力于建立实验性的团体，如欧文在美国印第安纳州创办的"新和谐公社"。

对现代实施理论产生更直接影响的是 20 世纪 30 年代最激烈的计划大论

---

① 一般来说，纳什均衡是一种策略组合——对于每一个参与人来说——没有人有动机单方面地改变自己的策略。如果参与人 i 在 θ 状态下的结果为 a，即 $u_i(a, \theta)$ 表示参与者 i 的支付，则策略组合 $(s_i, \cdots, s_n)$ 组成了 θ 状态 g 机制条件下的纳什均衡，对于所有的 i 都满足于，$u_i(g(S_1, \cdots S_i, \cdots S_n), \theta) \geq u_i(g(S_1, \cdots S_i', \cdots S_n) \theta)$，且 $S_i' \in S_i$。

② 在一个更一般的情形下，机制 g 在纳什均衡中实施了社会选择规则 f，如果 $f(\theta) = NE_g(\theta)$ 对于所有的 θ 其中，$NE_g(\theta)$ 是 θ 状态下。机制 g 所产生的纳什均衡集合。

③ 纳什均衡预测了机制中的个体是如何选择自身行为的。也有其他的预测性的概念——即均衡概念——在实施文学中被考察。例如，子博弈精炼均衡（Moore 和 Rafael Repullo，1988），非占优纳什均衡（Palfrey 和 Sanjay Srivastava，1991），贝叶斯均衡（Postlewaite 和 David Schmeidler，1986），优势可解性（Hervé Moulin，1979），颤抖手精炼均衡（Sjöström，1993），强均衡（Bhaskar Dutta 和 Arunava Sen，1991）。

战。一方的主要代表人物是兰格（Oskar Lange）和勒纳（Abba Lerner），他们坚称制订正确的中央计划能够复制自由市场的运行（Lange，1936；Lerner，1944）。实际上，他们认为，计划能够纠正严重的"市场失灵"（特别是大萧条中显现的那些现象），因此能够潜在地超越市场。论战的另一方哈耶克和米塞斯，坚决否认计划经济能够和市场经济取得同样成功的可能性（von Hayek，1944和von Mises，1920）。

论战是重要而又引人入胜的，对于某些旁观者例如列奥尼德·赫维茨（Leonid Hurwicz）来说，也是相当令人沮丧的。因为它缺乏概念上的界定：例如像"分权化"这样的关键词都没有界定。而且，双方所举证的论据常常是不完善的。产生这种问题的部分原因在于他们缺乏技术工具（尤其是博弈论和数学技术）来得出真正有说服力的结论。

此时赫维茨出场了。受到这场辩论的启发，他试图对重要的概念进行界定，这一努力最终形成了他的两篇伟大的著作（Hurwicz，1960，1972），在那两篇著作中他提出了激励相容这一重要的概念。

赫维茨和其他人所推动的研究工作使广大经济学家一致认为，在如下条件下，哈耶克和米塞斯（他们认为市场是"最好的"机制）是正确的：(1) 存在大量的买者和卖者，任何单个行动者都没有左右市场的力量；(2) 没有明显的外部性，即一个行动者的想法、生产和信息不会影响其他行动者的生产和消费[①]。然而，如果其中的任何一条假设被违反，那么改善市场的机制就有可能存在[②]。

赫维茨的工作引发了大量的文献，这些文献主要以两条脉络展开。一条脉络是，利用高度结构化的特殊背景来研究特定的问题，例如如何分配公共物品，如何设计拍卖，如何组织合同。另一条脉络是，通过研究获得抽象的一般性结论，也就是说，对偏好、技术等方面做尽可能少的假设。我自己的研究包括了这两条脉络，但是，在本文中，我要强调一般性。

---

① 例如，Peter Hammond（1979）认为，竞争性的市场大概是唯一一种能够产生激励相容的机制以促使个人理性和帕累托最优的结果。James Jordan（1982）在 (i) 和 (ii) 的假设下，认为当"激励相容"被"信息有效性"替代时，也得出了相同了结论。

② 例如，参见 Theodore Groves（1973）和 Edward Clarke（1971）关于公共物品以及 Jean-Jacques Laffont（1985）关于信息外部性的论述。

四、社会选择规则的实施

前面我所罗列的三个主要问题（A）到（C）是与激励相容机制相关的。用实施理论的术语来说，这些问题变为：

（A'）社会选择规则的实施需要什么样的条件？

（B'）实施机制会采取什么样的形式？

（C'）哪种社会选择规则不能够被实施？

在20世纪70年代中期，我一直致力于解决这些问题。最终，我发现一种被称为单调性（现在，有时也被称做马斯金单调性）的特点对纳什均衡的可实施性起着关键作用。假设，根据社会选择规则 f，a 是状态 θ 下的最优结果，即 $f(\theta)=a$。如果从状态 θ 到状态 θ'，在某人的排序中，a 没有排在任何其他选择的后面，那么根据单调性，a 也是状态 θ' 下的最优结果。如果在某人的排序中，a 排在某一结果 b 的后面，那么单调性不施加限制[①]。

要更具体地理解单调性的含义，我们继续考察前面的例子（见表1和表2）。回忆一下，在状态1中，石油是最优结果。同时注意到，从状态1到状态2，相对于煤炭和核动力来说，在爱丽丝的排序中，石油排在了后面（在状态1中，爱丽丝把石油排在煤炭和核动力的前面，但是在状态2中，则刚好相反）。这样，在状态2中，天然气而不是石油是最优的选择，这不违背单调性。同样的，在鲍勃的排序中，从状态2到状态1，天然气排在煤炭和核动力的后面。因此，尽管天然气在状态2中最优、在状态1中不是最优，但这也与单调性不矛盾。实际上，这些论证证实了当局的社会选择规则满足单调性（因此，如前所述，实施社会选择规则的可能性并不与下面的定理1相矛盾）。

我们对上面的例子稍做修改，新的排序和最优结果如表4所示。此时，社会选择规则不再是单调的。特别的，我们观察到，无论在状态1中还是在状态2中，石油都处于爱丽丝和鲍勃排序的前列，然而，在状态1中石油是最优的，在状态2中却不是最优的（假定石油在两种状态中都处于相同的排序位置，单调性会使其在状态2中也是最优的）。因此，我们得出结论没有机制能够实施表4的社会选择规则。更一般的，我们有：

---

① 在更一般的情形下，f 是集值映射，单调性要求，对于所有的状态 θ，θ' 和所有的结果 a，如果 $a \in f(\theta)$ 和 $u_i(a, \theta) \geq u_i(b, \theta)$ 表明 $u_i(a, \theta) \geq u_i(b, \theta')$，对所有的 i 和 b 来说，那么 $a \in f(\theta')$。

定理 1（Maskin．1977）：如果一种社会规则可实施，那么它一定是单调的。

要理解为什么表 4 中的社会选择规则不能实施，我们假设存在一种实施机制。特别的，这种机制一定会包含一组最优策略（S_A，S_B），对爱丽丝和鲍勃来说，相应的结果是石油并组成了状态 1 中的纳什均衡。

表4　不能实施的社会规则

状态1		状态2	
爱丽丝	鲍勃	爱丽丝	鲍勃
天然气	核动力	天然气	核动力
石油	石油	石油	石油
煤炭	煤炭	核动力	煤炭
核动力	天然气	煤炭	天然气
石油最优		核动力最优	

我认为（S_A，S_B）也一定构成了状态 2 中的纳什均衡。要理解这种判断，首先注意到鲍勃在状态 2 中并没有动机单方面地偏离 S_B 策略，因为（i）在状态 1 中，鲍勃也没有此动机（根据纳什均衡定义），（ii）在两种状态中，他对于能源选择偏好的排序是一致的。此外，爱丽丝在状态 2 中并没有动机单方面地偏离 S_A 策略。因为，如果爱丽丝在状态 2 中能够从改变 S_A 的策略中获得效用，那么她的选择结果一定是天然气（因为这是她在状态 2 中优于石油的仅有选择），但是，在状态 1 中，相对于石油爱丽丝也是更偏好于天然气，因此，她也会从改变原来策略中获得效用，这与假设（S_A，S_B）构成了状态 1 中的纳什均衡相矛盾。

因此，（S_A，S_B）确实是状态 2 中的纳什均衡，但是其产生的结果——石油——并不是状态 2 中最优的，这证实了社会选择规则是不可实施的。

正如我们所看到的，表 1 和表 2 提供了一个单调并可实施的社会选择的例子。可是，并不是所有单调的社会选择规则都是可实施的，可参见马斯金（1977）所提供的反例。这种反例是特别设计的，如果我们施加一个无关紧要的限制条件，在一个至少存在三个个体的社会中，单调性就能保证可实施性[①]。

———————

　　①　并不是说两个个体就一定不能实施社会选择规则——事实上，表 1 和表 2 关于能源的例子中就仅有两个个体。但是，正如我们下面将要看到的，存在三个或更多的个体将会更有助于社会选择规则的实施。

这个限制条件就是无否决权。假设除了一个个体之外的所有个体，都认为某种特定的结果a是最优的，即他们都把a置于各自偏好排序的前列。如果社会选择规则满足无否决权，a一定就是最优的。换言之，其余的个体不能"否决"这个结果。

　　无否决权只是一个无关紧要的限制条件，事实上，当结果包含了在不同个体间分配经济利益时，它根本就不构成一个限制条件。在这种情况下，每个个体都希望各自分配到的利益更大一些。因此，任何两个人都不会同意一种特定的结果a是最优的，因为他们不能同时获得最大的收益。这意味着，存在三个或更多个个体的条件下，如果无否决权的假设条件不能够满足，那么逻辑上，它也会自动生效。

　　关于实现社会选择规则可能性的一个更一般的结论是：

　　定理2（Maskin．1977）：假设社会上存在至少三个个体，如果社会选择规则满足单调性和无否决权，那么它就是可实施的。

　　定理2的证明超出了本文的研究范围（参见Repullo 1987年的精彩论证），但是我应该说明的是对于定理2通常是可以进行构建的，即假定社会选择规则可以实施，有证据表明可以构造一种机制来实施它。

　　有必要指出为什么定理2假设至少存在三个个体。在经济学上，从两个个体过渡到三个个体通常会使情况更为复杂[①]。但是，对于实施理论，三个个体却使事情更为简单。要理解这一点，我们回想到机制设计的基本思想就是给个体提供激励，以使他能够以确保最优结果的方式行事。如果某个个体偏离了他之前的（均衡）策略，就需要惩罚他。但是，如果仅有两个个体，爱丽丝和鲍勃，其中一个个体偏离原来的策略，就很难判断究竟是谁偏离谁没有偏离。一旦有三个个体，对此就能做出很好的判断：偏离者将会更明显地偏离原来的策略，而两个或更多的个体将会遵守均衡。

五、结　论

　　本文只是对实施理论（机制设计领域的一部分）的一个非常简要的介绍。我主要集中于30年前的研究成果，这也许会让人产生误解，以为本文是"老

---

　　① 零和博弈提供了此种现象的一个经典案例。最小最大定理（极大地简化了对博弈行为的分析）可以运用到两个参与者的零和博弈，但是，一般并没有运用到有三个或更多参与者的博弈。

古董"。事实上，令人欣慰的是，虽然自赫维茨（1960）之后已过去近 50 年，这个主题依然有着思想上的生命力和重要性：有关实施理论的各种新论文层出不穷。下一个 50 年里实施理论会何去何从，我们十分感兴趣地拭目以待。

（鄂丽丽　译）

参考文献：

Allen, Beth (1997), "Implementation Theory with Incomplete Information," in S. Hartand A. Mas-Colell, (eds.), Cooperation: Game Theoretic Approaches, Berlin: Springer.

Austen-Smith, David and Jeffrey Banks (2005), Positive Political Theory II, Ann Arbor: University of Michigan Press.

Baliga, Sandeep and Eric Maskin (2003), "Mechanism Design for the Environment," in K.G. Mäler and J. Vincent, eds., Handbook of Environmental Economics, Vol. 1,Amsterdam: North-Holland, pp. 305-324.

Baliga, S. and Tomas Sjöström (2007), "Mechanism Design: Recent D evelopments," L. Blume and S. Durlauf (eds.), The New Palgrave Dictionary of Economics, 2nd Edition,London: McMillan.

Bergin, James (2005), Microeconomic Theory, Oxford: Oxford University Press.

Clarke, Edward (1971), "Multipart Pricing of Public Goods," Public Choice, pp. 19-33.

Corchon, Luis (1996), The Theory of Implementation of Socially Optimal Decisions in Economics, London: Macmillan.

Corchon, L. (2008), "The Theory of Implementation," The Encyclopedia of Complexity and System Science, Berlin: Springer.

Dasgupta, Partha, Peter Hammond, and E. Maskin (1979), "The Implementation of Social Choice Rules: Some General Results on Incentive Compatibility," Review of Economic Studies, 46, pp. 185-216.

Dasgupta, P. and E. Maskin (forthcoming), "On the Robustness of Majority Rule", Journal of the European Economic Association.

Dutta, Bhaskar and Arunava Sen (1991), "Implementation under Strong Equilibrium: A Complete Characterization," Journal of Mathematical Economics, 20, pp. 46-67.

Feldman, Allan and Roberto Serrano (2006), Welfare Economics and Social Choice Theory, Berlin: Springer.

Groves, Theodore (1973), "Incentives in Teams," Econometrica, 41, pp. 617-631.

Groves, T. and John Ledyard (1987), "Incentive Compatibility since 1972," in T. Groves, R. Radner, and S. Reiter (eds.), Information, Incentives and Economic Mechanisms, Minneapolis: University of Minnesota Press, pp. 48-111.

Jordan, James (1982), "The Competitive Allocation Process is Informationally Efficient Uniquely," Journal of Economic Theory, 28, pp. 1-18.

Hammond, Peter (1979), "Straightforward Individual Incentive Compatibility in Large Economies," Review of Economic Studies, 46, pp. 263-282.

Hurwicz, Leonid (1960), "Optimality and Informational Efficiency in Resource Allocation Processes" in Kenneth Arrow, S. Karlin and P. Suppes, (eds.), Mathematical Methods in Social Sciences, Stanford: Stanford University Press, pp. 27-46.

Hurwicz, L. (1972), "On Informationally Decentralized Systems, "in C. McGuire, and R. Radner, (eds.), Decision and Organization, Amsterdam: North-Holland, pp. 297-336.

Jackson, Matthew (2001), "A Crash Course in Implementation Theory," Social Choice and Welfare, 18, pp. 655-708.

Laffont, Jean-Jacques (1985), "On the Welfare Analysis of Rational Expectations Equilibria with Asymmetric Information," Econometrica, 53, pp. 1-29.

Lange, Oskar (1936), "On the Economic Theory of Socialism," Review of Economic Studies, 4, pp. 53-71.

Lerner, Abba (1944), The Economics of Control, New York: McMillan.

Maskin, Eric (1977, published 1999), "Nash Equilibrium and Welfare Optimality," Review of Economic Studies, pp. 23-38.

Maskin, E. (1985), "The Theory of Implementation in Nash Equilibrium: A Survey," in L. Hurwicz, D. Schmeidler, and H. Sonnenschein (eds.), Social Goals and Social Organization, Cambridge: Cambridge University Press.

Maskin, E. and T. Sjöström (2002), "Implementation Theory," in K. Arrow, A. Sen, andK. Suzumura, (eds.), Handbook of Social Choice and Welfare, Vol. I, Amsterdam: Elsevier, pp. 237-288.

Moore, John (1992), "Implementation, Contracts, and Renegotiation in Environments with Complete Information," in J.J. Laffont (ed.), Advances in Economic Theory, Vol. 1, Cambridge: Cambridge University Press, pp. 182-282.

Moore, J. and Rafael Repullo (1988), "Subgame Perfect Implementation," Econometrica, 56, pp. 1191-1220.

Moulin, Hervé (1979), "Dominance Solvable Voting Schemes," Econometrica, 47, pp.1337-1351.

Osborne, Martin and Ariel Rubinstein (1994), A Course in Game Theory, Cambridge: MIT Press.

Palfrey, Thomas (1992), "Implementation in Bayesian Equilibrium: The Multiple Equilibrium Problem in Mechanism Design," in J.J. Laffont (ed.), Advances in Economic Theory, Vol. 1, Cambridge: Cambridge University Press, pp. 283-323.

Palfrey T. (2001), "Implementation Theory," in R. Aumann and S. Hart, (eds.), Handbook of Game Theory, vol. 3, Amsterdam: North-Holland, pp. 2271-2326.

Palfrey, T. and Sanjay Srivastava (1991), "Nash Implementation using Undominated Strategies," Econometrica, 59, pp. 479-501.

Postlewaite, Andrew (1985), "Implementation via Nash Equilibria in Economic Environments," in L. Hurwicz, D. Schmeidler, and H. Sonnenschein (eds.) Social Goals and Social Organization, Cambridge: Cambridge University Press, pp. 205-228

Postlewaite, A. and David Schmeidler (1986), "Implementation in Differential Information Economies," Journal of Economic Theory, 39, pp. 14-33.

Rasmusen, Eric (2006), Games and Information: An Introduction to Game Theory, Oxford: Blackwell Publishing.

Repullo, Rafael (1987), "A Simple Proof of Maskin's Theorem on Nash Implementation," Social Choice and Welfare, 4, pp. 39-41.

Serrano, Roberto (2004), "The Theory of Implementation of Social Choice Rules," SIAM Review, 46, pp. 377-414.

Sjöström, Tomas (1993), "Implementation in Perfect Equilibria," Social Choice and Welfare, 10, pp. 97-106.

von Hayek, Friedrich (1944), The Road to Serfdom, London: Routledge.

Von Mises, Ludwig (1935), "Die Wirtschaftsrechnung im Sozialistischen Gemeinwesen," in F. von Hayek (ed.), Collectivist Economic Planning, London: Routledge.

经济实验
实验经济学方法论评述

杜宁华

经过早期学者的不断探索，以及 2002 年诺贝尔经济学奖得主弗农·史密斯对经济实验的方法和工具所进行的系统性归纳，当代的实验经济学作为重要的实证手段在决策、博弈、产业组织、拍卖和资产市场等诸多领域的应用中取得了成功，受到了越来越普遍的关注（关于实验经济学的发展简史和经济实验的应用领域，详见 Kagel 等人，1995）。特别是在现实生活的经济实践中，经济实验对新提案的验证具有不可替代的优势。

本文的结构如下。第一部分举出一个运用经济实验进行市场机制设计的实例。通过这一实例，读者对经济实验所能回答的问题、经济实验的设计和运行会有一个直观的了解。第二部分回答经济实验"是什么"。与第一部分中所举的实例相呼应，通过对微型经济系统的讨论，展示出经济实验在市场机制设计过程中的作用。第三部分梳理出实验经济学与理论经济学及经济学中其他实证方法的差异和相互关联。第四部分探讨实验经济学的应用范畴。最后是对全文的小结。

＊　本文作者杜宁华现为上海财经大学经济学实验室主任、博士生导师，2005 年获得美国亚利桑那大学经济学博士学位，主攻实验经济学。亚利桑那大学的经济科学实验室是北美最早成立的实验经济学研究基地，由 2002 年诺贝尔经济学奖获得主 Vernon Smith 创建。由于杜宁华的加盟，上海财经大学增设了实验经济学专业的博士点。杜宁华博士的研究领域是应用微观经济学、产业组织、劳动经济学、实验经济学以及应用计量经济学，致力于用实验手段回答各种与市场机制相关的问题。感谢刘鹤推荐。——编者注

一、"智能"市场：运用经济实验进行市场机制设计的实例

美国加利福尼亚州（以下简称加州）长期供水紧张，人口急剧膨胀，而当时加州对水资源调配的集中管理体制又难以平衡供求。在加州政府的支持下，实验经济学的奠基人弗农·史密斯及其他研究人员运行了大量经济实验，回答了运用"智能"市场解决加州供水问题的可行性（见 Murphy 等人，2000）。"智能"市场是史密斯和他的同事们于 20 世纪 90 年代初设计的以计算机为辅助工具的新市场机制（见 McCabeetal，1991）。"智能"市场的核心思想如下：在"智能"市场中，以计算机网络构成的信息处理中心是平衡供应商与用户供求的桥梁。其规则是用户根据自己的购买意愿和预算约束向信息处理中心提交需要购买的产品数量和愿意支付的价格，而供应商根据自己的生产成本和生产能力向信息处理中心提交期望的产品销售量和售价。最后，信息处理中心根据用户和供应商所提交的信息、通过优化算法找出使所有用户和所有供应商的市场收益总和达到最大的价格作为市场成交价格。实验结果表明，"智能"市场是高度有效的机制。

1. 美国加州水资源调配现状

在美国的加州，年度降水量极不稳定，连续几年出现干旱是常见的现象。而加州主要的大城市和农业地区都位于干旱区域，常年需要从其他州购水以满足城镇用水、工业用水和农业灌溉的需要。近年来，出于对野生动植物的保护等环境因素的考虑，加州本地水源的利用进一步受到了限制。而与此同时，加州不断膨胀的人口意味着水需求不断上升。尽管加州政府已经加强了对供水系统的投入，但在可预见的未来，加州的水资源仍然供不应求。除了改善供水系统之外，加州政府必须再另想办法来解决供水问题。

水资源稀缺的问题很早以前就引起了经济学家的关注。研究人员发现，供不应求不仅体现为资源的稀缺，更反映了分配效率的低下。研究人员的主要政策建议是发展完备的水资源市场。通过市场运行，使那些利用水资源创造了最大价值的部门能最优先得到水（见 Easter 等人，1998）。但"市场"不仅仅是一个空泛的概念，在生活中市场的形态也千差万别：在有的市场里只有卖方有出价的权力，而买方只能选择拒绝或接受，如国营商店；在有的市场上买卖双方能讨价还价，如自由市场上的小摊贩；在另外一些市场中，只有买方能竞相出价，而卖方只能选择接受和拒绝，比如拍卖市场。实践表明，

只要市场的特征发生了一点细微的变化，就会对市场效率、成交价格带来重大的影响（见 Smith，1982）。那么究竟什么样的市场才能达到使水资源有效配置的目的？实验经济学为回答这一问题提供了强有力的工具。经济实验能够在实验室里控制市场的基本特征的变化，从而考察这些市场特征的变化对经济活动参与者的行为以及市场运行的效率所带来的影响。

2. 实验设计

加州用水主要来源于流经加州的几条河流和加州的地下水。而水主要用于各大城市的工业和生活用水以及农场主的农业灌溉。在萨克拉曼多河与科罗拉多河流域的一些农场主，不仅是水的用户，也是水的供应商。此外，在加州的输水企业中，有些受政府控制，有些受供应商控制。在实验设计中，研究人员用 17 个连接起来的节点来表示加州的供水网络：有的节点表示供应商，有的节点表示用户，还有的节点表示输水商。研究人员征召亚利桑那大学的本科生参与实验，在实验中每个实验参加者分别控制 17 个节点中的若干个节点：有的实验参加者扮演"供应商"的角色，有的实验参加者扮演"用户"的角色，有的实验参加者既扮演"供应商"又扮演"输水商"的角色，还有的实验参加者既扮演"供应商"又扮演"用户"的角色（如那些农场主）。

实验设计要回答的基本问题是运用"智能"市场究竟能否实现水资源的有效配置。在实验室里，研究人员可以设定扮演"供应商"角色的实验参加者的成本和扮演"用户"角色的实验参加者对水的保留价格（即消费者最多愿意出多高的价格购买一单位的水），从而在实验运行之前就能根据这些基本设定得到在这些设定下水资源的理想分配方案。在实验过程中，各个"供应商"的成本和各个"用户"的保留价格都是其他实验参加者所观察不到的私有信息，而所有实验参加者都通过"智能"市场的平台（信息处理中心）进行交易。研究人员通过比较实验中得到的交易结果和预先确定的理想分配方案，来评断"智能"市场是否达到了预期的目的。

尽管政府无法得到市场参与者的全部信息，但加州政府仍掌握着各地区行业用水以及相关的用水产出的大量数据。通过这些数据，研究人员能粗略地估计出主要供应商的成本和一些大用户对水的保留价格。根据这些估算，研究人员确定实验中的成本与保留价格之间的相对关系。比方说，如果在生活中圣迭戈的用户对水的保留价格大概两倍于科罗拉多河流域的农场主的供水成本，那么在实验中研究人员所设定的扮演"圣迭戈用户"的实验参加者对水的保留价格也会两倍于扮演"科罗拉多河农场主"的实验参加者的供水成本。在实验中，"水"只是一种虚拟产品，实验参加者并没有真的见到水，他们只是通过对"水"的交易获利，各"供应商"的所得是成交价格与其成本之差，而"用户"的所得是其保留价格与成交价格之差。在实验结束后，所有实验参加者在实验中的所得都以现金的形式得到支付。所以实验室里的市场也完全是以激励为导向的市场，是真实的市场。但实验室里的市场又是特殊的市场，因为其环境和规则是按研究需要设定的有别于生活中的市场。

在实验室的"智能"市场中，"供应商"销售水时要提供五类信息：自己所在的节点，希望卖给哪个节点的用户，最少希望卖几个单位的水，最多希望卖几个单位的水，以及希望卖出的每单位水的价格。类似地，"用户"买水时也要提供五类信息：自己所在的节点，希望从哪个供应商的节点买水，最少希望买几个单位的水，最多希望买几个单位的水，以及愿意出多高的价格买水。"智能"市场的运行过程如下：

(1)"供应商"和"用户"向信息处理中心提交销售和购买意愿，"输水商"向信息处理中心提供节点之间的输送价格之后，信息处理中心将运用优化算法，在平衡所有节点上的总流入量和总流出量的基础上，最大化所有市场参与者的收益总和，以此来确定各个节点之间的成交价格。

(2) 在成交价格最终被确定之前，有一个交易时间段。在交易时间段内，所有市场参与者可以随时提交、更新或撤回自己的决策，而信息处理中心根据新变化即时更新反馈给每个市场参与者的信息。反馈信息中包括在当前所有决策基础之上由信息处理中心得到的各个节点之间的临时成交价格，各个市场参与者还可以看到自己在当前的临时成交价格下可获得的收益，以及自己的历史交易记录。

(3) 交易时间段结束后，在交易时间段的最后时刻所得到的临时成交价格将成为最终成交价格，所有市场参与者将按最终成交价格结算。

3．实验结论

史密斯等研究人员征召不同的实验参加者反复进行了多次实验。研究人员从市场效率、收益的分布以及价格的稳定性三个方面来考察"智能"市场。

市场效率由所有市场参与者在市场中实现的收益总和与所有市场参与者在市场中可能获得的最大收益总和的商来表示。在一个100%有效率的市场上，所有市场参与者的收益总和达到最大化。实验表明，"智能"市场高度有效，在各次实验中所有实验参与者平均实现了可能达到的最大收益总和的90%左右，而在有些实验里市场效率高达99%。

通过考察市场收益的分布，研究人员发现，在实验中"用户"的收益约占市场上总收益的70%，"供应商"的收益约占30%。实验结果表明，如果某个"供应商"垄断了传输管道，那么"供应商"的总体收益会有所提高，而"用户"的收益会下降。

实验发现，在"智能"市场上价格的波动幅度较大、稳定性较差。如何克服"智能"市场上的价格波动，将是下一步的研究问题。

二、经济实验：一个微型经济系统

通过"智能"市场的实例我们不难发现，经济实验的本质，就是针对研究人员的研究问题构造出一个可控条件下的可观测的微型经济系统。经济实验所进行的是真实而特殊的经济活动。首先，经济实验所观察的是人在微型经济系统中的真实实践。例如，在运用"智能"市场进行水资源调配的经济实验里，实验参加者之间进行的是真实的交易，所得到的是真实的报酬。因此，经济实验在性质上不同于单纯的计算机模拟仿真和一般意义上的问卷调查。与此同时，经济实验又是迥异于现实生活的特殊经济活动。经济实验从未试图重现现实生活中的经济现象的全部特征。在现实生活中，多种因素都可能是造成某一个经济现象的原因。所有这些因素中的某个特定因素到底发挥了多大作用？从现实生活中直接观察经济现象，往往难于得到结论。而经济实验针对特定的问题，通过对实验环境的设计，凸显出与研究问题相关的因素，控制并淡化与研究问题无关的因素，从而在实验结果中直接观察到某一特定因素对具体经济现象的作用。

下文将介绍微型经济系统的构成以及市场参与者在微型经济系统中的行为，然后引出市场机制设计的基本问题，并展示经济实验在市场机制设计过程中的作用。

1．微型经济系统

微型经济系统由市场参与者所处的经济环境和市场机制共同构成。

经济环境

经济环境由市场参与者的集合、商品的集合以及市场参与者的特征共同构成。市场参与者的集合中包括多种市场上的参与主体，比如厂商和消费者。

在有些市场上，厂商和消费者之间还有中间商；还有些市场上，厂商又分为上游企业和下游企业，上游企业向下游企业销售产品。在商品集合的元素中，不仅包括最终产品和货币，也包括生产最终产品所必需的资源，如设备、原材料等等。市场参与者的特征包括市场参与者在市场中的目标，市场参与者所拥有的技术，以及市场参与者预先掌握的、包括物质产品和信息在内的其他资源。总结起来，经济环境是在市场参与者参与市场活动前就已经被决定的要素的总和，这些要素不会在市场交易过程中发生变化。

以运用"智能"市场进行水资源调配的实验为例，市场上有"供应商"、"用户"和"输水商"三类参与者。市场中只有两种商品，虚拟产品"水"和货币。"供应商"的特征包括"供水"成本以及生产能力限制，"用户"的特征包括对"水"的保留价格（即购买每单位的水，用户所能承受的最高价格）以及对"水"的需求量。"输水"成本是"传送商"的特征。

市场机制

在微型经济系统中，市场机制定义了市场参与者赖以交流的一系列约定和赖以交易商品的一系列规则。市场机制包括市场语言和市场规则。

市场语言：市场语言是市场参与者赖以交流的全部市场约定的集合。构成市场约定的基础是各个市场参与者所发送的信号。在市场中常见的信号有销售者的标价、购买者的竞价，以及购买者接受或拒绝标价的权利、销售者接受或拒绝竞价的权利等等。需要注意的是，不同市场参与者能够发送的信号未必相同。例如，标价市场中销售者可以出价，但购买者没有还价的权利。当全部市场参与者都已经完成信号的发送时，所有市场上已被发送的信号就一起构成了市场参与者之间的市场约定。以运用"智能"市场进行水资源调配的实验为例，"用户"向"智能"市场（即信息处理中心）发送三类信号：向哪个供应商购买、购水量以及愿意支付的单价；"供应商"也向"智能"市场发送三类信号：向哪个用户销售、销量以及售价；而"传送商"则提交各个节点之间的运送价格。当全部市场参与者都已经向"智能"市场提交了各自的信号之后，所有这些"智能"市场上被提交的信号就构成了市场参与者之间的市场约定。

市场规则：市场规则是市场参与者赖以交易商品的规则的集合。市场规则的核心是分配法则，即给定市场参与者之间的市场约定，市场中的各种商品将如何分配。在市场规则中还包括市场参与者的决策时序法则，决策时序法则规定了各个市场参与者发送信号的次序。如果后发送信号的市场参与者能观察到之前的信号，那么决策时序法则中还隐含着信息发布法则。以运用"智能"市场进行水资源调配的实验为例，其分配法则由信息处理中心根据优化算法完成：信息处理中心在平衡所有节点上"水"的总流入量和总流出量的基础上最大化所有市场参与者的市场收益总和，以此来确定各个节点之间的成交价格以及各节点之间的"水"的流量。在有效交易时间内，"智能"市场的参与者可以随时提交、更改或撤回自己的信号。

2. 市场参与者在微型经济系统中的行为

市场参与者在微型经济系统下的行为（或决策），是指在特定的市场机制下，具有一定特征的市场参与者对某个具体信号的选择。当所有市场参与者都完成了决策之后，市场上的全部信号就构成了市场参与者之间的市场约定。引入对市场参与者行为的描述，微型经济系统就成了从经济环境到市场语言、再从市场语言到交易结果的闭合系统。

以运用"智能"市场进行水资源调配的实验为例，实验中"用户"所选择的具体购买量和愿意支付的具体价格、"供应商"选择的具体销量售价等，都是市场参与者所做出的决策。"用户"的决策依赖于"用户"的保留价格和需求量，而"供应商"的决策依赖于"供应商"的成本和生产能力。同时，所有市场参与者的决策都要受到"智能"市场上各种规则的约束和激励：比如，决策必须在有效交易时间内提交（决策背后的约束），而在有效交易时间内，市场参与者向"智能"市场所发送的信号与市场参与者所得到的货币报酬有直接的关联（决策背后的激励）。

3. 市场机制设计的基本问题

经济学要回答的基本问题是，如何运用有限的资源、尽可能满足公众的需要。放在微型经济系统下，这个问题就成了在给定市场参与者基本特征（即经济环境）的条件下，究竟达成什么样的分配结果，才能使市场参与者的社会福利最大化？

上面提到的问题实际上应当被分解为两个问题。问题之一是究竟什么样的分配方案才是最优分配方案？或者说，我们应当如何度量市场参与者的福利水平？问题之二是，如果存在某个最优分配方案，究竟如何才能实现这个方案？其中寻找衡量分配方案"优劣"的社会福利指标是福利经济学的基本任务；而本文所研究的是，给定某个预设的分配方案，如何进行市场机制的设计，以寻找一条具体的途径来实现这个方案。

在现实生活中独立经济个体数量庞大。即便存在某个最优分配方案，该方案既不可能被所有市场参与者通过讨论、投票选择，也不可能被某个社会规划者强制执行。可行的办法，是通过一定的市场机制实现期望的分配方案。市场机制通过激励手段引导市场参与者的决策（即市场参与者在一定经济环境下对市场信号的选择），在此基础上通过市场规则实现分配方案。

市场机制设计的基本问题是，究竟什么样的市场机制能有效地激励、引导市场参与者，以实现预期的分配方案？

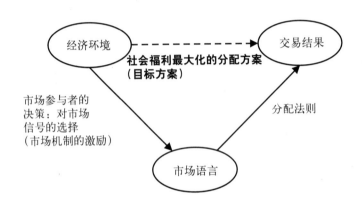

图1　微型经济系统

如图 1 所示，在微型经济系统中，市场参与者在市场机制（即市场上的约定与规则）的约束和激励下所选择的市场信号依赖于其经济环境；所有市场参与者所发送的信号共同构成了市场约定，该约定是市场语言中的一个元素。最终，在市场参与者的约定的基础上由分配法则决定各种商品的归属，即交易结果。市场机制决定了非货币商品和货币的最终分配。微型经济系统下的市场参与者不直接选择分配方案；市场参与者发送信号、达成市场约定，通过市场机制来实现分配方案。

4. 经济实验在市场机制设计过程中的作用

经济实验的本质是对微型经济系统进行控制，对微型经济系统中市场参与者（即实验参加者）的行为进行观察，从而回答市场机制设计的基本问题。经济实验是市场机制设计最直接、最强有力的工具。

在实验室里，研究人员营造出特殊的实验市场环境，征召实验参加者进入实验室；在实验开始前，实验参加者将阅读实验说明，在实验说明中研究人员对实验市场的环境和规则进行详尽的描述；按照实验说明中所描述的规则进行真实的交易并获得货币回报；最后，研究人员通过分析实验所产生的交易数据回答自己的研究问题，实验室里的市场也完全以激励为导向，是真实的市场。但实验室里的市场又是特殊的市场，因为其环境和规则是针对特定的研究问题设计的，有别于生活中的市场。

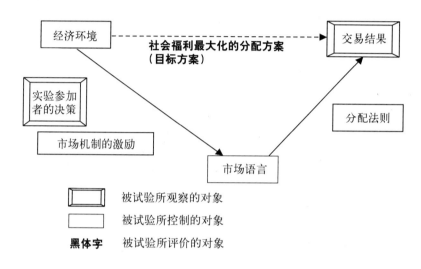

图2 运用经济实验进行市场机制设计

　　如图2所示，通过物质激励，研究人员对实验室内的经济环境、市场机制（包括市场语言和市场规则）进行控制；在实验中，研究人员对实验参加者的决策、实验的交易结果进行观察；通过比照实验的交易结果与预期的分配方案，研究人员对市场机制的有效性做出评价。

　　以运用"智能"市场进行水资源调配的实验为例，在实验室里，研究人员通过设定"供应商"的成本和"用户"的保留价格，在实验运行之前就得到在这些设定下使总的市场剩余达到最大的分配方案。在实验过程中，各个"供应商"的成本和各个"用户"的保留价格都是其他实验参加者所观察不到的私有信息，而所有实验参加者都通过"智能"市场的平台进行交易。研究人员通过比较实验中得到的交易结果和预先确定的分配方案，来评断"智能"市场是否达到了预期的目的。

三、实验经济学与经济学其他分支之间的关联

如果将经济学按照理论研究与实证工作进行划分，实验经济学应当是经济学实证方法的重要组成部分。但实验经济学从诞生的一刻起，就经受了来自各方面的质疑。有的质疑来自理论经济学家，还有的质疑来自不做实验的实证经济学家。通过回答这些质疑，可以梳理出实验经济学与经济学其他分支之间的分野。

1. 实验经济学与理论经济学之间的关系：数学证明能否检验经济理论的成败？

需要指出的是，严密的逻辑结构是理论成功的基本前提。没有对经济现象的因果关系进行严格描述与论证的理论不可能是成熟的理论，对此任何人没有异议。而某些理论经济学家与实验经济学家的分歧在于数学证明究竟是不是经济学理论成功的充分条件。诺贝尔经济学奖得主哈耶克曾在与弗农·史密斯的讨论中提到，数学本身已经对逻辑结构进行了检验，经济学家不可能从实验中得到比数学证明更多的东西（见 Smith，2002）。

上述命题难于成立的原因在于，经济理论除了对经济环境的结构性假设外，还有许多对市场参与者行为的假设。例如：厂商自觉运用优化过程，寻求利润最大化；消费者自觉运用优化过程，寻求效用最大化；"理性预期"，即市场参与者充分有效地运用其全部掌握的信息。所有这些行为假设，都是有条件的、人为设定的，然而又都是理论逻辑结构的出发点。理论经济学家所"观察"到的从经济环境到市场语言的映射，是基于这些缺乏真实依据的行为假设的条件映射。

而经济实验在实验室内以物质激励为导向，最大可能地重现理论对经济环境和市场机制的规定与描述。经济实验记录了实验参加者所做出的全部市场决策，从而得以检验从经济环境到市场语言的全部映射。经济实验过程中，研究人员不对实验参加者的行为进行任何规定，所检验的是无条件映射。从这个意义上说，"数学证明"不是检验理论的充分条件，而经济实验是检验理论的重要工具。

2. 实验经济学与其他实证方法（如应用计量经济学）之间的关系：现实生活中的实证数据能否检验理论的成败？

既然研究人员能够从生活中观察到实际数据，那么为什么还有必要在实验室里面主动地创造数据呢？这类疑问往往来自不做实验的其他实证经济学家。

从 20 世纪六七十年代起，计量经济学取得了重大的发展。运用计量方法和日常生活中的实际数据进行理论检验，是当前应用计量经济学的重要方向之一。然而，由于现实经济环境不可控，研究人员所需要的数据往往不能从日常生活中观测到，而这些数据可以在经济实验的特定系统中凸现出来，作为直接被观察到的实验数据，因此，实验数据是实际数据的有效补充。

例如，研究人员提出了下面的理论假说：消费者对同质产品的搜索成本越高，该产品的价格就越高。然而研究人员很难观察到消费者在日常生活中的搜索成本，从而难以用实际数据检验上述理论。但经济实验可以在实验室的经济环境中预先定义消费者搜索成本并控制搜索成本的大小，从而观察到搜索成本并由此进行理论检验。

四、经济实验的应用范畴

通过对实验市场环境和实验市场规则的控制，研究人员能进行经济环境比较和市场机制比较。在环境比较和市场机制比较的基础上，研究人员可以运用经济实验进行理论检验，探询理论失效的原因，启发新的理论；研究人员还可以运用经济实验进行政策评价；最后，如同前面所介绍的，市场机制设计是经济实验的核心应用之一。

1. 经济环境比较

经济学的重要任务之一，是进行静态比较分析；即参数变化对决策变量和均衡解的影响。例如消费者的收入增加，对某种特定商品的需求量会产生怎样的影响？该产品的市场价格会如何变化？

在现实生活中，很多特定的经济环境是研究人员无法观察到的，但这些特定经济环境变动所造成的后果又是研究人员十分关心的。经济实验的一大优势是能够在实验室内对经济环境进行控制和观察，从而得以在同一市场机制下比较不同经济环境，为静态比较分析提供了可能，也为检验市场机制的适应性提供了可能。

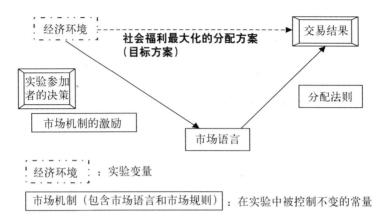

图3　经济环境比较

如图3所示，三个实线方框内的对象（市场语言、分配法则以及市场机制对实验参加者的激励）都属于市场机制范畴，在运用实验进行经济环境比较时这些因素都被研究人员控制不变。虚线框内的经济环境是研究人员考察的对象，即实验变量：实验中，在其他一切条件不变的情况下，通过对经济环境中某一个具体因素的变动，研究人员就能剥离出该因素的变动对实验参加者的决策以及交易结果带来的影响。

在运用"智能"市场进行水资源调配的实验里，研究人员希望了解"输水商"对传输管道的垄断是否会影响市场的效率。为了回答这一问题，研究人员在其他条件不变的情况下，在实验中改变控制传输管道的"输水商"数量。实验结果表明，对传输管道的垄断不仅影响市场效率，垄断还造成市场收益从"用户"向"供应商"转移。

2. 市场机制比较

经济实验还可以在同一经济环境下，比较各种不同市场机制的特性。例如给定竞价者的保留价格分布，实验者可以比较英国式拍卖、荷兰式拍卖、第一价位拍卖及第二价位拍卖对拍卖者收益的影响。给定生产者的数量和成本结构，到底是标价市场支持垄断价格还是双向拍卖市场支持垄断价格？

我国正处于体制转轨期间，很多新的市场机制出现，市场语言、市场规则都发生了一系列的变化。体制转型对市场参与者的行为所造成的影响，是当前亟待回答的问题。而经济实验为解决这一问题提供了有力的工具。

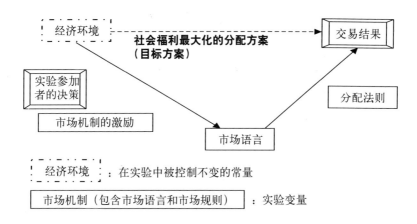

图4 市场机制比较

如图4所示，在运用实验进行市场机制比较时，实线框内的经济环境是被研究人员控制不变的因素。而三个实线方框内的对象（市场语言、分配法则以及市场机制对实验参加者的激励）是研究人员所考察的实验变量：实验中，在其它条件不变的情况下，通过对市场机制中某一个具体因素的变动，研究人员就能剥离出该因素的变动对实验参加者的决策以及交易结果带来的影响。

在水资源调配的实验中，如果研究人员想比较"智能"市场与传统的标价市场的效率的高低，那么研究人员可以在完全相同的供求网络下运行两组不同的实验，一组实验将"智能"市场作为市场的组织形式，而另一组实验将标价市场作为市场的组织形式。最后，研究人员通过比照两组实验的结果来回答研究问题。

3．理论检验

在介绍实验经济学与理论经济学之间的关系时，我们已指出经济实验是检验理论的重要工具。由于经济实验所营造的是可控的微型经济系统，研究人员可以利用实验寻找理论成立的边界条件。比如在比照实验结果与理论预测时，研究人员通过改变报酬的大小、实验参加者的经验以及实验参加者的其他特征（性别、文化程度等）来检验实验结论的适用条件。如果多次实验都发现实验结果与理论预测不符，研究人员可以直接通过各种临界检验探询理论失效的原因并启发新的理论。

4．政策评价

经济实验另一个强大的功能是可以在实验室内预先检验政策变化所造成

的影响，为宏观决策提供支持。例如社会规划者很关心增加失业补助对国民福利、市场效率所带来的影响，那么我们首先在实验室内完全可控的经济环境下对新政策进行检验。如果新政策在实验室里取得成功，可考虑在现实生活中进行对经济环境的控制相对较弱的实地实验；实地实验成功，可考虑向全国推广。

5. 市场机制设计

前文中所介绍的"智能"市场就是市场机制设计的典型实例。当代大量新市场机制涌现的根本原因在于信息技术与电子商务的发展。技术进步使得许多完全依靠人力操作不可能实现的复杂市场机制在现今成为了可能。例如，在互联网上进行的"e-Bay 英国式拍卖"是传统英国式拍卖与标价市场的混合体。又比如 e-Bay 拍卖与 Amazon 拍卖都出现了机器人代理商：机器人代理商询问竞价者的竞价策略，随后，在一定的时间段内，竞价者可以把他的竞价过程完全交给机器人代理商实现，而竞价者本人可以不必直接参与竞价。这些新的市场机制为改善市场参与者的市场收益创造了新的机会。经济实验可以检验新市场机制的特性：着眼于社会福利，新机制与传统机制相比有无改善？经济实验能回答社会规划者的问题，为公共决策提供服务。

五、结论

当各国面临新旧体制转轨的问题时，旧体制通常表现出顽固的惯性：当外部环境迅速变化、新技术大量涌现时，旧体制往往反应迟缓、很难针对新情况改善其系统运行效率。这一现象不仅仅出现在我国，也出现在包括美国在内的其他发达国家（见 Murphy 等人，2000）。造成这一现象的原因是不难理解的：即体制一旦发生转变，其结果不可逆，这使政府对于各种政策建议和新提案不得不谨慎小心地进行审核，力求进行完整、周密的验证。特别是在改革的初始阶段，如何选择适合国情的体制提案尤为重要，未经审慎考虑的方案不仅不能达到预期的效果，还有可能加剧原先就存在的弊端。最为不利的是，实施新方案失败会对今后进一步的改革造成巨大的负面影响。

由于选择和验证体制提案是改革的难点所在，为了降低战略风险，建立在现代经济理论和技术基础上的经济实验方法受到了特别的关注。经济实验的特定优势是：它能在保证改革平缓稳定的前提下，适当加速改革进程；开展经济实验为分析各种不同机制的特性提供了规范的工具，在同一实验条件下所得到的反复再现的实验结果能作为判断市场机制有效性的可靠依据。同时，经济实验与实施新市场机制的社会成本相比，又是极其廉价的。设计恰当的经济实验能用于检验市场机制的适应性，即考察当经济环境发生了大幅度变化的情况下，该机制是否仍然有效。从所需要回答的问题出发，研究人员可以针对实施新市场机制有的放矢地进行实验，以避免机制设计失误所造成的社会损失。

回顾我国近三十年的改革历程，各种新的市场机制在体制转轨期间不断出现，收入的分布、信息传播的渠道以及个人对财富的看法等经济环境因素也在悄然发生着变化。新时期不断出现新的问题，解决新问题需要新的工具和手段，而实验经济学恰恰就是在环境变动的情势下具有特定优势的新工具。面对体制改革的要求，如何将经济实验方法与我国传统的"摸着石头过河"的哲学思想相结合，在改革的具体实践中形成中国特色，将是极具挑战性和创新潜力的一项工作。

参考文献：

Easter, K.W., M.W. Rosegrant and A. Dinar, eds. (1998), "Markets for Water: Potential and Performance," Norwell, MA: Kluwer Academic Publishers.

Kagel, J. and A. E. Roth, eds. (1995), "The Handbook of Experimental Economics," Princeton, NJ: Princeton University Press.

McCabe, K.A., S.J. Rassenti and V.L. Smith (1991), "Smart Computer-Assisted Markets", Science, 254: 534-538.

Murphy, J. J., A. Dinar, R. E. Howitt, S. J. Rassenti and V. L. Smith (2000), "The Design of 'Smart' Water Market Institutions Using Laboratory Experiments," Environmental and Resource Economics, 17(4): 375-394.

Newbery, D. and R. Green (1996), "Regulation, Public Ownership and Privatization in the English Electricity Industry: International Comparisons of Electricity Regulation," R. Gilbert and E. Kahn, New York, Cambridge University Press.

Schulze, W. D., S. Ede, R. Zimmerman, J. Bernard, T. Mount, R. Thomas and R. Schuler (2000), "Can Experimental Economics Help Guide Restructuring of Electric Power?" Working Paper.

V. Smith (1982), "Microeconomic Systems as an Experimental Science," American Economic Review, 72(5): 923-955.

V. Smith (2002), "Method in Experiment: Rhetoric and Reality," Experimental Economics 5: 91-110.

中信出版社《比较》编辑室新书推荐

定价：36.00元

本书是美国著名经济学家克鲁格曼的最新著作。他在书中回顾了将近一个世纪的美国历史，从镀金年代的政治经济，直到布什年代的经济停滞；深入地探讨了美国主张自由放任资本主义的"保守主义运动"对美国经济、社会和政治的不良影响，呼吁重新展开社会政策的公共辩论，主张政府应发挥好维护社会稳定和社会公正的作用，同时警醒世人不要冷漠对待社会经济不平等议题，以致错失改革良机。

定价：55.00元

在中世纪前期各方面都明显发达于欧洲的穆斯林世界，为什么后来却走向了与欧洲完全不同的发展道路，甚至到现在，从经济发展的角度看，仍然落后于欧洲？无数的社会科学家试图对这个历史之谜做出令人信服的解释。本书的不同之处在于，综合运用了经济学、历史学和社会学等各学科的方法，通过案例研究和历史分析，对中世纪后期东西方的大分叉给出了制度上的解释。本书是制度经济学领域的集大成之作，堪称经典。

定价：30.00元

虽然全球经济空前繁荣，但仍有10亿人口被甩在了发展的行列之外，沦为全球经济社会中最底层的10亿人，他们的经济长期陷入停顿或衰退，而且至今看不到改进的希望。本书剖析了制约这些国家发展的各种陷阱——战乱陷阱、自然资源陷阱、恶邻环绕的内陆陷阱以及小国劣政的陷阱，提出了帮助这些国家摆脱困境的建议。

海外特稿

Special Feature

Comparative

中美贸易的动态理论

对失衡的解释

阿玛·比亚德　　埃德蒙德·菲尔普斯

一、引言

本文为中美之间的贸易提供了一套动态理论。本文主要关注技术在欠发达国家所起的主要作用，以及对发展过程中贸易和增长的影响。我们可以看到中美之间不断增长的产品和专有技术（know-how）贸易，这都源自于两国专有技术之间初始的巨大差距。该模型与古典静态贸易的比较优势模型有本质的不同，该模型显示，对中国来说，最优的发展路径就是在与美国的贸易中保持顺差并积累大量的外汇储备。

目前的讨论并没有很好地说明中美之间的贸易失衡。有两种批评旨在解释美国和世界其他地方的经常账户赤字。一种指责美国大规模的预算赤字；而另一种则将其归咎于美国对全球投资者巨大的吸引力。然而，暂且不论它们是否有助于解释美国经常账户赤字，但是却无助于解释为什么中国会在这个赤字中占据如此大的份额[①]。

*　Amar Bhidé 为哥伦比亚大学商学院 Glaubinger 讲座教授，Edmund S. Phelps，2006 年诺贝尔经济学奖得主，哥伦比亚大学政治经济学 McVickar 讲座教授，哥伦比亚大学资本主义和社会研究中心主任。作者感谢 Kauffman 基金会对本研究的支持。

① 假如说导致美国贸易赤字的"原因"纯粹是以美国为中心的，那么美国对其他各国的赤字应当与这些国家的 GDP 成比例。根据世界银行的数据，2003 年世界"其余地方"（即世界 GDP 减去美国的 GDP）的 GDP 大约为 25.5 万亿美元，中国的 GDP 只占世界 GDP 的 6%。但是，2003 年中国和美国的贸易顺差占到了美国总贸易赤字的 25%，2004 年占到了 26%。换句话说，美国对中国的贸易赤字占其总赤字的比例，是中国在美国贸易伙伴（或可能的贸易伙伴）中按比例分配到的 GDP 份额的 4 倍。

其他评论家指出，中国的政策中有重商主义的成分。在货币领域，外界认为中国人民银行阻止人民币升值，这不仅使中国以购买美国国债的方式来对冲其出口盈余，以实现贸易平衡；而且还导致了某种形式的资产回流，主要表现为海外公司对中国的直接投资。在非货币领域，中国被认为是"全球储蓄过剩"的典型例子（从1990年开始），其储蓄远远高于国内的投资需求。这两种解释都假设中国总的贸易顺差规模是非常大的，但实际上，2004年中国贸易顺差仅为320亿美元——大约相当于中国GDP的2%，还不到世界GDP的0.1%。这种适度的规模反映了中国对欧洲的贸易只有非常小的贸易顺差，以及其与亚洲贸易伙伴之间的贸易逆差。因此，应该说中国的重商主义是半心半意的，或者说某种程度上是针对美国的。

上述评论也没能令人信服地说明中国实施重商主义政策的动机。大众媒体的解释是，中国促进出口是为了给农村剩余劳动力创造就业机会。那为什么中国要采用迂回的机制去补贴国外消费者，而不是直接在国内开展公共工程项目呢？其他理论表明，由于海外客户提供的技术性支持，出口部门带来了积极的溢出效应。尽管我们对这种可能性心存疑虑，假设中国政府确信生产出口的鞋子和衣服能给中国经济带来改变，那他们为什么要储备这么多的出口所得呢？为什么采取低回报的外汇储备形式而不是投资于国内高回报的项目？

从痛恨贸易顺差和货币积累的古典李嘉图观点来看，中国的重商主义是一个政策错误。但是，诚如我们看到的，李嘉图模型（以及出口带动经济增长的标准理论）都没有认识到落后的两个特征会影响技术先进和技术落后的经济体之间的贸易。首先，落后国家的比较优势是发达国家技术发展不均衡的产物，因此，发达国家技术含量最低的行业恰好就是落后国家的比较优势所在。其次，落后意味着缺乏消费知识。落后经济体的消费者可能根本就不熟悉富裕国家生产和消费的很多商品。这不仅包括时尚或前沿的东西，如视频游戏，还包括像化妆品和罐头这类在西方曾经是高级产品而现在是司空见惯的产品。

由于上述两个特征，贸易模式会发生变化而不是维持不变。两个技术先进的国家之间的贸易，并没有包含对未来比较优势或对对方出口商品需求发生变化的预期。但是，当一个技术先进的经济体同技术落后的经济体进行交易时，如果落后经济体获得了先进经济体的一些（不是全部）专有技术，比较优势就会发生改变。同样，当落后的经济体首次向先进经济体开放时，匮乏的消费知识可能会阻碍对先进经济体拥有比较优势的产品的需求。但是，这种影响随着消费者熟悉那些商品而逐渐削弱。

我们的视角还说明了落后经济体在采用貌似重商主义的政策时的微妙权衡。落后国家商品和服务的贸易顺差，使他们有能力购买先进国家的专有技术。然而，零散地购买专有技术，可能存在技术和合同上的困难，且在经济上也是不划算的，因此，落后国家的最优选择就是，把贸易盈余储存起来以备将来一次性大批购买专有技术之需，或者用贸易盈余来偿还之前因购买专有技术而欠下的债务。而且，如果欠发达的金融市场或其他制度缺陷阻碍了购买专有技术所必需的资金的积累，那么维持一个能产生贸易顺差的汇率，并持有美元储备可能会提高落后国家的福利水平。另一方面，落后国家消费知识的匮乏阻碍了对进口品的需求，进而导致贸易顺差，这有可能使保持低汇率这样的政策干预完全没有必要，甚至可能会产生相反的效果。比如，过低的汇率使中国的外汇储备远远高于其长期购买专有技术的需求。

虽然，从文献回顾中我们可以发现，近几十年来的经济模型已经将发展水平的差距纳入其中，即便如此，也不能为本文的视角提供多少参考。有关技术不对等的经济体之间的贸易文献主要关注富国和穷国之间的贸易壁垒。林德（Linder，1961）的研究表明，与发展阶段不同的国家之间的贸易程度相比，发展阶段相似的国家之间的贸易程度一般要深。

马库森（Markusen，1986）为林德的研究结果提供了一个模型，在该模型中，富国生产和消费的商品资本密集程度相对较高。在墨菲和施莱弗（Murphy 和 Shleifer，1991）的模型中，富国生产和消费的产品质量要比穷国高。我们的模型与墨菲和施莱弗的模型有相似之处，即富国和穷国的消费模式不同。但是由于背景不同，因此也存在一些显著的差别。墨菲和施莱弗的文章写于苏联刚刚解体之后，他们解释了为什么东欧的生产者没有什么东西可卖给西欧（反之亦然）。而我们关心的是，为什么中国对美国的出口越来越繁荣，而从美国的进口却不是这样。进一步说，他们的模型认为富裕的西方和贫穷的东方之间的消费差别是由收入差别导致的。在他们的模型中，典型的东欧消费者与典型的西欧消费者一样，也喜欢高质量的宝马车，但是由于购买力实在有限，他只能选择购买低质量的拉达车。但是，在我们的模型中，当中国刚开始对外贸易时，典型的中国消费者居住在农村地区，他们对汽车完全不了解。就算对汽车的了解改变了他的偏好，他同样不会以任何价格购买任何质量的汽车。同样，他们的模型假设一个国家的生产率和收入仅仅依赖于不可转让的人力资本。在我们的模型中，人力资本是无差异的，劳动力的生产率仅仅依赖于技术的引进。与人力资本（人力资本只能内生地积累）不同，中国可以在不影响西方生产率的情况下从西方购买先进的技术。

我们的这个模型来自菲尔普斯（2004）和萨缪尔森（2004）关于中国经济随着世界技术不均衡的巨大进步而崛起的模型。在菲尔普斯的文章中，中国和美国（更一般地说是西方）一度是相似的，因此它们不是贸易伙伴。随着技术的进步，中国逐渐开始发展制造业，西方国家也在制造业上拥有了相对于中国的人为的比较优势。一旦中国开放并开始与西方进行贸易，中国和西方都能从古典李嘉图贸易中获益。但是，后来中国从西方获取了先进技术，其贸易伙伴的比较优势因此减弱，中国又回到自给自足的状态。

我们从几个方面对上述文章进行了延伸。首先，上述文章没有讨论，中国究竟是通过学习或盗版来吸收西方的技术，还是通过授权或购买获得西方的技术；如果是后者，中国如何为购买技术付费。这里我们借鉴了比亚德（Bhidé，2004）的意见，即欠发达国家的出口对发展的意义在于，出口为进口发达国家的专有技术而不仅仅其商品提供了必要的资金。另一方面，我们分析了中国在从开始对外贸易到再回到自给自足状态的过程中获取专有技术以及消费者学习西方产品的动态变化如何影响贸易模式的演进。我们还讨论了，制定一套有助于贸易沿着最优路径演进的政策所面临的挑战。

二、获取专有知识的模型和贸易

我们曾为中国贸易的演进创建了模型，并制成了一个电子数据表[①]。在此我们仅讨论模型的主要特征和推论。就像墨菲和施莱弗（1991）的模型以及菲尔普斯（2004）和萨缪尔森（2004）的文章中显示的那样，我们也假定这个世界只有两个国家。我们指定其中的一个国家为美国，它也可以代表所有发达国家。同样，我们指定另外一个国家为中国，它也可以代表所有欠发达国家。在初始状态，这两个国家在各个方面都是相同的，它们生产各种商品，纯粹是为了满足自己的消费。后来，由于创新型的创业体系，美国生产一些商品（我们称之为商品A）的专有技术大幅提高，而生产其他商品（我们称之为商品B）的专有技术维持原状。但是在中国，由于一个多世纪的战争、革命政府和闭关锁国，所有商品的生产还是停留在初始状态。

---

① 可以从如下网站下载：http://www.earthinstitute.columbia.edu/ccs/documents/china_trade.xls。

当被延长了的落后时代结束时，即0期，由于政权更替，中国出现了仁慈的决策者，他们将中国人民的生活水平达到美国的水平作为政治目标。为了分析这些中国新政府所面临的选择，我们做了如下简单的假设：

我们假定，两国的消费者都认为商品B（包括像鞋子和内衣这类商品）是生活必需品。每期人均需求一篮子——而且只需求一篮子。商品A（包括像化妆品和瓶装可乐这类商品）被认为是奢侈品，只有在商品B的需求得到满足之后，消费商品A才能获得效用。但是，与商品B相比，更多的商品A会带来更多的效用。所有人都不看重闲暇（或者说人人都认为工作能带来效用），人们对消费没有时间偏好。这种假设为衡量效用提供了简单的方法：在对B商品的需求得到满足后，人们的福利随着商品A的消费量增加而单调递增；多期的总福利随着这些期内商品A的总消费量的增加而增加。

在供给方面，我们假设两种商品的生产只需要努力（effort），不需要任何资本设备和有成本的原材料。产品没法储藏，即商品必须在生产的当期消费掉。劳动力可以用于生产商品A或商品B，据此可以得到生产可能性边界（见图1）。

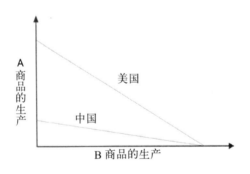

图1　生产可能性边界

基本情况：古典李嘉图贸易

假设在时期1中国政府开始对外开放并只与美国进行贸易。古典李嘉图贸易理论认为，在中国擅长制造商品B而美国擅长制造商品A的情况下，进行贸易会改善两国人民的生活水平。但是，除非贸易条件能使中国获得所有的贸易收益[①]，否则，用中国制造的商品B去交换美国生产的商品A不会使中国人民的生活水平赶上美国人民的生活水平。此外，广义运输成本制约了

---

① 这种结果不太可能，由于中国人口众多，其出口会使得贸易条件正好相反。

古典贸易的收益。尽管对于像化妆品之类的商品而言运输成本可能很小，但是对于像瓶装软饮料这类商品，运输成本却占其总边际成本的很大比例。

存在进口限制的贸易

上述提到的通过古典李嘉图贸易追赶是很困难的，这可能使得中国政府更倾向于用商品 B 来交换美国生产商品 A 的专有技术而不是商品 A 本身。如果运输成本超出了两国生产的规模效应，那么向中国转让专有技术能增加总福利（也就是中国和美国消费的商品 A 的总量）。但是中国如何由美国生产商拥有的生产商品 A 的专有技术呢？

我们的模型假设，美国生产商愿意用一篮子的商品 A 交换 α 篮子的商品 B。对中国来说，它可以将出口商品 B 的所得立即用于购买商品 A 或为未来的采购积累信用；但是，由于美国生产商不信任中国，他们并不会以信用的方式出售商品 A（也就是说在某一时期将商品 A 运往中国，后期才收到 B 商品）。相似的，美国生产商愿意用他们的整套专有技术换取 N 篮子的商品 B，其中 N > α，并准备接受中国用之前积累的信用来偿付，但是却不愿意在将来收到商品 B。

如果中国出口的收入全都用于支付进口，就没有多余的钱购买专有技术。因此中国政府可能会颁布法令限制进口，留出一部分出口收入用于购买专有技术；我们能想到的这类法令有进口税，或将其出口收益存入购买专有技术账户的强制储蓄计划。

假如专有技术在某种程度上可以按比例出售——比如中国先提供 N/2 篮子的商品 B，美国生产商卖给中国生产商品 A 的一部分专有技术，使得中美在生产商品 A 上的差距缩小一半。但是，中国获得这些零碎的专有技术有用吗？

为了便于解释，我们假设中国立刻就开始使用其购买的专有技术，而不是将技术留待以后再用。很明显，如果购买技术之后中国仍发现还是进口商品 A 更划算，中国就不会购买和使用美国的专有技术。现在假设中国的信用积累已经达到了国内生产商品 A 更有利可图的水平。但是，这种进口替代增加了中国短期内对商品 A 的消费量，它也吸收了本来可以生产用于出口的商品 B 的劳动力，因此结束了信用的进一步积累。

这样，为了能实现全面的追赶并使中国和世界的长期消费最大化，中国只有在积累了必需的 N 单位信用之后，才能开始生产商品 A。在信用积累的时期内，中国会继续与美国进行贸易并维持经常账户"盈余"（除非出于某种原因中国购买和储存专有技术而不是积累信用）。随后，在中国用其信用交换专有技术的那个时期内，美国会有大量的经常账户"盈余"。就像菲尔普斯和萨缪尔森文章中所写的那样，从那以后，他们之间不再有进一步的贸易。

需要注意的是，中国积累 N 单位的信用所需要的时间随着进口税的增高呈单调递减（也就是如果税率高，很快就能赶上）。更快速的追赶反过来会增加中国长期对商品 A 的消费量。此外，假如从美国进口商品 A 至少包含一些运输成本，快速追赶就能够增加整体的福利（见图 2）。这样，中国政府青睐的政策与社会计划者所希望的提高两国共同福利之间就没有冲突，他们都希望有更高的进口税。然而，在贸易条件不变的情况下，仅仅希望美国利益最大化的计划者（取决于 α 和 N 的值）可能更青睐零税收制度，这样就不会有专有技术的转让（即继续李嘉图贸易）。

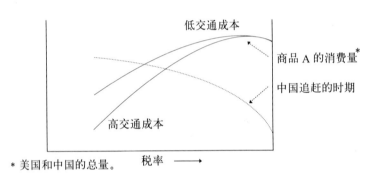

图2　消费、进口税和追赶的速度

有学习限制的贸易

为了解释为什么进口税对进口并非必要，而且事实上还有可能起到相反的效果，我们修正了关于中国对商品 A 的需求的假设。到目前为止，我们一直假设中国的消费者和美国消费者对商品 A 的偏好是相同的。这对中国有些消费者而言可能是事实。在中国开放之前，如果认为很多城市精英们对之前一直没机会获得或买不起的西方产品非常渴求，这也合情合理。但是，在边远的农村省份，被压抑的对口红或洗发水的需求会很大吗？又有多少人见过这类产品并知道怎么使用它们呢？

事实上，历史表明，现在发达国家日常使用的东西是逐渐被接受的，而不是人们先天就喜欢的。谨慎的消费者只有在观察到其他冒险使用新产品的人对该产品表示满意后，才会去购买；或者是在推销商那里彻底了解了产品的用途之后才会购买。有时候，对一种新产品的需求向野火一样迅速蔓延，但是在其他情况下，可能需要十年或者更长的时间。无论如何，这都不是能瞬间实现的事情。

我们可以认为，这种学习效应在对商品 A 的最终需求与中国开始对外贸易时对商品 A 的即期需求之间打入了一个楔子。而且，我们可以将最开始的无知看成是进口商品 A 的自然限制，这种限制会随着时间而消失。我们也把这些纳入了我们下面的模型中。随后各期内的需求，等于以前各期的实际消费量乘以一个固定的学习效应。早期需求越低，就能产生更多的贸易盈余，因此中国可以积累购买美国专有技术所需的信用。

在我们的模型中，依靠学习而不是税收和关税来筹集追赶所需的资金会产生一些显著的不同。首先，并不说中国只有在积累足够的资金用于购买美国全套专有技术后，才能实施全面的追赶。在早期阶段中国对商品 A 的总需求很低，因此一开始可以只购买一部分专有技术，但即便如此，中国也不会一直停留在低技术水平的状态上。中国在满足其国内需求（商品 A 和商品 B）的同时，还有多余的劳动力去生产用于出口的商品 B。此外，我们的模型显示，中国可能永远也积累不够其购买全套专有技术所需的信用。这是因为学习效应导致的进口限制会逐渐减弱；随着这种限制的减弱，中国积累信用的速度会随之下降，并最终会在其积累起足够的信用之前变为负。因此，对全面追赶来说，早期的部分购买可能是需要的（见图 3.1 和图 3.2），除非像上文所说的那样，中国政府同时还通过税收和强制储蓄计划限制进口。

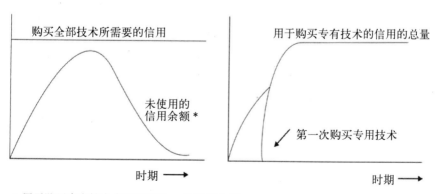

* 用于购买专有技术或进口商品 A 的信用余额

图3.1 不存在专有技术购买的信誉平衡　　**图3.2 部分初始购买的专有技术和积累**

93

第二个显著的不同在于，最大化中国消费者福利的专有技术的购买时机，与最大化中美两国消费者总福利的专有技术购买时机之间的冲突。正如我们提到的，在上文所述的模型中（没有学习效应）不存在这种冲突：在运输费用既定的情况下，不管它多么少，当中国实行高进口税且只要积累起足够的信用就购买美国的全部专有技术时，中国的福利水平和中美两国的总福利都会达到最大化。在有学习效应的情况下，如果生产率的局部提高能使中国自行生产的商品 A 比进口的商品 A 更便宜，此时，中国分期购买部分专有技术也可以使中国的福利最大化。但是，如果要最大化中美两国的总福利，中国购买专有技术的时间应该更晚一些。

第三，仅仅依靠学习效应本身并不能确保中国有能力支付全面的追赶。在上文的模型中（没有学习效应），进口税越高，追赶的速度越快，但即便是低税率，中国最后也能积累够其必需的 N 单位信用。但是，如果是通过学习效应而不是税收来限制进口，如果学习的速度太快或太慢，全面的追赶就无法实现。如果学习的速度超过一个临界值，所有的出口收入都将迅速被用于进口汽车，只留下相对很少的一部分用于购买专有技术；并且，不管中国在什么时候开始购买专有技术，都不可能全面赶上。此外，当学习速度非常快的时候，古典李嘉图贸易（没有专有技术转让）使得总消费量（中国＋美国）最大化，因此，即使中国牺牲全部的福利也只能实现部分追赶。相反，在没有学习或者学习速度很低的情况下，无论是从进口商品 A 还是从进口制造商品 A 的专有技术，中国都只能获得有限的价值。这也许会使中国不再有参与贸易活动的动力。

第四，在可以实现全面追赶的最高学习速度上，世界福利达到最大化（对交易成本不是零的情况）。如前所述，如果学习速度非常慢（并且起始水平很低），除非中国愿意（或被迫）无限期地积累信用，而不是用出口所得去购买商品或专有技术，否则，最优结果就是不进行贸易。如果学习速度快到可以贸易的程度，总消费量先随着学习速度的增加而增加；当学习速度超过了阻止全面追赶的速度之后，总消费量会下降（见图4）。相反，就像我们前面看到的那样，高进口税（我们可以将其看成与学习速度慢相似）却提高了总消费。

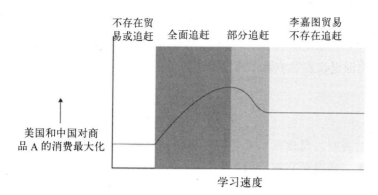

图4 消费最大化和学习速度

第五，逐渐回到自给自足的状态。在前面的模型中，中国只有在积累足够的 N 单位信用之后，并将本来生产出口商品 B 的劳动力转移过来，才能生产商品 A 的国内替代品。当依靠学习效应来为专有技术筹集资金时，我们已经看到购买是分期进行的，并且中国在初期购买之后仍会继续出口（以一个递减的速度）。更有趣的是，我们的模型表明，甚至在中国获得美国全部专有技术后，仍会继续出口。这是因为在中国还没有充分学会如何消费商品 A 之前，在专有技术方面已经和美国相接近。然后中国继续出口商品 B，并继续为购买商品 A 积累信用，直到需求也"赶上"为止。在需求赶上之后贸易还在继续，直至中国积累的信用被来自美国的进口商品 A 所抵消。在回到自给自足之前的最后阶段，中国开始出现贸易赤字而且比美国更繁荣。

用信用购买专有技术

到此为止，我们都假设美国的先进专有技术的所有者要求购买方马上付款（用商品 B 或者积累的信用）。如果美国生产者愿意以信用的方式出售他们的专有技术，即现在先转让技术，对方承诺将来用 N 篮子商品 B 来支付，那会怎么样呢？我们发现，此时的福利最大化的结果，与中国严格限制进口商品 A（关税和学习效应）时所得到的结果非常相似。在运输成本不为零的情况下，中国的最优选择就是（用信用）立刻购买全面追赶所需的全部专有技术。这会减少对来自美国的进口商品的需求。然而，为了偿还购买专有技术欠下的债务，中国不得不继续向美国出口商品。换句话说（就像有进口限制那样），我们将观察中国一直保持贸易顺差的多个时期和美国经常账户盈余最大的那一个时期。其中主要的差别是，美国的经常账户盈余是出现在其贸易逆差之前而不是之后。

此外，根据商品 A 和商品 B 的相对运输成本，以及中国学习如何消费商品 A 的速度，中国可能会出口商品 A 而不是商品 B。换句话说，前期的技术转让可能会使美国进口古典李嘉图理论下应该出口的商品。

三、政策含义

我们的模型表明，当政策制定者有完全的预见力时，干预主义政策也许能改善生活水平，反之则会有反效果。比如，如果因学习太快而不能实施全面的追赶，中国政府就可以通过税收（或其他限制）来阻止进口。这种"重商主义"的干预除了能让中国实施全面的追赶外，还能增加世界的总福利。但是，如果学习速度已经超过了可以实施全面追赶的速度范围，那么进一步限制进口的干预可能会起到相反的效果，它降低了中国的福利和世界的总福利。因此，要设计干预政策需要有关于学习速度的信息。但是，学习速度很难预测甚至观察到；高估学习速度可能导致降低福利的政策。

旨在加快学习速度的干预可能会产生相反的结果。比如中国政府可以通过对购买汽车给予资助，来加快太低的学习速度（比如通过向车主提供税收减免）。只有在不把学习速度推向阻碍实施全面追赶的速度范围，这种政策才能提高福利。预期这种情况会不会发生必然涉及主观判断，而主观判断有可能出错。

负责管理国家贸易和信贷平衡的中国政府，同样面临错估进口商品和专有技术的贸易条件的风险。在我们的模型中，我们假设贸易条件是固定不变的。如果它们不是固定不变的，中国政府对这些条件的错估可能导致购买专有技术的初始时间太早或太晚，结果可能是以信用太少不能实施全面追赶或多于福利最大化所需的信用（尽管中国政府可以通过中期调整对这些错误进行技术上的纠正，但在实际操作上这种政策改变很难落实——最重要的是这涉及承认错误的问题。频繁的政策改变使中国的其他政策决策者很难做长期规划）。

如果商品 A 的美国生产商愿意以信用出售他们的先进专有技术，中国政府就能降低这类风险。比如，如果美国生产商将他们的专有技术授权给中国生产商，或者他们在中国设立使用先进技术的分公司，不完全追赶的问题就不复存在了。向外国公司提供税收减免这样一种政策机制就能鼓励这种技术转让。事实上中国已经使用这种方法了，外国独资企业的收入所得税率为15%，而国内企业的税率为33%，并已经取得明显的成功。但是"迂回投资"

削弱了这种政策的效果，所谓"迂回投资"是指国内企业将其资本带到国外，然后假装成外资再流回中国。有一些有趣的证据表明，外国投资者更青睐于回报速度快的项目，这种偏好可能使专有技术的流入更倾向于用来生产出口导向型商品 B（如鞋子和纺织品）的专有技术。

中国政府还可以通过制度性干预促进有可能受制于立即付款的技术转让。比如，如果美国生产商对被授权者执行合同有信心的话，他们就更有可能将专有技术授权给中国厂商。同样的，如果他们对法律体系能够保护他们的商业秘密有信心，他们更愿意将技术转让给在中国的分公司。但是，尽管法律体系的改革对建立信心来说可能是必要的，但并不是充分条件。建立信心还需要很长的时间。法律体系的改革并不能保护美国生产商的专有技术免受侵占。因此，可能在一个比较长的时期里，中国政府都不得不权衡其贸易干预的风险和收益。

那么，上述分析对美国政策制定者又有什么含义呢？从表面来看，就像在菲尔普斯（2004）和萨缪尔森（2004）文章中所讨论的那样，与古典贸易理论相比，我们的模型表明美国和中国的福利之间存在冲突。比如，（在有学习效应且运输成本非零的情况下）在我们的模型中，最大化世界消费量的追赶速度并不能最大化美国的消费量。就像前面提到的那样，最大化世界福利的追赶速度，要比最大化中国福利的最优追赶速度慢得多。美国的福利是在更低的速度（比世界福利的最优选择要低）或（就像菲尔普斯之前的模型所表示的那样）甚至完全没有追赶的情况下实现最大化。因此，对美国政策制定者来说，抵制或者试图阻止中国政府为加快获得或使用美国专有技术所采取的措施，似乎对美国更有利。

但是，需要注意的是，我们的模型包含了一些主要的简化假设：中国开放之后美国的专有技术是停滞不前的，美国完全"消费"了它的贸易所得，而中国却将其贸易所得的一部分"储存"起来用于购买专有技术。这是一个便于解释但不太符合事实的假设。更为现实的假设是美国企业家在中国开放之后继续创新，甚至可能创造出全新的商品 A。事实上，由于贸易，美国企业家可以获得更多的额外资源，创新的速度可能会加快。

此外，中国要提高生产率并不一定需要购买其所需的专有技术。旧体制下任何阻碍中国企业家研发专有技术的制度约束，在新的体制下都可以被缓解或消除。因此，如果从美国购进技术受到阻止或限制，中国企业家可能会自己研发专有技术。这种重复发明不仅是社会的浪费，也降低了美国出口商品和技术的收入，还可能因此减缓了研发新技术的速度。所以，直接或间接阻碍中国购进美国技术的政策，在长期内可能会损害两个国家的生活水平。

我们模型的扩展模型表明，一些由于从中国进口而利益受损的美国工人会向美国政策制定者施压，而这会产生反直觉（counter-intuitive）的结果。我们的模型假设，劳动力可以在生产商品 A 和商品 B 之间自由转移。但是这里我们却假设美国生产商品 B 的工人无法调配到其他部门，且他们的收入随着从中国的进口增加而逐渐降低。传统理论认为，生产商品 B 的工人通过游说设立关税和配额，减少了进口、降低了福利水平。但这其中也存在另一种微妙的可能性。

需要注意的是，美国生产商品 B 的产量随着中国追赶商品 A 的速度的增加而增加（因为快速的追赶会削弱中国在商品 B 上的比较优势）。因此，生产商品 B 的产业工人更喜欢能促进快速追赶的政策（比如，西方对专有技术薄弱的产权保护，或者中国用高关税限制商品 A 的进口）而不是更符合美国利益的政策。但是，如前面所提到的那样，从美国总体利益来看，美国希望的追赶速度要慢于从世界整体角度来看的最优速度。换句话说，与生产商品 B 的美国产业工人的利益关系更密切的是世界总体福利水平，而不是普遍认为的美国国家利益[①]。

最后，我们的分析显示，美国政策制定者根据贸易数据来推断中国贸易保护的程度或美国经济的健康程度，需要特别小心。关税和进口配额无疑是贸易保护主义。但是，中国的固定汇率制度是不是保护主义，并不能通过检测中国对美国的贸易顺差和大量外汇储备而轻易得到答案。同样，美国对中国的贸易逆差，或美国的总体贸易逆差，以及美国借入中国和其他的国外资本，也并不必然是经济不健康的指示器。美国的人均收入遥遥领先于其他发达经济体，因此我们可以将美国看成一个巨大的磁场，吸引着来自中国商品 B 以及来自其他发展中经济体的进口。美国高人均收入是由于其高水平的创新活动推动的，因此，美国还是为世界其他地方提供专有技术的发源地。因此，美国经常账户赤字（甚至是无限期的经常账户赤字）本身并不代表着对美国敲响了警钟（这种赤字能否维持在现在的水平上是另外一回事，但是这不在我们分析的范围之内）。

---

① 正如可证明的那样，盗窃或复制美国的专有技术，剥夺了美国生产商资助进一步创新所能使用的资金，从而降低了美国的福利。然而这种论点假设，资金代表了对进一步创新的一种限制因素，且假设对专有技术的支付事实上是用来进一步创新而不是用于消费的。

四、历史上的类似情况比较

从其他发展中国家遭遇的国际收支危机来看，中国的贸易顺差似乎很不同寻常。事实上，他们根据的是富国和穷国之间陈旧的贸易模式。根据麦迪森（Maddison，1990）的数据，大约从 1840 年到第二次世界大战，大多数战后的所谓发展中国家的出口都超过了进口（两个明显的例外是韩国和台湾地区）。然而，大多数我们现在所谓的发达国家，进口超过了出口。这些净进口国包括采取出口导向型经济增长战略的日本。

发展中国家的出口超过进口并不能用这些国家采取的重商主义政策来解释。当印度和印度尼西亚作为殖民地的时候，它们并没有选择重商主义政策的权力，但是，正如麦迪森的数据所显示的那样，在它们没有独立之前，出口远远超过了进口。这种顺差是不是反映了殖民主义者对殖民地资源的强制性掠夺？英国确实用印度的一部分顺差去支付所谓的国内支出（home charges），这是事实。印度的贸易顺差也导致了大量的英镑存款，我们认为这是英国廉价贷款的来源。

然而，并没有证据表明，英国政府阻止印度消费者进口英国制造的商品，或者以任何方式阻碍英国生产商向印度出口其产品。事实上，根据现行的帝国主义论（和马克思主义的分析），殖民地为欧洲殖民者提供了专属的出口市场。同样值得注意的是，当朝鲜半岛和台湾岛沦为日本殖民地的时候，它们却出现了贸易赤字，很难说日本比英国更关心其殖民地的福利。

但是，无论日本帝国的意图如何，麦迪森认为，日本在使其殖民地工业化方面确实更成功，因此导致了朝鲜和台湾岛的贸易赤字。相反，殖民地印度的经济并没有太大的发展。在英国统治印度的最后半个世纪（与日本殖民朝鲜半岛和台湾岛的时期大致相当），印度的真实人均 GDP 实际上是下降的（Maddison，1971）。

显然殖民地的顺差反映了其经济缺乏发展。自然禀赋为出口农产品和大宗商品提供了古典比较优势。但是它们的低人均收入和停滞不前的经济限制了它们吸收来自欧洲宗主国的进口品的能力。比如，1990 年，印度的人均收入仅为英国人均收入的 4%。尽管在 1900~1904 年，印度进口的布料占其总消费的一半（Tomlinson，1993），但印度进口的总值还是很小的。能提高生产率和收入的西方专有技术和资本的流入明显不足。

今天的中国显然不是这种情况。进口商品和专有技术可能滞后于出口，但也远不是寥寥无几。中国也在快速提高其专有技术。那么，如何解释今天中国的快速发展和殖民时代的印度的停滞？英国殖民政策强烈倾向自由的国内市场、自由国际贸易和低税制。可以说，英国统治下的印度有着比当前中国更好的法治和产权保护。那又是什么阻止了英国公司在印度开设与印度潜在市场规模相当的办事处呢？

我们推测，一个可能的理由（但是绝不是唯一的或最重要的一个）是技术和组织的创新使发达国家向发展中国家的技术转移更加容易。如果我们的推测正确，这对贸易和发展理论就有深远的意义。

古典李嘉图贸易模型是在（按照现代的标准来看）技术不太发达，且国家间的发展水平差异与国家间不变的自然禀赋差异相比微不足道的时候形成的。后来，发展水平和专有技术之间的差异越来越明显。然而，在技术不太容易转让的情况下（因为技术是体现在单个的人力资本之中的），假设比较优势不变的传统理论就可以提供足够充分的解释。但是，如果比较优势更易变化（事实上贸易正是比较优势改变的主要途径），我们就需要能够关注这些动态效应的理论。

（孟凡玲 译）

参考文献：

Bhidé, A (2004) "Missing the true significance of outsourcing" Asian Wall Street Journal, June 23, 2004.

Linder, S., (1961), An Essay on Trade and Tranformation Uppsala: Almquist and Wicksells.

Maddison (1971), Class Structure and Economic Growth: India and Pakistan since the Moghuls. London: Allen and Unwin.

Maddison (1990), "The Colonial Burden: A comparative Perspective" in M. Scott and D. Lal (eds.) Public Policy and Economic Development: Essays in honour of Ian Little, Scott, M.F. and D. Lal (eds) Oxford: Clarendon Press.

Markusen, J.R. (1986) "Explaining the Volume of Trade: An Eclectic Approach", American Economic Review 76, 1002-1011.

Murphy, K.M., and A. Shleifer (1991) "Quality and Trade" NBER working paper No. 3622. Subsequently published in the Journal of Development Economics (1997).

Phelps, E.S., (2004) "Effects of China's recent Development in the rest of the world With special attention to Latin America", Journal of Poicy Modeling 26 (2004) 903-910.

Samuelson, P.A., (2004) "Where Ricardo and Mill Rebut and Confirm Arguments of Mainstream Economists Supporting Globalization", Journal of Economic Perspectives 18, No.3, 135-146.

Tomlinson, B.R. (1993), The Economy of Modern India, 1860-1970, Cambridge: Cambridge University Press. p. 107.

视界

Horizons

Comparative

决定各国奥运成功的因素

加里·贝克尔

 全世界数以亿计的男女老少通过电视或电脑观看了北京奥运盛会。当一个国家的运动员在与其他国家运动员的竞赛中取得好成绩时,他们国家的人们会感到非常自豪。对美国人来说,今年最大的看点就是菲尔普斯要在北京运动会上创纪录地夺取 8 枚金牌(他做到了),两个年轻的女孩子在体操决赛中取得的金牌和银牌,以及篮球新"梦之队"轻松地击败了中国、西班牙等队夺取了冠军。中国人为其运动员在体操和跳水上取得成绩而骄傲,澳大利亚为其游泳运动员骄傲,罗马尼亚人为其 38 岁的母亲获得女子马拉松的冠军而骄傲。人们不会忘记,2004 年,当几乎全部是黑人的国家津巴布韦(历史上存在严重的种族冲突)的白人游泳健将在雅典奥运会上获得金牌时,全国人民热情高涨,上街游行庆祝的景象。当其他国家的运动员获得奖牌时,也会出现类似的情景。

 给奥运会获奖者的奖励——尤其是金牌获得者的奖励——为那些年轻和有天赋的运动员提供了足够的激励,进行艰苦的训练来备战奥运,以期获得奥运奖牌。由于奥运会参与者都训练得非常努力,而且由于各种随机因素(如生病和伤病),心理素质也非常重要,所以很难预测个人在诸多项目中是否能获胜。但是,预测不同国家总的奖牌数相对较容易。

 2004 年,发表在《社会学季刊》(*Social Science Quarterly*)的 "两个赛

 * 作者 Gary S. Becker,1992 年诺贝尔经济学奖得主。作者虽年事已高,但仍笔耕不辍。他和著名法学家、法和经济学的开创者之一理查德·波斯纳开设了一个博客,讨论各种经济与社会问题。本文即译自他于 8 月 17 日写的博客日记。感谢贝克尔教授同意我们翻译并发表此文。——编者注

季的故事：冬季和夏季奥运会的参与者和奖牌数量"一文中，科罗拉多大学的丹尼尔·约翰逊（Daniel Johnson）与其合作者，检验了自第二次世界大战以来，不同国家获得金牌数的决定因素。他们的回归分析显示，最重要的两个因素为国家的总人口和人均收入。同样重要的还有一个国家的政府是不是集权政府，国家的气候以及该国家是不是那一届奥运会的主办国。综合考虑这5个因素，能够较准确地预测不同国家在冬季和夏季奥运会获得的奖牌数。

人口因素很重要，这毫不奇怪，因为人口多能选择更多的运动员。这就是为什么一个大国的分裂（如苏联）会对俄罗斯获得的奖牌数有那么大的影响（如果俄罗斯和苏联是等同的话）。气候也没有什么好奇怪的，因为，比如非洲热带国家在冬季奥运会上的滑冰或其他寒冷气候下进行的项目上就不太可能获胜。但寒冷气候的国家，如俄罗斯和斯堪的纳维亚国家，在其他变量不变的情况下，在冬季和夏季奥运会上都会表现得比较好。主场效应可能比较奇怪，但可以这样来解释：本国运动员会更熟悉赛场的天气和其他条件，观众席上粉丝的欢呼声会为运动员提供额外的激励，本国的运动员会尽更大的努力去准备。

人均收入高的国家，在其他条件同样的情况下，会在奥运会和其他国际比赛中表现得更好，这是很合理的。由于人均收入高，有前途的运动员的父母有更多的资源去雇用教练、购买器材，为了提高孩子的成绩获得其他的帮助。高中和大学也有更多的资源花在体育项目上。私人集团建立的有很多资源的奥运和其他委员会帮助训练有前景的运动员。一些公司资助体育项目并提供其他的激励——比如，Speedo承诺如果菲尔普斯在北京奥运会上获得8枚金牌就给他100万美元的奖励。

集权制的国家的重要性表面上看起来更为奇怪。这并不是说在人口相同的情况下，这些国家比别国派更多的运动员参加奥运会（他们并没有这么做），但是集权政府派去的运动员更好一些。原因可能是那些国家的政府，在寻找年轻的、有前途的运动员和改善集中训练条件和设备上花费了更多的资源和精力。根据《纽约时报》8月17日的社论，自2000年悉尼奥运会以来，中国已经在其体育项目上花费了数十亿美元的资金。这些国家经常会运用他们的权力结构，让父母将他们的孩子送去集训，并且运动员获得奖牌后不能自主地退役。这些活动有力地解释了中国在体育竞技迅速崛起的原因，东德在之前奥运会上的成功，以及前苏联成功的原因都在于此。

集权政府的一些方法，民主政府无法采用，但是民主政府也必须决定它们在选备运动员参加奥运会和其他国际赛事中所扮演的角色。国人对代表他们国家出征的运动员获胜时的欢欣似乎是一种正的"外部性"。然而，在私人市场经济中，这种所谓的奥运会和国际其他赛事成就的外部性，在很大程度上内化在了对成功运动员的认可、高收入的演讲、工作机会和其他的私人优势中。而在政府控制的经济体中，许多这种私人优势是不太可能存在的，这就是为什么这些国家的政府在资助和训练运动上会更加积极。

可能有一些外部性能解释为什么民主国家在竞技体育方面也存在大量的政府参与。实际上，最近有些国家（如德国）已经表明，他们准备在训练运动员备战将来的奥运会上花大手笔的钱。《纽约时报》的社论反对美国在奥运会方面进一步扩大开支，因为美国政府预算有那么大的赤字，而且美国的经济已经开始下滑。我相信反对政府更多的参与，会有更多更好的理由。像美国和英国，采取高度分散的、主要由私人部门资助（但不是全部）运动的方式，是有强大的私营经济和慈善机构的民主国家吸引和培训运动员参加奥运会及其他运动会的最佳方式。

（孟凡玲 译）

金融评论

Financial Review

Comparative

全球化、宏观经济运行和货币政策

弗雷德里克·米什金

近年来，无论对普通大众还是对高层银行家来说，全球化都已成为热门话题之一。有些评论家甚至声称，如果不考虑全球化的因素，随着本国经济对别国商品、服务、资本以及商业流动的进一步开放，传统的通货膨胀经济模型将失效。

从长期来看，货币政策的目标是保持价格稳定，价格稳定有助于最大限度地稳定就业和促进经济增长。从较短的时期来看，美联储宣称要实现稳定价格以及减少产出和就业对其最优水平偏离的双重目标。全球化通过两种方式影响货币政策制定者对稳定价格和产出的控制能力：（1）影响通货膨胀和产出；（2）影响货币政策作用于通货膨胀和产出的方式，即影响货币传导机制。

我将依次考察这两个问题，并据此为货币政策的制定者们解决另一个重要问题：我们一直关注的全球化是通货膨胀改善和降低的一个重要驱动因素吗？

＊ 本文作者 Frederic S. Mishkin 为哥伦比亚大学教授，现任美联储理事。——编者注

＊＊ 本文基于作者 2007 年 9 月 27 日联邦储备委员会在华盛顿特区召开的"一体化世界经济下的国内价格"会议上所作的演讲。本文仅代表作者的观点，不代表联邦储备委员会和美国国民经济研究局的观点。感谢 Steven Kamin 和 Jaime Marquez 对本文提供了有益的意见和帮助。

全球化和通货膨胀

我们应该永远记得米尔顿·弗里德曼的格言"无论何时何地，通货膨胀都是一种货币现象"。长期来看，只要中央银行奉行独立的货币政策——即它没有被限制在束缚手脚的固定汇率制度下——通货膨胀率就由货币政策决定。然而，全球化能够对中央银行控制通货膨胀的动机、更为直接地对通货膨胀在短期和中期的走势施加影响。

肯尼思·罗高夫（Kenneth Rogoff，2003）认为，全球化已经导致了价格弹性变大，而较大的价格弹性削弱了中央银行使用通货膨胀冲击来刺激产出的能力。换言之，菲利普斯曲线将更加陡峭，使得失业和通货膨胀之间的短期替代效应更为明显。结果，中央银行将不大倾向于运用巴罗—戈登模型（Barro-Gordon，1983）中使用的通货膨胀和失业之间的短期替代关系，也不大可能追求能够导致较高通货膨胀的过度扩张性货币政策。罗高夫（2003）的论点有一个主要问题，那就是，近年来，随着全球化的不断发展，菲利普斯曲线不是变得更陡峭，而是更平坦，不仅美国如此，世界上其他国家也是如此（Borio 和 Filardo，2007；IMF，2006；Ihrig 等人，2007；Pain、Koske 和 Sollie，2006）。因此，即使从理论上来看，罗高夫的论点有其合理性，当前的经济环境也使之很难保持正确性。

全球化加剧了市场竞争，刺激了生产率的增长。如果不采取扩张性的货币政策，较高的生产率因直接降低了价格，将导致通货膨胀的降低。此外，对货币当局来说，这种增长使得降低通货膨胀更为容易，因为当通货膨胀下降时，产出增长将持续加快。美国 20 世纪 90 年代后期的情形正是如此，生产率增长加快而通货膨胀降低。然而，美国在此阶段生产率增长的加速并没有外溢到其他工业化国家，对此，有人怀疑全球化是否真正加速了生产率增长的跨国传递。

全球化加剧了竞争，减少了溢价（价格超过成本的部分），而溢价的减少使得相对价格进一步降低，正如陈等人（Chen、Imbs 和 Scott，2007）所讨论的那样。然而，较低的溢价和价格水平对通货膨胀的影响只是短期的。而且，全球化导致较低溢价的预期似乎与我们目前观察到的全球较高的公司利润率相矛盾。

全球化引致的价格弹性增大以及国内市场竞争加剧所产生的效应，尽管理论上看似合理，却随着世界经济形势的变化而变化，因而无法解释最近几年来通货膨胀下降的原因。另一方面，全球化的一个显著特点是它将中国和印度超过 10 亿的新劳动力带到了全球经济系统中。一些观察家声称，通过销售低成本的商品，发展中的亚洲，尤其是中国，正在并将继续"输出通货紧缩"，直到这些国家的工资有所提高。尽管这种效应也看似合理，但是研究表明其重要程度不应该被夸大。

如果中国确实在输出通货紧缩，那么这种效应应该显著体现在进口价格上。联邦储备委员会的卡明等人（Kamin、Marazzi 和 Schindler，2006）进行的研究估计，在过去的 10 年中，美国对中国制造品的购买大约每年降低进口价格通货膨胀 1 个百分点，短期内会减少消费价格通货膨胀约 1/10 个百分点，长期的这种降低效应会更大些。经济合作与发展组织 的佩因等人（Pain、Koske 和 Sollie，2006）的一项研究也得出了相似的结论，与发展中国家进行制造品贸易对美国通货膨胀的影响为 − 0.2 到 − 0.3 个百分点。

与此同时，发展中的亚洲，尤其是中国和印度对大宗商品的额外需求，正对这些商品的全球价格产生向上的压力。2004~2006 年间，这些地区解释了世界石油需求 40% 的增长和铜锌需求 70% 以上的增长。中国和印度经济登上世界舞台而引发的全球商品繁荣，已经对来自这些国家低价格的产品和服务引致的通货紧缩效应产生了重要的抵消作用。

联邦储备委员会的委员进行过一项分析，权衡了低价制造品对美国通货膨胀的负效应以及商品价格上涨引致的正效应，分析结果表明，最近几年的净效应或正或负，而且无论正负，数值都很小。在回头看看近期商品价格上涨之前，该委员最好的估计结果是中国和印度加入世界贸易舞台对通货膨胀有非常小的负影响。佩因等人（2006）的研究也得出了类似的结论，对美国、欧元区以及 OECD 经济体的净效应合计为 0 到 − 0.25 个百分点。

劳伦斯·鲍尔（Laurence Ball，2006）提出了一个重要的观点，他认为来自中国等地区的廉价进口降低了进口品的相对价格，然而最终并没有影响到反映全部价格变化的通货膨胀上。继承米尔顿·弗里德曼（1974）的观点，鲍尔（2006）指出，一个价格指数（比如消费价格指数 CPI）体系中某种商品或服务相对价格的下降，根据定义，某种其他商品或服务的相对价格就会上升。任何模式的相对价格变化都与某一特定水平的通货膨胀率相一致。决定总体通货膨胀率的不是某一类商品和服务的相对价格，而是经济体中总需求和总供给的对比，而总供求则受制于货币政策。因此，鲍尔（2006）认为，来自中国和其他低工资经济体廉价的进口不应该影响通货膨胀。

我不准备和鲍尔（2006）做同样深入的研究，原因是某类重要商品和服务相对价格的变化能够在相当长的一段时间内影响通货膨胀。即便如此，鲍尔（2006）的观点以及我们前面引用的研究成果，都表明许多过分夸大近年来全球化在降低通货膨胀方面重要作用的言论是不成立的。

全球化和产出

不断加深的全球经济一体化对产出有若干方面的影响。它影响产出的波动性和我们对经济的预测，因而与货币政策制定者们有关。

全球化能够使生产者服务于一个多样化的全球市场而不只是国内市场，因此能够稳定产出。联邦储备委员会（Ihrig 等人，2007）的研究证明了净出口与国内需求常常是负相关的，因而有利于产出的稳定。也有研究（Guerrieri、Gust 和 López-Salido，2007）表明，在更为开放的经济条件下，国内需求冲击对产出的影响较小。与此相反，贸易一体化的加深，包括服务贸易的扩大（Markusen，2007），会加大产出的不确定性，因为一国经济面临国外的冲击变得比较脆弱。事实上，墨西哥的情况已经证明了这一点（Bergin、Feenstra 和 Hanson，2007）。

与加深的贸易一体化对产出不确定性的影响一样，金融全球化的影响也具有两面性。日益丰富的全球市场降低了导致某个经济体低迷的金融危机发生的可能性。而且，正如在我之前的文章中所强调的（Mishkin，2006a），金融全球化能够促进制度变革，制度变革能够稳定金融系统，从而有助于稳定产出。可是，在我那篇文章中（Mishkin，2006a，第 4 章），也同时强调了金融全球化导致资本流动对金融系统的冲击加大，使得金融危机跨国传递更为便利。

总之，我认为尽管经济全球化使真实的金融危机跨国传递的范围更广，但它对个体经济的稳定是有利的。有人甚至推测全球化对经济波动的"大缓和"（Great Moderation）有利，这里的大缓和是指过去二十多年来一些国家（比如美国）产出波动的下降。这个假设有待今后进一步研究。然而，全球化究竟是改善了还是加剧了产出的不确定性依然没有定论。

正如我曾在我的演讲和文章中强调过的（Mishkin，2006a，b；Mishkin，2007b），我深信全球化一直以来都是促进经济增长的一个关键因素。全球化不仅有利于一个更为竞争且促进创新的经济环境的建立，而且能够为改善市场运行的制度变革提供创新激励。近年来，全球化不仅使诸如中国、印度等国家数百万的人们摆脱贫困（每天收入不足 1 美元），而且也使美国这样的经济体更有活力，而这种活力对我们未来的经济福利是至关重要的。

全球化和货币传导机制

当我们考虑全球化是否改变了货币传导机制，也即货币政策是如何影响通货膨胀和产出的，我们自然而然会产生四个疑问：（1）全球化降低了通货膨胀对国内产出缺口（真实产出与潜在产出的差额）进而对国内货币政策的敏感度吗？换言之，全球化使菲利普斯曲线更加平滑吗？（2）国外产出缺口对国内通货膨胀影响显著，因此加大了国内货币政策稳定通货膨胀的难度吗？（3）国内货币政策仍然可以控制国内利率并稳定通货膨胀和产出吗？（4）除了可能对通货膨胀和利率产生影响外，全球化是否还有其他途径影响货币政策的传导机制？

全球化降低了通货膨胀对国内产出缺口（真实产出与潜在产出的差额）进而对国内货币政策的敏感度吗？

近年来，无论在美国还是在其他发达国家，我们都可以清楚地看到通货膨胀对国内产出缺口（一个更为平滑的菲利普斯曲线）的敏感性有所下降（Borio 和 Filardo，2007；IMF，2006；Ihrig 等人，2007；Pain、Koske 和 Sollie，2006）。全球化使通货膨胀对于不断增加的国内资源利用的反应度减弱，因为个体和企业能够到国外购买商品和服务，国内物价上涨的压力不大。从另一个角度看，随着国内资源利用的增加，全球化减少了产生供给瓶颈的可能性。尽管这种表述看似合理，但联邦储备委员会和其他机构的研究认为尚未有证据表明平滑的菲利普斯曲线反映了不断深化的贸易一体化进程（Ihrig 等人，2007；Ball，2006；Wynne 和 Kersting，2007）[①]。

我认为，全球化并不是菲利普斯曲线变平滑的一个重要因素，而是能够较好地稳定通胀预期的货币政策导致了较为平滑的菲利普斯曲线（参见 Mishkin，2007a）。由于货币当局正致力于建立一个更为灵敏的名义稳定器，因此资源利用的增加不会导致预期通货膨胀的上升。而且，个体和企业预期

---

① IMF（2006）发现了支持全球化使得菲利普斯曲线变平滑这种假设的证据：在一个多因素的跨国通货膨胀回归模型中，贸易份额乘以产出缺口这一交叉项的系数显著为负。可是，在一个更为简化的模型中（Ihrig 等人，2007），交叉项的系数并不显著。

货币当局会采取必要的措施防止经济过热，因此，他们不会推高价格和工资。对通货膨胀与产出缺口之间弱敏感性的这一解释不仅与实证研究一致（见 Mishkin，2007a；Roberts，2006），而且与菲利普斯曲线变平滑的时机相一致。美国 20 世纪 80 年代，恰好在全球化兴起之前、通胀预期稳定之后，菲利普斯曲线渐趋平缓。

国外产出缺口对国内通货膨胀有显著影响，因此加大了国内货币政策稳定通货膨胀的难度吗？

经济的开放使国外因素在国内通货膨胀的决定中日益重要。国际清算银行的研究（Borio 和 Filardo，2007）似乎表明国外资源的缺乏已经取代国内资源的缺乏而成为国内通货膨胀的关键因素。可是，联邦储备委员会（Ihrig 等人，2007）和 OECD（Pain、Koske 和 Sollie，2006）认为，博里奥和菲拉尔多（2007）对于菲利普斯曲线的解释是存在问题的。他们的主要研究成果对于问题的解释缺乏说服力，而且他们的研究也陷入了计量经济难题，即使得本来独立的残差产生了序列相关性。

联邦储备委员会（Ihrig 等人，2007）、OECD（Pain、Koske 和 Sollie，2006）以及鲍尔（Ball，2006）的研究使用了更传统的方法对菲利普斯曲线进行解释，他们发现国外产出缺口并不是国内通货膨胀的重要决定因素。尽管如此，国外因素似乎也对通货膨胀的形成起一定的作用，因为它们会影响进口价格。随着经济开放程度的加深，进口在经济中的作用越来越突出，CPI（消费价格指数）对进口价格的敏感度不断提高。实际上，CPI 对进口的敏感性似乎逐渐增强，美国和其他 OECD 国家都是如此（Pain、Koske 和 Sollie，2006）[1]。

国内货币政策仍然能够控制国内利率并稳定通货膨胀和产出吗？

原则上，全球金融市场一体化程度的加深，降低了各国中央银行对本国利率的控制程度，妨碍了货币政策稳定价格和经济活动的功能。事实上，似乎有证据表明国外因素影响了利率；例如，世界储蓄过剩似乎通过减少期限溢价而降低了长期利率（Warnock 和 Warnock，2006）。更一般的，有研究指出，美国和国外利率以及其他资产价格之间存在重要的联系（Ehrmann、

---

① IMF（2006）发现了支持这种渠道的间接证据，即通货膨胀受相对进口价格与进口占 GDP 比重之积的影响，进口份额随着时间变化逐渐增加。Ihrig 等人（2007）证明了美国通货膨胀对进口价格的敏感性随着时间变化而逐渐增强，但是，他们并没有证明其他国家也是如此。

Fratzscher 和 Rigobon，2005；Faust 等人，2007）。可是，央行仍旧保持控制短期利率的能力，短期利率能够影响国内借款的成本和长期利率，因而，央行仍然能够稳定通货膨胀和产出。

除了可能对通货膨胀和利率产生影响外，全球化是否还有其他途径影响货币政策的传导机制？

上述讨论似乎表明，全球化对通货膨胀本身以及货币政策影响经济的能力并没有重要的影响。但是，全球化可能影响货币传导过程，而货币传导过程并不是通过菲利普斯曲线这样的机理发生作用。

货币政策的重要传导渠道是汇率。例如，美国实行紧缩的货币政策，提高了美国相对于其他国家的利率，引起美元外汇价格上升的压力。美元升值反过来限制了出口（因为以国外货币衡量时，美国商品的价格会升高），刺激了进口（因为以美元表示的进口商品较为便宜）。由此引致的净出口减少预示着总需求的下降。此外，美元升值导致的进口价格下降有助于抑制美国全面的通货膨胀。

全球化增加了经济中可贸易商品和服务的份额，提升了汇率作为货币政策传导渠道的作用，弱化了利率渠道的作用。对汇率的特定变化而言，经济中进口和出口的份额越大，净出口的变化越大，净出口对国民生产总值（GDP）增长的贡献也越大。而且，当汇率改变时，经济中进口的份额越大，进口价格的特定变化对 CPI 总通货膨胀的影响越大[①]（美联储的研究人员已将这种影响明确计入到有关美国通货膨胀的各种模型中，这些模型以消费篮子中的进口比例为权重对进口价格进行调整）。

同样地，随着更大程度的贸易一体化，国内需求变化被引致的出口变化抵消，利率渠道对整个经济活动的影响减弱。例如，圭列里等人（Guerrieri、Gust 和 López-Salido，2007）发现，在一个更加开放的经济中，国内需求冲击对产出的影响变小，因为开放经济更易引起抵消性的贸易盈余变化。伊里格等人（Ihrig 等人，2007）的研究支持了这一结论，他们表明最近一段时期美国和其他几个工业化经济体真实 GDP 增长和实际国内需求增长之间的联系已经减弱。

除了提高经济对汇率变化的敏感度外，全球化也使汇率对货币政策更为

---

① 对这一点的限定是即使进口在美国支出中的份额增加，运用汇率转换成进口价格的渠道却减少了。然而，我们不能确定转换渠道的下降是暂时的还是永久的。

敏感。在过去几十年中，随着大多数主要经济体取消了资本管制，国内对证券组合投资的偏见减弱，世界金融市场日益成为联系紧密的整体。金融全球化的意义在于国内和国外资产的需求对预期国际收益率的差异日益敏感。相应地，货币政策对现在汇率的影响较之市场一体化程度较低以及不同国家之间资产替代性较弱时更大。全球化和货币政策对汇率影响之间的联系虽然在某种程度上是推测的，但是代表了将来进一步研究的方向。

近几年的通货膨胀为什么下降了？

上述分析表明，为什么近几年的通货膨胀一直在低位运行？我没有听说过有谁在 20 年前就成功地预测到如此多国家的通货膨胀能够稳定地在低位运行。全球化是近年来通货膨胀显著下降的重要原因吗？就直接效果而言，我们的讨论给出了一个明确的否定答案，即通货膨胀在低位运行，是因为传统的货币政策。世界各国从紧的货币政策和维持价格稳定的承诺降低了通货膨胀，并使通货膨胀预期保持稳定。这些政策有巨大的益处，它们不仅使通货膨胀稳定地保持在低位，而且改善了整个经济的运行。

可是，全球化也许以一种更微妙的形式降低了通货膨胀。全球化增进了中央银行、学术界以及各国公众之间的互动，从而推动了强调价格稳定有益这一共同文化的传播。

结论

随着全球产品市场、劳动力市场和金融市场一体化程度的不断加深，经济行为发生了明显的变化，货币政策的目标也更为复杂。实际上，近几年来美国和世界其他国家的表现似乎并没有根本变化。美联储和其他国家的央行依然有能力稳定价格和产出。

（鄂丽丽 译）

越南的通货膨胀和资产泡沫 外部原因的解释

大野健一

通货膨胀之谜

让我们首先从如下问题出发：最近几年以来，为什么越南的通货膨胀率比大多数周边国家都高？在 20 世纪 90 年代早期极高的通货膨胀率结束之后，该国的一般价格水平保持了较长时期的稳定，1996 年到 2003 年的年消费品价格膨胀率仅为 3.1%，但在 2004 年却跳升至 9.5%，然后持续保持高位，并且在 2007 年达到 12.6%。有的人或许会说，10% 左右的年通货膨胀率并不是宏观经济灾难，假如实体经济增长强劲，甚至还属于可以容忍的范围。然而，为了澄清幕后的宏观经济作用力、防范未来的风险，我们依然有必要认清越南目前的高通货膨胀率的真正原因。

* 作者 Kenichi Ohno，日本政策大学院大学经济学教授、越南发展论坛（Vietnam Development Forum，VDF）的负责人之一。该论坛是日本东京的国家政策研究院（National Graduate Institute for Policy Studies）和河内的国民经济大学（National Economics University）的联合研究项目。本文是为越南发展论坛的政策报告《Vietnam as an Emerging Industrial Country: Policy Scope toward 2020》所作的其中一章，写于 2008 年年初，虽然形势已与当初写作时有所不同，但正如作者对编者所说的，本文的分析基本上仍然有效。——编者注

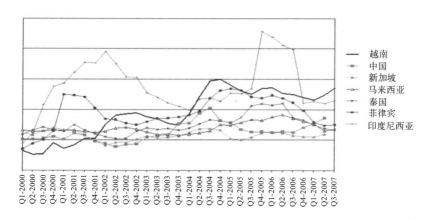

图1 部分东亚国家的消费者价格指数（2000～2007年）

资料来源：IMF 的各期 International Financial Statistics。

如图 1 所示，自 2004 年至 2007 年，除深陷政治经济困境的印度尼西亚以外，越南的通货膨胀率比周边国家都高。在快速增长的东亚经济体中，越南目前的通货膨胀率最高。尽管石油和其他大宗商品价格的高企肯定要对物价上涨承担部分责任，但越南的通货膨胀率比其他国家高出的部分却不能用这样的国际因素来解释。与此类似的一点是，SARS、禽流感和其他传染病虽说也推高了越南的食品价格，但邻近国家同样饱受其害。所以，尽管外界因素不容忽视，可是针对越南的特殊情况，我们还需要寻找其他的解释。

国际货币基金组织的一份报告（IMF，2006b）通过统计分析得出了十分含糊不清的结论：（1）在过去几年，货币因素似乎是导致越南通货膨胀的重要因素；（2）与亚洲其他国家相比，食品和石油价格对越南的冲击似乎更为持久；（3）没有明显的巴拉萨—萨缪尔森效应（Balassa-Samuelson effect）的证据（也就是生产率差异导致的非贸易品和贸易品的相对价格变动）①。然而，这些结论不足以得出切实的政策建议，因此我们试图对越南的通货膨胀发生过程给出结构更清晰的叙述，但观点与国际货币基金组织的看法大体一致。

---

① 巴拉萨—萨缪尔森效应假定某个经济体由两个产业部门组成：可贸易部门（通常是制造业）和非贸易部门（通常是服务业）。假如可贸易部门的生产率水平比非贸易部门增长得更快，同时劳动力这样的要素市场对于两个部门是连通的，而贸易品的价格由国际市场决定，那就会产生与两个部门的生产率水平之差成比例的通货膨胀。这样的通货膨胀被视为良性的，因为它反映的是真实经济的变化而非宏观经济政策的失误。

从外界注入的购买力

通货膨胀在本质上是个货币现象，一个经济体中注入的购买力超出了吸纳能力，就会产生持续的通货膨胀。实证分析清楚地表明，流动性过剩往往会同时刺激产量（暂时现象）和价格，但很重要的一点是，我们要分清楚流动性的注入在哪些情况下是内部产生的，在哪些情况下有外部的来源。

在20世纪60~80年代，典型的国际支付危机的爆发往往始于某个不负责任的政府的过度开支（国际货币基金组织在当时扮演了重要角色），由此导致的财政赤字通过印刷钞票来填补。这样就会增加该国国内的信贷和货币供给，从而产生通货膨胀。在国际收支方面，这类国家的经常账户趋于恶化，同时随着债务负担的加重，资本账户也渐渐拮据，直到最后没有人愿意再给这个国家提供贷款。于是，该国的货币当局的外汇储备趋于枯竭，无力支付进口货物、偿还债务。这样的国家别无选择，只好求助于国际货币基金组织，要求提供紧急贷款，作为代价，它将接受监督，采取紧缩性的宏观经济政策。

不过，随着大量的发展中国家对资本流入敞开大门，20世纪90年代之后又出现了另外一种类型的宏观经济难题。某个国家在开放资本账户之后，外国投资者的数量逐渐增多，积极为该国提供资金。但由于发展中国家的信息披露不够充分，国内金融市场发育不足、缺乏监管，外国投资者往往会采取羊群效应的行为模式。外国的资金可以通过银行贷款、股票、债券、房地产等各种形式进入。在那些被视为未来之星的国家，外国直接投资、汇款，乃至官方发展援助（ODA）等也都纷纷涌入。这些资金进入以后，会通过常见的凯恩斯乘数效应对宏观经济产生广泛影响，由此带来消费和建设的繁荣，以及土地和股市的大量投资。产品市场和资产市场相互感染，维持过热状态。这正是越南和中国目前所处的境况。

这类"非理性繁荣"的宏观经济症状包括：增长速度强劲、通货膨胀加剧、外汇储备增加以及币值逐渐提高（国际价格竞争力丧失）。这样的组合已经足够带来麻烦，但真正的危险在于，如果情况持续太久，可能引发严重的危机。而资产市场一旦出现崩溃，形势则可能完全反转：外国投资者会撤离该国，汇率大跌，坏账大量涌现，信贷全面紧缩。这种类型的危机是由外国资金的大规模流入和撤离引起的，被称为资本账户危机（capital-account crisis），与传统的因过松的财政政策所导致的经常账户危机（current-account crisis）形成对比（参见表 1）。1997 年到 1998 年的亚洲金融危机即是典型的资本账户危机（图 2），但越南在那时并未受到直接冲击，因为它当时的资本账户尚未开放[①]。不过，也无须太杞人忧天，我们需要强调的是，这类危机并非不可避免。即使有资本的持续流入，如果一个经济体能保持较温和的通货膨胀率，控制资产泡沫的程度，严重的危机就可能不会爆发。最终的结果既会受到资本流入的规模和性质的影响，也取决于政策应对是否合理。

越南每年都有大量的外国资金流入，2006 年达到 150 亿美元，相当于其 GDP 的 25%[②]，2007 年的资本流入看来增加得更多。由于这些资金的进入，资本账户危机早期阶段的所有宏观经济症状都变得突出起来，唯独没有货币升值（参见下文）。越南的真实 GDP 继续以超过 8% 的速度增长，通货膨胀率超过了 10%，新兴的股票市场繁荣起来，当然不时也出现回调，城市土地价格飞涨，外汇储备的数量没有公布，但看来是在不断增长。

很难预测越南在未来是否会经历像 1997 年的泰铢危机那样严重的"反转"，但越南的宏观经济管理当局在应付现在的情况时得到了很好的建议，可以采取必要的预防措施来尽可能避免类似的危险。此时，汲取亚洲金融危机时其他国家得到的教训便显得尤其有益（参见本文最后一节）。

---

① 国际货币基金组织在亚洲金融危机期间所犯的严重错误就在于，对于那些遭受资本账户危机的国家，它开出的却是解决经常账户危机的药方（紧缩财政和货币政策，并提高利率），从而导致局势恶化，延长了危机的持续时间。参见：M. Yoshitomi and K. Ohno, "Capital-Account Crisis and Credit Contraction: The New Nature of Crisis Requires New Policy Responses," ADB Institute Working Paper no.2, May 1999；J. E. Stiglitz, Globalization and Its Discontents, W.W. Norton & Company, 2002；以及 International Monetary Fund Independent Evaluation Office, The IMF and Recent Capital Account Crises: Indonesia, Korea, Brazil, 2003.

② 由于定义的模糊、数据的冲突和报告不完整，"资本流入"的准确数额很难判断。需要注意的是，这些数据必须以实际支付额为基础，而不是承诺投资或批准投资金额（它们经常造成夸大）。这里采用的数据来如下一些 2006 年的统计和估计（以总计和实际支付数为基础）：非要素服务业（旅游为主）47 亿美元；私人资金转移（越侨和劳工的汇款）35 亿美元；外国直接投资 22 亿美元；官方发展援助赠款 2 亿美元；官方发展援助贷款 18 亿美元；债券和股票 25 亿美元。以上总计为 149 亿美元。

表1 两类危机的对比

	传统危机 （经常账户危机）	新型危机 （资本账户危机）
购买力来源	内部（财政赤字）	外部（资本流入）
支出增长开端	公共部门	私人部门
私人产出和投资	被挤出	强劲扩张*
通货膨胀	提高	提高
银行危机	有可能	有可能
资产市场泡沫（土地和股票）	罕见	容易发生
经常账户收支	恶化	恶化*
资本账户收支	恶化	改善*
外汇储备	减少	增加*
汇率	升值	升值*
对策	宏观经济紧缩	妥善管理资本流入及其用途

注释："*"意味着可能出现反转（参见图2）。

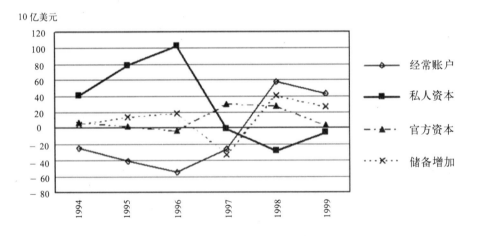

10亿美元

经常账户
私人资本
官方资本
储备增加

图2 受到亚洲金融危机冲击的五个国家的综合国际收支状况

资料来源：根据如下资料综合整理，Institute for International Finance, "Capital Flows to Emerging Market Economies"，1998年9月29日和1999年1月27日。

注释：韩国、马来西亚、泰国、菲律宾和印度尼西亚五国的国际收支之和。

在传统上，人们通过"荷兰病"（Dutch Disease）现象分析过外汇流入过多引发的问题。荷兰病的含义是，某个国家由于石油、天然气或其他矿产品等采掘业的扩张而陷入货币升值和去工业化的困境。新矿藏的发现，或者国际大宗商品价格上涨都可能引发这种现象。当前，能源和其他自然资源产品价格高涨，使得包括英国、俄罗斯、哈萨克斯坦、南非、尼日利亚、博茨瓦纳和赞比亚在内的许多大宗商品出口国都得以"坐享"荷兰病。荷兰病造成的宏观经济后果与资本账户危机相似，只不过由于后者的金融危机特征，面临着更大的剧烈冲击和突然反转的风险。越南的经济过热主要是由于投资和资本流入造成的，当然石油收入的增长也起了推波助澜的作用。

目前，包括越南在内的许多国家由于与强劲投资或大宗商品涨价有关的外汇流入而出现了经济繁荣。越南发生的通货膨胀应视为国际上普遍出现的现象，而不是孤立的特征。为了避免对病症的误诊和误治，这一点必须得到正确认识。

积极财政主义

尽管大量的外资流入是目前的通货膨胀的根源，但它并非唯一的原因。积极的财政政策在国内也起了推动作用，从而加剧了因为外来购买力注入而引发的经济高涨。

在良好的经济表现的鼓舞下，越南政府制定了雄心勃勃的计划，对基础设施进行升级。支持高速增长成了首要任务，任何增长放缓的迹象都会促使政府加大公共投资项目的力度，利用一切手段保证投入。根据 GSO 的资料，越南在 2006 年的政府赤字相当于 GDP 的 5%，并在继续上涨。

顺周期的财政支出现象在其他国家也时常出现，包括印尼以及墨西哥、巴西等资源丰富的拉丁美洲国家。随着经济的强劲增长，公共投资也相应扩大，以便提供必要的基础设施，促进经济结构的多样化。然而，对这类政策伴随的风险必须有清醒的认识。一旦形势逆转，大量的开支可能导致巨额负债和经济危机。大宗商品市场的行情和投资者的心理都是出了名的反复无常。那些由于外部因素带来繁荣的国家应该建立相应的机制来平衡市场的震荡，包括设立公共基金，把意外得到的收获储备起来，以应对不时之需。

总之，越南目前的通货膨胀应该在如下三种作用力的背景下加以认识：（1）外国资本大量流入产生的压力（主因）；（2）积极的公共部门投资；（3）国际大宗商品市场、动物疾病和自然灾害带来的难以控制的外部冲击。

没有货币升值？

越南通货膨胀带来的一个谜题是没有显著的货币升值，汇率升值通常采用真实有效汇率（real effective exchange rate，REER）来测算，它是利用本国与一系列贸易伙伴国的相对通货膨胀率计算得出的汇率。从本质上说，真实有效汇率是反映了各个贸易伙伴国权重的国际价格竞争力的综合指数。

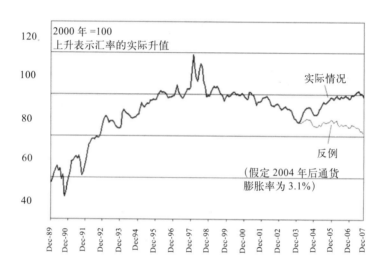

图3　越南的真实有效汇率变化

资料来源：VDF 利用 IMF 的 International Financial Statistics（汇率和 CPI）、GSO 的贸易统计数据（trade weights）以及台湾地区央行的数据测算。

注释：采用了月度汇率和 CPI 数据来计算越南的国际价格竞争力指数，根据贸易权重和通货膨胀率进行了调整。总共包括了 21 个最大的贸易伙伴国，占越南 2000~2005 年总贸易额的 90.0%。俄罗斯在 2000 年 1 月前的数据省略，以避免当时的恶性通货膨胀和卢布危机的影响。

在图 3 中，真实有效汇率指数是根据越南及其 21 个最大的贸易伙伴国的月度价格和 CPI 数据计算得出的。在 1997~1998 年的亚洲金融危机爆发前，越南的真实有效汇率维持着上升（升值）的趋势。在那场危机期间，越南的真实有效汇率随着周边多数国家货币对越南盾的贬值在短期内上升，随后到 2003 年，越南盾的真实有效汇率有部分下降（贬值），最后到 2007 年略有上升（升值）。国际货币基金组织在 2006 年的报告中指出："在过去几年，以

CPI 为基础的真实有效汇率有显著波动，但没有显示出任何值得注意的长期趋势"（IMF，2006a，第 30 页）。假如越南正在经历外来资本流入造成的经济繁荣，为什么没有出现汇率升值呢？

答案在于美元真实价值的贬值。从 2002 年 3 月的顶峰到 2007 年底，美元的真实有效汇率下降了约 20%。由于越南盾与美元紧密捆绑，在计算其升值幅度时应该考虑到美元的贬值趋势。如图 3 的计算所示，如果越南的通货膨胀率在 2004 年之后继续保持 1996 年到 2003 年的平均水平 3.1%，那么其真实有效汇率指数本应该继续下降。相对于这个趋势，到 2007 年 9 月，越南盾可以说已经升值 22%。因此，货币没有升值是表面上的假象。越南盾已经升值了，只是这个事实被美元的下跌给掩盖了。

政策应对

由于越来越多的国家面临大量资本流入的问题，20 世纪 90 年代到 21 世纪初期的资本账户危机带来的痛苦教训就显得尤其值得重视。其中最重要的一点就是应正确判断宏观经济扰动是不是由资本流入造成的，而非单纯的国内问题或者经常账户危机。唯有如此，才能避免采取可能恶化局势的错误举措。

货币政策和财政政策应该对私人部门收缩，而不是扶持。这意味着在资本流入的时候，宏观经济政策的立场应适度从紧。假如不幸发生了大规模的资本撤出，国内需求开始收缩，政策则应该迅速调整，增加扩张性。从这个角度来讲，由于私人部门的需求已经很强，土地价格飞涨，越南目前的财政开支水平显得过大。国际货币基金组织提出的紧缩货币政策和财政政策的建议是合理的（IMF，2007）。

对土地和股票等资产市场应该认真监管，如果出现投机泡沫，就需要引入制约性的措施。土地市场的波动较为缓慢，而股票市场更容易受到市场短期心理因素的影响，扰动程度更大。由于这个原因，货币当局可以考虑接受股票市场的适度回调和小型股灾，而不要在市场下跌的时候试图托市。这对于防止小泡沫的膨胀是必要的，一旦形成过大的泡沫，就很难实现软着陆。

在汇率管理方面，越南发展论坛无法提供很好的建议。在那些有大量资本流入的国家，例如今天的越南和中国以及 20 世纪 90 年代早期的泰国，本国货币在市场上承受着经常性的升值压力。然而，出口商往往要求货币贬值，以抵消国内价格和工资上升的压力，重新夺回竞争力。陷入这一两难之后，货币当局通常选择保持名义汇率固定或者大致固定，在外汇市场上进行干预，买入美元。这就会导致外汇储备剧增，如果不能完全进行冲销，还会带来国内信贷与货币供给的膨胀。这是另外一种支撑国内经济过热和通货膨胀的机制。

那么，越南盾应该实行浮动，或者至少变得更加灵活吗？有报道指出，越南国家银行正在拟定通向更灵活的汇率体制的路线图，而国际货币基金组织也表示坚决支持。可是，我们并不清楚这样的政策会对越南盾的汇率产生何种影响。首先，相对于国际资本市场的规模而言，越南的外汇市场太薄弱、太初级。如果越南开放自己的货币交易市场，管理当局需要具有足够的约束投机和波动的能力。其次，在实现浮动汇率之后，越南盾将会升值还是贬值前景并不清楚，两种情况都会产生消极影响：进一步丧失竞争力；或者更严重的过热和通货膨胀。有人说，所有的事情都该交给市场，包括伴随而来的波动和误差，但这对转轨经济体而言不像是好的建议。毕竟，如果大规模资本流入这个过热和通货膨胀的根源不能得到直接抑制的国家，就很难找到理想的解决方案。

最后，从最近的货币危机中得到的最有益的教训似乎是，在资本账户自由化的过程当中，资本流入需要得到良好监督，必要时还应加以管制。这是一把双刃剑，因为过多的管制将吓跑外国投资者，从而损失利用外国储蓄的资金的机会。越南应该着手学习更具体的政策选择组合，以稳定资本流入，控制资本账户危机的苗头，同时又不至于牺牲经济发展的潜力。

（余江　译）

参考文献：

International Monetary Fund (2006a), "Vietnam: 2006 Article IV Consultation—Staff Report," IMF Country Report no.06/421, November.

International Monetary Fund (2006b), "What Drives Inflation in Vietnam? A Regional Approach," prepared by Patrizia Tumbarello, in Vietnam: Selected Issues, IMF Country Report no.06/422, pp.4-34, November.

International Monetary Fund (2007), "Statement by Mr. Shogo Ishii, Assistant Director, Asia and Pacific Department," at the Consultative Group Meeting for Vietnam, Hanoi, December 6-7.

Yoshitomi, Masaru, and Kenichi Ohno (1999), "Capital-Account Crisis and Credit Crunch," Asian Development Bank Working Paper No.2, Tokyo.

法和经济学

Law and Economics

捆绑式销售中的价格折扣

竞争还是垄断？

孙速

中国第一部反垄断法已经在 2008 年 8 月 1 日生效。《中华人民共和国反垄断法》第三章禁止滥用市场支配地位，这一规定在原则上与美国《谢尔曼法》第二款和欧洲共同体条约第 82 条是一致的。滥用市场支配地位可能有多种表现形式，这些表现形式通常也可能是正当的对消费者有益的竞争策略。怎样分辨垄断行为和正当竞争是反垄断执法机构的主要任务。近些年有一种常见的商业策略在美国反垄断案件的审理中颇具争议，这就是捆绑式销售。

捆绑式销售有两种形式。一种是强制性的，经济学中有时叫做"纯粹式捆绑"（Pure Bundling），通常称为"搭售"：卖方要求买方若要买它的产品 A，必须也得买它的产品 B。例如微软将它的网络浏览器 Internet Explorer 与视窗操作系统 Windows 安装在一起出售。搭售也可以是隐性的，比如消费者可以从某厂商那里只买产品 A，但产品 A 在技术上只有和同一厂商生产的产品 B 配套才能使用。例如通过使用某种智能识别技术，索尼在中国出售的数码相机只能用索尼的锂电池。这种具有强制性质的搭售是否会对产品 B 的市场竞争产生不利影响，很大程度上取决于厂商在产品 A 上是否有市场支配地位，将 B 与 A 搭售是否会排除此厂商在产品 B 上的竞争者，以及 A 和 B 的结合在

---

　　* 作者是美国经济咨询公司 Economists Incorporated 的高级经济师，曾参与数十起反垄断案的经济分析工作，包括对捆绑销售的价格折扣的分析。本文不代表作者所在公司的观点。

多大程度上保证或提高了产品的质量和性能。搭售不是本文要讨论的问题①。

捆绑式销售的另外一种形式是给消费者选择的"菜单",经济学中有时叫做"混合式捆绑"(Mixed Bundling)。在"菜单"中,消费者可以选择只购买 A 或只购买 B,但若同时购买 A 和 B 则可以得到价格折扣。这种捆绑式销售在经济生活中很常见,很多情况下是厂商为了节约成本,方便消费者,绝大多数情况下不但跟垄断无关,甚至可以看做是一种价格竞争。比如在快餐店,买一个套餐要比分别买套餐中的每一样加起来更便宜。但是,当一种垄断性产品和一种竞争性产品被捆绑在一起时,就可能出现垄断问题。对这种非强制性的捆绑式销售的反垄断分析比较复杂,近些年在美国不同地区的法院的判决标准也不尽相同。本文将以美国第九巡回区上诉法院 2007 年 9 月对 PeaceHealth 案(Cascade Health Solutions fka McKenzie-Willamette Hospital v. PeaceHealth)的判决为主线,对这类案件的分析做一介绍②。下面提到的捆绑式销售都是指这种有选择的"菜单"③。

在美国,虽然医院是向病人提供医疗服务,但由于大多数人有某种形式的健康保险,医院主要向健康保险公司出售服务。健康保险公司由于是大的买家,可以拿到比较优惠的价格,然后再将拿到的服务卖给消费者。消费者可以个人直接或通过雇主间接购买健康保险。健康保险公司可以向多家医院购买服务,但有时指定某些医院为首选,首选医院向健康保险公司提供更多的折扣,因此买了健康保险的病人去首选医院可以付更低的价格。

McKenzie 和 PeaceHealth 是美国俄勒冈州雷恩郡仅有的两家医院服务的提供者,它们都是非营利性公司。此案的相关地理市场是雷恩郡。McKenzie 在雷恩郡有一家医院,PeaceHealth 有三家医院。此案的相关产品市场是第一类和第二类的急症护理服务,也是较常见的基本医院服务,如纠正骨骼错位和扁桃腺切除手术。McKenzie 和 PeaceHealth 都提供这类服务。另外还有一种比较复杂的第三类服务,如心脏手术和新生婴儿紧急护理。PeaceHealth 两种服务都提供,但 McKenzie 只提供基本医院服务。

---

① 关于搭售的反垄断分析,可参见 W. Kip Viscusi、John M. Vernon 和 Joseph E. Harrington, Jr., *Economics of Regulation and Antitrust*,第三版,麻省理工学院出版社,2000 年,第八章。关于搭售在微软案中的反垄断分析,参见孙速,"反垄断与知识产权的交锋:微软案中的法律和经济学问题",《君合》反垄断法特刊,2008 年 8 月。

② 本文中所提到的案件的法院判决书,可在美国法院网找到:www.uscourts.gov。

③ 如果单独购买产品 A 的价格如此之高,以至于无人愿买,则有选择的"菜单" 实际上变成强制性的搭售。

McKenzie 称自己提供基本服务的成本更低，本来应该更有竞争力，但 PeaceHealth 将基本服务与复杂服务捆绑在一起出售给健康保险公司，使自己无法与之竞争。比如 PeaceHealth 向一家健康保险公司提出，若 PeaceHealth 是这家公司在基本服务与复杂服务上的唯一首选，就可以在价格上对这两种服务都提供 15% 的折扣。如果 McKenzie 也被加入首选，则只提供 10% 的折扣。结果那家健康保险公司拒绝将 McKenzie 加入首选。McKenzie 认为，PeaceHealth 通过捆绑式价格折扣，借用它在复杂服务上的垄断地位，试图垄断基本服务市场（McKenzie 后来与 Triad Hospitals 公司合并，改名为 Cascade Health Solutions，也开始提供复杂服务）。

McKenzie 向俄勒冈地区法院控告 PeaceHealth，包括七项指控。其中五项是依据联邦反垄断法，包括垄断、试图垄断、合谋垄断、搭售和独家交易。另外两项是依据俄勒冈州法律，包括价格歧视和蓄意干预经济优势。地区法院首先否决了搭售的指控，认为不存在强制性捆绑。但在审判中，陪审团在试图垄断、价格歧视和蓄意干预这三项指控上做出有利于 McKenzie 的判决，并给予 McKenzie 540 万美元的赔偿。由于美国联邦反垄断法允许三倍赔偿，三倍之后是 1 620 万美元。PeaceHealth 对这个判决不满，它认为，美国最高法院在 1993 年的 Brooke Group 案（Brooke Group Ltd. v. Brown & Williamson Tobacco Corp.）中清楚地表明，只要价格高于成本就不违反反垄断法，而地区法院没有正确地将这一标准指示给陪审团。

Brooke Group 案是作为一个单一产品的价格歧视案起诉的，依据是《罗宾逊—帕特曼法案》（Robinson Patman Act）。原告 Ligget 是当时的六大烟草公司之一，在 20 世纪 80 年代成功开创了无品牌的廉价香烟（无须投入大量广告费）。被告 Brown & Williamson 是另一家大的烟草公司，为应对 Ligget 的低价策略，也开始生产低价的无品牌香烟，导致一场价格战的爆发。Ligget 称 Brown & Williamson 给批发商大量折扣，以致价格如此之低，实际上是在亏损，目的是打击 Ligget 的廉价烟，因此妨碍了市场竞争。在地区法院和上诉法院均失利后，Ligget 上诉到最高法院。最高法院指出，价格歧视只有在妨碍竞争的情况下才违反《罗宾逊—帕特曼法》，所以此案在本质上等同于《谢尔曼法》第二款之下的掠夺性定价指控。原告必须要证明两点：（1）价格低于恰当测度的成本；（2）在合理预期下，对低于成本价格的投资能在将来收回。由于原告没能证明第二点，最高法院驳回了原告的上诉。

PeaceHealth 的观点正是基于 Brooke Group 案中最高法院关于证明掠夺

性定价两点要求的第一点。应当注意的是，最高法院并不是说价格高于成本就不会影响竞争，而是认为法院对这种情况的认定超出了法院的能力，错判的几率太大，而以成本为界就比较安全，且易于遵循。然而地区法院认为 PeaceHealth 案与 Brooke Group 案有很大不同，拒绝接受价格高于成本就不应被认为违法的标准，而是采用了第三巡回区上诉法院 2003 年在 LePage's 案 (LePage's, Inc. et al. v. 3M Company) 中的判决标准。

在 LePage's 案中，被告 3M 在透明胶纸市场上的份额在 20 世纪 90 年代初以前一直在 90% 以上。3M 最有名的品牌是 Scotch 胶纸。从 20 世纪 90 年代初开始，美国的大型办公用品连锁店和超市开始兴盛起来。这些大型连锁商店不但卖知名品牌，还开始卖自己的品牌 (Private Label)。这些品牌往往由另外的厂商生产，但挂上商店的牌子，与知名品牌放在一起卖。这种商业做法很快扩展到从食品到药品、从家用品到办公用品的许多产品领域。这种商店自己的牌子不必花巨资做广告，成本比名牌商品低，价格也就较低，因此开始抢夺名牌商品的市场。LePage's 就是这样一个迅速崛起的为大型商店生产透明胶纸的厂商，在这部分市场占据了绝大部分份额，但在整个透明胶纸市场的份额仍然很小。3M 为应对市场份额的下降，也开始生产这类品牌。3M 的优势是它生产很多其他产品，包括名牌 Scotch 胶纸以及与胶纸完全不同的一系列产品。3M 把为商店生产的胶纸与其他产品捆绑在一起，如果商店一起购买这些产品，3M 会对其他产品提供额外的折扣。这是 LePage's 无法做到的。结果很多商店不再为自己的品牌向 LePage's 购买透明胶纸，而转向从 3M 那里购买。LePage's 一纸诉状告到地区法院。

3M 称此案的判定标准应遵从前面提到的 Brooke Group 案中的原则，也就是说，如果捆绑产品中每一件的价格都高于其成本，就没有违法。但在地区法院，陪审团判定 3M 试图垄断透明胶纸市场，违反了《谢尔曼法》第二款。3M 上诉到第三巡回区上诉法院。第三巡回区上诉法院拒绝使用 Brooke Group 案的标准，原因是：(1) Brooke Group 案是关于单一产品的折价，而此案涉及捆绑式销售，因此 Brooke Group 案的第一个判定标准不适用；(2) Brooke Group 案中的被告是寡头厂商，面对其他竞争者，因此能否收回成本需要证明，而本案被告是垄断厂商，没有必要去证明满足 Brooke Group 案的第二个判定标准。第三巡回区上诉法院认为，此案不是掠夺性定价问题，而是排他性行为的问题，3M 利用它在其他产品上的竞争优势试图排除 LePage's。在第三巡回区上诉法院看来，某些商业行为对竞争性厂商来说可以使用，但垄断性厂商则不可以。

LePage's 案最终上诉到最高法院。美国政府在给最高法院的"法庭之友"（Amicus Curiae）意见书中认为，3M 的观点和第三巡回区上诉法院的标准都不全面，由于这类问题的案例法发展不够，学术研究也还没有清晰的结果，此时最高法院不宜介入。最高法院听取了政府的建议，拒绝听审此案。

回到 PeaceHealth 案，俄勒冈地区法院拒绝使用 Brooke Group 案中的掠夺性定价标准，而采用 LePage's 案中的排他性标准，案子上诉到俄勒冈地区所属的第九巡回区上诉法院。鉴于最高法院从未介入此类案件，涉及捆绑式销售的反垄断案没有一个权威的先例。第九巡回区上诉法院审理此案的三名法官非常小心，他们仔细研究了以前的各个案例，并向各界征询了意见。在此基础上，于 2007 年 9 月 4 日做出判决。此案虽然涉及多项指控，但本质问题是：PeaceHealth 的捆绑式销售是不是一种垄断行为？第九巡回区上诉法院在判决书中详细讨论了以往案例的判决标准，最后给出自己的判断。

第九巡回区上诉法院首先肯定了捆绑式销售是一种普遍的商业模式。对消费者而言，可以通过较低的价钱获得更多的实惠；对厂商而言，可以节约交易成本。因此，这种定价可以是一种有效竞争方式，是与反垄断法一致的。事实上，最高法院在 1986 年的 Matsushita Elec. Indus. Co. v. Zenith Radio Corp. 一案中明确指出，价格折扣是反垄断法所鼓励和支持的。

第九巡回区上诉法院同时也指出，捆绑式销售也可能把更有效率但只生产单一产品的竞争者排挤出市场。在这里，第九巡回区上诉法院引用了 1996 年的 Ortho 案（Ortho Diagnostic Sys., Inc. v. Abbott Labs., Inc.）中地区法院法官举的例子：

假设有两家厂商，厂商A生产洗发剂和润发剂，厂商B只生产洗发剂。假设洗头既需要洗发剂也需要润发剂。厂商A生产润发剂的平均可变成本是2.50美元，生产洗发剂的平均可变成本是1.50美元，而厂商B生产洗发剂的平均可变成本是1.25美元，低于厂商A的成本，更有效率。假设厂商A的定价是：单独买润发剂的价格是5美元，单独买洗发剂的价格是3美元；若两种产品一起买，润发剂的价格是3美元，洗发剂的价格是2.25美元。厂商A的洗发剂和润发剂价格，不论捆绑与否，都高于各自的成本。在捆绑前，厂商B只要将洗发剂的价格定在不超过3美元，就可与厂商A竞争（假设质量一样）。厂商A捆绑销售之后，消费者只要付5.25美元就可买到两种产品。厂商B若想劝说消费者先花5美元从厂商A处买润发剂再来买厂商B的洗发剂，就得将价格定在不超过0.25美元。这个价格显然低于厂商B的平均可变成本，导致亏损。结果是洗发剂成本更低的厂商B被逐出洗发剂市场。

在决定是否采用 LePage's 案的标准时，第九巡回区上诉法院强调最高法院在 Brooke Group 案，以及 2007 年的 Weyerhaeuser Co. v. Ross-Simmons Hardwood Lumber Co. 案中的价格高于成本就不应被认为违法的原则，以及最高法院在其他案件（例如 1962 年的 Brown Shoe Co. v. United States 案）中表达的反垄断法应该保护竞争而不是保护竞争者的理念。鉴于这些考虑，加上捆绑销售在经济生活中如此普遍，第九巡回区上诉法院不同意第三巡回区上诉法院在 LePage's 案中所采用的标准，而认为捆绑销售的价格折扣达到掠夺性价格时才能被认为违法。

剩下的问题就是怎样将单一产品的掠夺性定价的判定标准应用到多个产品的捆绑销售上。PeaceHealth 建议将捆绑的所有产品看做是一个产品，从总价格中减去总折扣，再拿它跟总的"增加成本"（Incremental Cost）比较，看是不是低于成本。显然这种方法不太可能发现掠夺性定价，因为捆绑的产品中包括垄断性产品，而垄断性产品利润一般较高。在上面的洗发剂和润发剂的例子里，厂商 A 捆绑折扣后的总价格是 5.25 美元，高于总的平均可变成本 4 美元，按此标准则不存在掠夺性定价。把捆绑在一起的两个产品简单地当做一个单一产品看待掩盖了问题的本质，因为原告只生产其中的一种产品，并不存在与被告的垄断性产品竞争的问题。第九巡回区上诉法院首先排除了这个方法。

另外一种方法是前面提到的 Ortho 案中采用的标准。在 Ortho 案中，被告将多种测试不同疾病的验血产品，包括自己有市场支配力的产品，捆绑在一起销售并给予相应的价格折扣。地区法院要求原告证明下面两点中的至少一点：（1）垄断厂商的价格低于平均可变成本；（2）在竞争性产品上，原告至少和被告同样有效率，但被告的捆绑销售价格使原告无法盈利。原告无法证明第一点，因为捆绑后的被告的每一药品价格仍高于各自成本。但原告证明了第二点，因此被告在价格高于平均可变成本的情况下被判违反反垄断法。仍然用上面的洗发剂和润发剂的例子里，厂商 A 捆绑折扣后不论洗发剂还是润发剂，价格都高于成本，厂商 B 无法证明第一点[①]。但厂商 B 生产洗发剂的平均可变成本低于厂商 A，且因厂商 A 的捆绑导致亏损，因此厂商 B 可以证明第二点。

第九巡回区上诉法院认为 Ortho 案的第二点标准有两个缺陷。一是对被告不公。被告在决定捆绑销售之前又怎能知道竞争对手的成本，从而知道竞争对手是否比自己更有效率？被告若无法确定这一点，又怎能知道自己的捆

---

① 显然，这里的主要问题是地区法院用捆绑后每种产品的名义价格与各自成本相比较。

绑折扣策略是否符合反垄断法？二是鼓励更多的官司。如果审判发现原告不如被告有效率，可能其他竞争对手比被告更有效率，但这得打更多官司才知道。Ortho 案的标准也不被第九巡回区上诉法院认可。

第九巡回区上诉法院参考了反垄断现代化委员会（Antitrust Modernization Commission，简称AMC）的建议。反垄断现代化委员会是根据2002年的"反垄断现代化委员会法案"由美国国会建立，目的是对美国反垄断法及其执行情况进行一次全面的评估，以决定是否需要对其进行重大修正和改进。在广泛征求各方意见和举办多次听证会之后，2007年反垄断现代化委员会向美国总统和国会提交了一份长达540页的报告，详细阐述了12名委员的结论和建议。反垄断现代化委员会的报告对 LePage's 案的标准提出批评，认为第三巡回区上诉法院的判决过多强调排他性，而不问被排除的竞争对手是不是一个有效率的竞争对手，而且这个判决并未给厂商们提供一个能让他们判断捆绑销售是否违反反垄断法的清晰标准。反垄断现代化委员会提出了一个更完整清楚的测试标准。反垄断现代化委员会认为，只有这个标准的三部分都满足，才能被认定违反《谢尔曼法》第二款：（1）将所有由捆绑所致的折扣分配到竞争性产品后，被告的竞争性产品价格低于其"增加成本"；（2）被告很有可能收回短期损失；（3）捆绑折扣对竞争有消极影响。

第九巡回区上诉法院引用反垄断现代化委员会的建议和一本反垄断法权威教科书中的观点[①]，最终决定采用一个价格折扣的分配标准，也就是反垄断现代化委员会测试标准的第一条，并把平均可变成本作为"增加成本"的合理测度。第九巡回区上诉法院拿上面的洗发剂和润发剂的例子来解释这一标准的使用。在这个例子中，厂商 A 捆绑后润发剂的折扣是 2 美元，洗发剂的折扣是 0.75 美元，相对于单独买洗发剂和润发剂的价格来说，总的折扣是 2.75 美元。将这个总折扣全部分配到单独出售的洗发剂的价格上就可以看出，厂商 A 的捆绑销售实际上在不改变润发剂价格的基础上，将洗发剂的价格由 3 美元降到了 0.25 美元，大大低于 1.50 美元的成本，构成掠夺性定价。从厂商 A 的竞争对手厂商 B 的角度来看，它在洗发剂上的定价不能超过 0.25 美元，否则没法跟厂商 A 竞争。

根据第九巡回区上诉法院所采用的这个标准，厂商 A 可以明确知道，只要捆绑后洗发剂的实际价格不低于自己的 1.50 美元的成本就不违法。而厂商

---

① Phillip E. Areeda 和 Herbert Hovenkamp，*Antitrust Law*，2006 年增补本。

B 呢，只要它的效率不低于厂商 A 的效率，也就是说成本不高于厂商 A 的成本，就可以继续与厂商 A 竞争。结果是反垄断法保护了竞争，但不保护效率低的竞争者，可以说是达到了一个很好的平衡。

第九巡回区上诉法院没有采纳反垄断现代化委员会测试标准的第二条，似乎源于对这一条含义的误解。第九巡回区上诉法院认为反垄断现代化委员会标准的第二条基于 Brooke Group 案中最高法院对证明掠夺性定价的第二点要求，即短期的亏损能在将来收回，但 Brooke Group 案是关于单一产品，不适合捆绑在一起的多个产品，因为通过捆绑使用掠夺性定价的垄断厂商不一定会亏损。比如上面的例子中，厂商 A 捆绑后的润发剂的价格是 3 美元，高于其平均可变成本 2.25 美元，而洗发剂的价格是 2.25 美元，也高于其平均可变成本 1.50 美元，整个捆绑的价格 5.25 美元，当然也高于平均可变成本 3.75 美元，所以不存在亏损，也就不存在将来需要收回亏损的问题。

但是反垄断现代化委员会所说的损失应该是相对于没有捆绑的情况而言的，而不是绝对意义上的亏损。也就是说捆绑销售相对于未捆绑，厂商 A 在洗发剂上是有损失的，甚至在整体上可能也是有损失的。捆绑前，厂商 A 卖一瓶润发剂的利润是 2.5 美元，卖一瓶洗发剂的利润是 1.5 美元，一共是 4 美元的利润。就算厂商 A 洗发剂卖不出，至少在润发剂上也能赚每瓶 2.5 美元的利润。捆绑后厂商 A 卖出一瓶润发剂和一瓶洗发剂的利润只有 1.25 美元，最多是以前的一半。当然，价格降低可以促进消费者需求，但需求需要增加至少一倍才能保证整体上的利润相比捆绑以前没有减少。如果捆绑策略导致厂商 A 利润增加，那么反垄断现代化委员会测试标准的第二条就无须证明。但是如果需求增加不足，除非捆绑能足够地降低销售成本，否则捆绑所得利润还不如捆绑之前。对于一个理性的以追求利润为目的的厂商来说，这部分损失若不能收回，则捆绑策略对它而言是不划算的。若厂商 A 通过掠夺性定价能将厂商 B 逐出洗发剂市场，而其他竞争者进入洗发剂市场又比较困难，那么厂商 A 就可以在将来提高其洗发剂价格，从而收回捆绑折扣造成的短期损失，这就构成了厂商 A 垄断行为的动机，也就使得此例中捆绑式销售的价格折扣最终损害消费者利益、试垄断行为的理论更加完整。若不能证明损失的收回，就很难证明垄断的动机。因此反垄断现代化委员会标准中要求证明使用捆绑销售和价格折扣的厂商能收回损失是有其道理的，也更符合最高法院在 Brooke Group 案所给出的证明掠夺性定价的两点标准。遗憾的是，第九巡回区上诉法院没有采纳这一条标准。

对于反垄断现代化委员会测试标准的第三条，第九巡回区上诉法院认为是多余的重复，因为证明被告行为会对竞争有消极影响是反垄断法的基本要求。

第九巡回区上诉法院对 PeaceHealth 案中的其他指控也给出了意见，并将此案打回地区法院再审。此案最终结果将会如何，大多数人恐怕并不那么关心。重要的是，第九巡回区上诉法院为捆绑折扣的反垄断分析给出了一个比第三巡回区上诉法院在 LePage's 案中的判决更清晰、更合理又易于遵循的标准。当然，市场竞争的现实要远比润发剂和洗发剂的例子复杂①，涉及捆绑折扣的反垄断案中要研究和证明的问题也更烦琐②。这一领域的经济学研究仍在试图更全面地揭示各种情况，如掠夺性定价是不是判定捆绑销售是否属垄断行为的最好标准③，捆绑折扣到底怎样影响消费者福利④。因此判断捆绑式销售中的价格折扣是竞争还是垄断的标准将来还会继续得到改进。同时我们也要认识到，法律标准不是复杂的商业合同，也不是高深的经济学论文，它不可能包括所有细节和可能。在抓住主要问题的同时，法律标准还要表述清楚，易于遵循，以减少诉讼结果的不确定性。如此观之，尽管仍有可争议之处，第九巡回区上诉法院在 PeaceHealth 案中给出的判决标准应当说是具有相当的积极意义和参照价值的。

中国的反垄断法已经生效。在反垄断执法初期，执法机构恐怕不宜介入类似捆绑折扣这样复杂的案件中去。目前更重要的应是针对明显的反竞争行为如合谋定价、地区封锁等展开调查⑤；同时借鉴国外案例，参与国际合作，学习和积累法律分析和经济学分析的经验和方法，为以后更全面的反垄断工作做准备。

---

① 在这个例子中，润发剂和洗发剂显然是经常一起使用的互补品。但捆绑折扣不局限于互补品，例如在 PeaceHealth 案中捆绑的是一项服务的两种投入要素，而在 LePage's 案中捆绑的产品之间可以没有直接关系，甚至具有一定的替代性。

② 关于厂商需要考虑的一些更具体的问题，参见 Richard M. Steuer, "Bundles of Joy", *Antitrust*, Volume 22, Number 2, Spring 2008。

③ 掠夺性标准和排他性标准在很多时候本质上是一致的。例如第九巡回区上诉法院采用的掠夺性标准实际上就是某些理论中的排他性标准，如 Barry Nalebuff, "Exclusionary Bundling", *The Antitrust Bulletin*, Volume 50, Number 3, 2005。

④ 参见 Patrick Greenlee, David Reitman 和 David S. Sibley, "An Antitrust Analysis of Bundled Loyalty Discounts", 美国司法部反垄断局工作论文，2006 年 10 月。

⑤ 关于中国反垄断工作的优先问题，参见 Bruce Owen、孙速和郑文通，"China's Competition Policy Reforms: The Antimonopoly Law and Beyond", *Antitrust Law Journal*, Volume 75, Issue 1, 2008。

改革论坛

Reform Forum

外资进入对中国银行业的影响后评价分析和政策建议

张晓朴

一、引言

20 世纪 90 年代以来，外资银行大量进入中东欧、拉美以及东南亚等新兴市场，成为新兴市场金融体系的重要组成部分（Claessens 等人，2001）。据国际货币基金组织统计，2005 年全球 105 个国家外资银行总资产占本国银行总资产的平均比重为35%，较 1995 年上升 12 个百分点（IMF，2007），其中，东欧地区上升了 28 个百分点，拉美地区上升了 15 个百分点（参见表 1）。从国际上看，银行业对外开放主要包括五种形态：(1) 外资银行完全收购或部分入股国内银行，(2) 外资银行与国内银行结成联盟，(3) 外资银行设立子行，(4) 外资银行设立分行，(5) 金融服务外包等（Song，2004；Hawkins 和 Mihaljek，2001）。

* 作者是中国社科院金融所博士后流动站的博士后研究人员。本研究获得中国博士后科学基金会第四十一批中国博士后科学基金一等资助金，编号：20070410110。作者感谢李扬教授的宝贵修改建议。本研究的部分内容曾在社科院金融所、世经所、银监会政策法规部进行过讨论，作者感谢与会人员提出的意见和建议，特别感谢王松奇研究员、余永定研究员、张杰教授、邵滨鸿研究员、王元龙研究员等提出的意见和建议，感谢吴素萍编辑提出的宝贵修改建议。汤斌华为本研究提供了有价值的研究协助。本文是作者个人的学术思考，不代表所在单位意见。文中任何错误，均由作者本人负责。

表1　全球主要地区外资银行资产占比

地区 (国家数)	1995年				2005年				外资银行资产变化(10亿美元)	外资银行总资产比例变化%	各国外资银行资产平均比例变化%
	银行总资产(10亿美元)	外资银行总资产(10亿美元)	外资银行总资产占比%	各国外资银行资产均占比%	银行总资产(10亿美元)	外资银行总资产(10亿美元)	外资银行总资产占比%	各国外资银行资产平均占比%			
所有国家(105)	33169	5043	15	23	57165	13039	23	35	7996	8	12
北美(2)	4467	454	10	8	10242	2155	21	17	1701	11	9
西欧(19)	16320	3755	23	24	31797	9142	29	30	5387	6	6
东欧(17)	319	80	25	21	632	369	58	49	289	33	28
拉丁美洲(14)	591	108	18	14	1032	392	38	29	284	20	15
非洲(25)	154	13	8	38	156	12	8	35	-1	-1	-3
中东(9)	625	85	14	14	1194	202	17	17	117	3	3
中亚(4)	150	3	2	4	390	9	2	5	6	0	1
东亚和大洋洲(13)	10543	545	5	6	11721	758	6	7	213	1	1

资料来源：IMF，2007年《全球金融稳定报告》。

当前国际上对银行业开放理论的研究基本围绕两个维度展开：一是发达银行跨国经营和投资的动因，二是东道国开放银行业的目的以及正负面影响。发达银行跨国经营和投资的动因主要包括（1）"追随客户"理论，为其客户提供优质的全球服务；（2）提高效率，主要是通过扩大规模、国际化、扩展产品和分销渠道实现规模经济；（3）风险分散，通过跨国经营实现收益和风险的多元化；（4）规避管制（Herrero 和 Simón，2003）。

过去十年来，学术界围绕外资银行通过设立子行和分行进入对新兴市场的影响进行了大量实证研究，例如，被广泛引用的克莱森（Claessens 等人，2001）、赫米斯和伦辛克（Hermes 和 Lensink，2003）等人的研究。相比较而言，国际学术界单独就外资金融机构以参资入股形式进入新兴市场进行的研究并不多见。2002 年 11 月，全球金融体系委员会（Committee on the Global Financial System，简称为 CGFS）设立了一个工作小组，专门研究 FSFDI 给新兴市场经济体带来的影响。全球金融体系委员会（2004）认为，金融部门的外商直接投资有助于推动新兴市场经济体的金融部门融入全球金融体系的一体化进程。金融部门的外商直接投资会给东道国金融机构带来技术和相关专业知识的转移，有利于提升东道国金融体系的效率。同时，东道国的客户可以直接从外商直接投资引入的新金融产品和服务中受益。

迄今为止，外资银行进入中国已经有近三十年的历史，早期主要以外资银行在华设立分行的形式为主。截至 2007 年底，我国境内有外商独资银行 24 家，合资银行 2

家，有 23 个国家和地区的 71 家外国银行在华设立了 117 家分行，外资金融机构的资产达到 1.25 万亿元人民币。截至 2007 年底，我国共有 25 家中资商业银行引入 33 家境外机构投资者，投资总额 212.5 亿美元（参见表 2）。由于境外战略投资者参资入股中资银行近乎始于 2003 年，因此，有关境外战略投资者进入对中国银行业影响的学术研究[①]还较为有限。

表2　我国商业银行引进境外投资统计表

	2003年以前	2004年	2005年	2006年	2007年	累计
引进境外投资的中资银行（家）	5	6	7	6	4	25*
引进投资（亿美元）	2.6	23.5	111.9	52.2	22.3	212.5
境外上市筹资额（亿美元）	—	—	113.9	299.0	42.2	455.1
合计（亿美元）	2.6	23.5	225.8	351.2	64.5	667.6

数据来源：银监会 2006~2007 年报。

* 该数与表中相加的数有出入，是因为有的银行在不同时间引入了多家战略投资者。

　　本研究旨在对外国战略投资者进入中国银行业的影响进行较为深入的理论和实证研究，客观评估我国引入境外战略投资者的效果及其作用机制。本研究第二部分比较了跨国研究的结果；第三部分对外资进入给中国银行业带来的收益进行了深入的后评价研究；第四部分分析了外资进入给中国银行业带来的风险和挑战；第五部分提出了管理银行业对外开放进程的政策建议。本研究表明，我国基本实现了引入境外战略投资者的预期效果，在银行业开放进程中，我国开创了一种有别于其他新兴市场经济体的、独特的、以持有少数股权的境外战略投资者促进国内银行经营机制转变为主要内容的银行业开放模式。银行业开放成就的取得归因于决策层、监管部门、商业银行三位一体的协同。

二、新兴市场的跨国研究和国别经验

　　近十多年来，围绕外资银行进入新兴市场所产生的影响，国际学术界进行了大量的实证研究。按照研究对象的不同，大致可以分为三类：对新兴市场银行业盈利能力、效率所产生影响的研究；对新兴市场金融体系稳定性影响的研究；对新兴市场金融监管影响的研究。

---

　　①　例如王一江和田国强（2004）、楼文龙和肖远企（2007）、廖岷（2008）。

（一）对银行业盈利能力、效率影响的研究

大多数研究都表明外资银行进入有利于提高东道国银行业效率，但在短期内会对东道国银行业的盈利产生不利影响，也有少数研究认为影响不大。具有代表性的研究主要有：

克莱森等（Claessens 等人，1999）对含发达国家和新兴市场国家在内的 80 个国家中的外资银行与本地银行在 1988~1995 年间样本数据进行的分析表明，与新兴市场经济中本地银行相比，外资银行具有较高的盈利水平，而且，外资银行进入新兴市场经济后的一段时期内，本地银行的盈利水平普遍出现滑坡。由此可见，外资银行进入确实在短期内给新兴市场经济的本地银行带来了强大的竞争压力。

丹尼泽尔（Denizer，1999）检验了外资银行进入对土耳其银行业的影响，发现外资银行进入降低了国内银行的盈利性和管理费用，认为这是外资银行进入引起国内银行效率提高的证据。克拉克等人（Clarke 等人，1999）对外资银行进入阿根廷进行了实证研究，发现外资银行进入会在某些领域与国内银行形成竞争，但是由于外资银行所专长的领域与国内银行并不构成直接竞争关系，所以竞争在一定程度上被弱化。巴拉哈斯（Barajas，1999）研究了外资银行进入哥伦比亚对其金融业所产生的影响，发现外资银行进入引起银行利差缩小、贷款质量恶化以及行政成本增加。但是，若考虑外资银行进入哥伦比亚的数目等因素后，他们认为银行利差的缩小并不是由外资银行进入引起的。

萨伊茨（Zajc，2002）对中东欧地区的定量研究表明，不论是外资银行资产占银行业总资产的比重，还是外资银行占银行总数的比重，均与非利息收入和税前利润成负相关，而与经营费用成正相关，这说明，外资银行的进入加剧了银行业的竞争，降低了银行业的盈利能力。

尤奈特和沙利文（Unite 和 Sullivan，2003）对菲律宾向外资开放后国内银行的情况做了实证研究，使用随机效应模型对 1990~1998 年间菲律宾 16 家大中型银行的经营状况进行分析，发现外资银行的进入引起国内银行的利差缩小、利润下降、贷款质量恶化，但是利差缩小主要集中在家族企业附属银行。同时外资银行的进入促进了银行经营效率的提高，但是由于外资银行占有股份增加，国内银行的效率提高幅度低于外资银行。此外，尤奈特和沙利文认为外资银行的进入对经济增长具有积极的正面影响，并可以增强经济抵御外部冲击的能力。

赫米斯和伦辛克（Hermes 和 Lensink，2003）利用包含成熟和新兴市场经济在内的 48 个国家的 990 家银行在 1990~1996 年间的财务数据研究外资银行进入在短期内对东道国的影响。结果表明，在经济发展的初级阶段，外资银行进入会导致国内银行成本和利差增加；但是如果经济发展处于较高级的阶段，外资银行进入对国内银行盈利性的影响要小得多。由此可见，外资银行进入对新兴市场经济银行业盈利能力的不利影响大于成熟市场。

尤伯平（Uiboupin，2004）对保加利亚、克罗地亚和捷克共和国等 10 个中东欧国家的 319 家银行在 1995~2001 年间的经营业绩变化进行了定量研究。该研究发现外资银行的进入导致上述国家银行的税前利润、非利息收入、平均贷款利率和贷款损失准备金降低，短期内还会提高银行的管理费用。他们还发现市场份额越高的银行，其收入和贷款损失准备金受外资银行进入的影响越小。由于这些转轨经济国家的银行业的时间序列较短，故难以分析外资银行进入产生的长期影响。总的来说，外资银行进入导致中东欧银行的竞争程度加剧。

奥田和朗松布恩（Okuda 和 Rungsomboon，2004）对外资银行进入泰国所产生的影响进行了实证研究，结果表明外资银行进入导致泰国本地银行经营费用增加、利润减少、国内银行利差扩大。但是，他们认为外资银行进入在短期内可能对国内银行产生负面影响，但从长期看反而会促进国内银行的经营。

（二）对银行体系稳健性影响的研究

大多数研究结论都支持外资银行进入带来的股权分散等有利于增强新兴市场经济国家银行体系的稳健性，但也有部分研究认为外资银行未必能真正起到稳定金融体系的作用。具有代表性的研究主要有：

埃里科和穆萨伦（Errico 和 Musalem，1999）对亚洲金融危机前后泰国和马来西亚进行了个案研究。1993~1996 年间，通过曼谷国际银行（设在泰国国内的离岸金融中心，由大量外资金融机构组成）流入泰国的外国短期资本以每年 38% 的速度递增，到 1996 年末，在泰国的外国短期资本已经达到 320 亿美元。泰国在对外开放时并没有很好地实现对国内金融机构的有效监管，也没有对外国短期资本的投向进行监控，短期资本主要投向制造业、房地产和金融业，而且通常没有进行套期保值，蕴涵大量外汇风险。因此，短期资本流动被认为是泰国泡沫经济形成和破裂的重要原因。1997年底，马来西亚中央银行改革了对外资银行的监管制度，开始对设在马来西亚离岸金融中心的外资银行进行全面稽核，结果发现某些银行存在严重亏损，中央银行已承诺将对存款者的保护制度扩展到外资银行。因此，总的来说，有研究表明，如果监管不力，引进外资银行很可能不利于东道国的金融稳定，外资银行将成为引发金融危机和促使金融危机加剧的重要原因。

戈德伯格等人（Goldberg，2000）对墨西哥和阿根廷的实证研究表明：外资银行的贷款增长速度高于国内银行并且波动性更小，对银行信贷体系的稳定具有重要的作用，而且外资银行在金融危机时及金融危机后依然保持较高的贷款增长速度。在阿根廷，外资银行与国内银行在贷款组合及贷款的波动性上十分相似。在墨西哥，本地银行和外资银行贷款损失率均较低，所有权结构不同的银行在贷款组合及贷款的周期性波动上也极为相似。戈德伯格等人认为银行的健康状况，而非所有权结构，才是影响银行贷款的增长、波动和周期性变化的重要因素。但是，外资银行进入所带来的更加分散的所有权结构有助于提高银行信贷体系的稳定性。

全球金融体系委员会（2003）也就这一问题对亚洲国家进行了实证研究。研究表明，1997年的亚洲金融危机与东南亚各国资本账户开放和脆弱的国内银行体系有重要关系，而外资银行进入并不是主要原因。例如，虽然泰国和印度尼西亚两国对外资银行的开放程度相对较小，但它们受到的打击却最为严重。相反，研究认为外资银行有助于稳定国内银行体系，例如外资银行可以通过总部或母银行或银行间市场增加贷款投放等。

法诺克斯等人（Farnoux等人，2004）对波兰的实证研究表明，外资银行进入促进波兰银行业效率提高，且没有证据表明风险最高的贷款集中在国内银行，中小企业也没有遭遇信用紧缩。外资银行进入促进了波兰的金融稳定，分析表明外资银行进入所带来的居民外汇贷款的迅猛发展是重要原因。莱文（Levine，1999）通过经济计量分析表明，新兴市场经济国家外资银行数与这些国家金融危机发生的概率呈负相关关系，说明引进外资银行有助于减少东道国金融危机发生的可能性。拉科斯特（Lacoste，2005）对阿根廷的研究则发现，外资银行并没有真正起到稳定金融体系的作用。

欧洲央行（2004）对申请加入欧盟的东欧国家的实证研究表明，这些国家在20世纪80年代末90年代初时，由于对经济（包括对银行业）的全面改革、重组引起银行危机，然而，在90年代后期，大量的外资银行进入后却实现了银行业的稳健经营，并没有发生大规模的银行危机。主要得益于：（1）成立子公司比设立分行更稳定，因为外资银行倾向于扩展跨国经营的时限；（2）外资银行购买国内银行，大量公众资金得以用来整合国内银行、清算破产金融机构；（3）这些国家向非金融部门的贷款与货币错配较少，提供了相对稳定的金融环境；（4）建立良好的法律制度，有效实施稳健监管。因此，研究结论认为外资银行进入实现了银行业从危机到稳健经营的转变。

（三）对金融监管影响的研究

戈德伯格（2004）对墨西哥和阿根廷进行的实证研究表明：外资银行进入给东道国监管当局带来一定的挑战。例如，大型跨国银行通过提供OTC衍生产品、结构性债券和股票互换等新型的规避风险的金融工具来扩大市场份额。而有些新产品是用来逃避监管当局的审慎监管的，存在巨大的风险，特别是在一些金融体系脆弱、监管不够完善的国家里。因此，监管当局需要及时更新相应的知识和技术体系，以更好地估计和控制创新产品的影响力。总的来说，外资银行进入可以促进东道国加强监管，提高监管水平，但如果监管当局没有及时做好对外资银行带来的新产品和新技术的评估准备，可能会导致监管能力的改善出现时滞。

宋应万（2004）对一些新兴市场国家的研究表明，外资银行的进入给国内的监管当局带来了诸多挑战：第一，对外资银行发放执照的问题，在新兴市场国家，对外资银行执照的发放往往出于政治上的考虑，而不仅仅是审慎的选择标准，监管当局也可能难以有效地对外资银行的管理和股东进行履职测试；第二，如何对大型跨国银行进行监管，监管当局不仅需要掌握大型跨国银行在国内的分支机构及子公司的财务状况，还应包括跨国银行本身的情况；第三，外资银行进入后为扩大市场份额会提供大量的新型衍生金融产品，这些新产品虽然有利于客户套期保值，但也为逃避审慎监管提供了一条途径，带来更大的风险；第四，监管当局要了解如果分支机构发生困难或危机时，母银行会在什么时候以及多大程度上给予支持；第五，银行市场存在被外资银行主导的可能性；第六，银行跨国经营带来的系统性风险，大型跨国银行的倒闭会带来严重的系统性风险，会破坏国内金融市场的稳定；第七，如何更好地监管金融控股公司。

综上所述，近十年来国际上众多学者对外资银行进入对新兴市场银行业的影响进行了大量研究，这些研究具有广泛的代表性，具有重大的理论意义和政策含义。

（1）绝大多数研究都表明外资进入从长期看有利于提高国内银行体系的效率，降低银行的管理成本和利润，增强国内银行体系的稳健性。高效的银行体系对于经济的可持续增长至关重要。概括而言，外资银行进入对东道国的作用渠道主要体现在：增加竞争，引起国内银行利差缩小，促进本国银行经营效率的提高；采用现代商业银行经营管理技术，改善金融服务的质量和可获得性；外资银行可以通过其在保险、经纪、投资组合管理等其他金融领域的知识和经验帮助整合国内银行体系，形成规模经济；促进金融市场发展，特别是深化银行间市场的发展；促进银行监管和法律体系的发展和完善等。

（2）由于研究地区和方法不同，上述研究所得出的研究结论也不尽相同，有些甚至相左。例如，尤伯平（2004）的研究发现，外资银行的进入导致相关国家银行的管理费用提高；丹尼泽尔（1999）则发现，外资银行进入降低了土耳其国内银行的管理费用。

（3）外资进入会给新兴市场监管当局带来较大的挑战。外资银行引进的部分新产品有可能会规避监管当局审慎监管，在金融体系脆弱、监管不够完善的国家里，这会孳生巨大风险。因此，监管当局需要及时更新相应的知识和技术体系，以更好地估计和控制创新产品的影响力，提高监管水平。

（4）几乎所有的研究都认为，外资银行进入产生的影响依赖于其他方面的金融改革，如放松国内金融管制、加强监管体系建设、开放资本账户和银行私有化等。新兴市场经济国家要想从银行业开放中获得收益，必须加大国内的经济和金融改革力度。

（5）不少研究仍具有一定局限性。有些国家的银行业的时间序列较短，难以分析外资银行进入产生的长期影响。相反，有些国家外资银行进入已经历了很长一段时间，但实证研究中难以将外资进入与其他因素产生的影响准确地进行区分。

三、外资进入对中国银行业的影响：后评价分析

外资进入对我国银行业的影响始终是银行业界、学术界和监管部门密切关注的问题，我（张晓朴，2006）从收益和挑战角度出发，构建了一个较为规范的、简明的银行业对外开放影响分析（impact analysis）框架。我在理论上归纳出银行业对外开放的六方面收益：（1）股权多元化将使国有银行改革成为一个不可逆转的过程，并有利于消除国有银行的"免费资本幻觉"；（2）外资参股有助于完善公司治理；（3）有助于促进竞争，改进运营模式；（4）改善金融服务的质量和可获得性，激励金融创新；（5）有助于促进金融市场发展；（6）有助于改善中国的金融体系基础设施建设。

我国银行业对外资开放的时间较短，如此有限的时间序列数据尚不足以支撑对外资进入后的影响进行有效的计量经济学分析。为了评估外资进入对我国银行业理论上的收益是否以及在何种程度上得到了实现，本文对引入境外战略投资者的实际效果进行了更加有普适性的后评价分析，涵盖的样本为引入境外战略投资者的25家中资商业银行，时间区间为2001~2007年。

（一）外资参股是否促进了股权多元化，是否有助于消除国有银行的"免费资本幻觉"

股权结构是指股份公司总股本中不同性质的股份所占的比例及其相互关系，主要包括股权属性和股权集中度。随着外资参资入股中资商业银行，我国商业银行，尤其是国有商业银行的股权结构明显多元化。上市后，中国工商银行、中国银行、中国建设银行已经由纯粹的国有银行转变为股权相对分散的公众银行（参见表3）。从相关数据可以看出，外资参股是丰富我国银行业股权结构的重要途径之一，国有股"一股独大"的问题有所缓解。杨德勇、曹永霞（2007）就我国境内上市的五家银行在股权结构方面的不同安排与其绩效进行了实证研究。结果表明，我国上市银行第一股东的持股比例与银行绩效呈显著负相关。

表3 部分国内银行2007年年末股权结构比例表

股东持股比例 国内银行	国有股	其他内资股 (限售)	外资持股	人民币普通股	境外上市外 资股	其他
工商银行	70.66%	5.09%	7.24%	3.61%	13.40%	0.00%
中国银行	70.79%	0.51%	13.91%	2.05%	12.74%	0.00%
建设银行	67.97%	0.00%	10.31%	3.85%	14.84%	3.03%
交通银行	41.87%	6.45%	18.65%	4.56%	28.47%	0.00%
北京银行	29.17%	36.27%	20.10%	14.45%	0.00%	0.00%
兴业银行	46.35%	13.65%	19.98%	14.02%	0.00%	6.00%
深圳发展银行	0.20%	8.02%	15.18%	76.60%	0.00%	0.00%
华夏银行	38.87%	7.60%	13.37%	40.16%	0.00%	0.00%

数据来源：各银行 2007 年年报。

　　在实施财务重组和引进战略投资者之前，我国商业银行长期以来所有者缺位问题严重，从而导致国有资本实际上被国有银行的经营者当作一种免费资本而筹集和配置（张杰，2004）。同时，在传统的股权结构下，国家作为做行唯一股东所关心的往往不是银行自身经营的好坏，更多的是宏观经济目标的实现、对国有经济发展的支持等，商业银行难以将利润最大化和银行价值最大化作为经营目标。引入境外投资者和在资本市场公开上市后，银行股权多元化促使了良好公司治理机制的形成，有助于委托代理问题的改善和形成有效的监督与制衡机制，从根本上保证股东和存款人的利益，实现商业银行价值最大化。特别是外资进入后，使得政府大规模救助国有银行成为小概率事件，有助于减少国有银行的"败德"行为。

　　银行的相关财务数据表明，外资参股后银行的盈利能力不断增强（参见表4），总资产收益率等主要财务指标较股改前有大幅提高，已经接近国际先进银行水平，不良贷款率持续下降。伯格等人（Berger 等人，2006）对我国多家商业银行 1994~2003 年的经营状况进行的实证研究结果显示，不管是国有银行还是国内私人银行，随着外资的参股，银行国有股权的降低和外资持股比例的增加，对银行的效率产生了巨大的积极影响，包括利润效率和成本效率都得到了明显改善。

表4　部分国内银行经营绩效和资产质量情况（单位：％）

指标 国内银行	总资产收益率			不良贷款率		
	2007 年	2006 年	2005 年	2007 年	2006 年	2005 年
工商银行	1.01	0.71	0.66	2.74	3.79	4.69
中国银行	1.09	0.95	0.71	3.12	4.04	4.62
建设银行	1.15	0.92	1.11	2.6	3.29	3.84
交通银行	1.07	0.8	0.74	2.05	2.54	——
北京银行	1.07	0.85	0.77	2.06	3.58	4.38
兴业银行	1.17	0.7	0.6	1.15	1.53	2.33
深圳发展银行	0.75	0.54	0.15	5.62	7.98	9.33
华夏银行	0.41	0.36	0.39	2.25	2.73	3.05

数据来源：各银行 2005~2007 年年报。

（二）　外资参股是否有助于完善公司治理

尽管我国商业银行财务指标的可持续和在经济周期下滑时的表现还有待观察，同时，财务指标的改善有多大比重可以归因于外资入股和股权多元化因素，尚难以精确量化，但境外战略投资者入股带来的"多股制衡"的股权结构，在很大程度上帮助中资银行引入了良好的公司治理。例如，交通银行引入汇丰银行作为战略投资者后，汇丰银行作为该行的第二大股东，参与董事会战略决策十分积极，使董事会开始有了不同的声音（蒋超良，2006）。外资参股中资银行后，对中资银行改善公司治理的积极影响是普遍的、显著的。概括起来，这种影响主要表现在以下方面：

1. 促进了现代商业银行公司治理整体框架的初步形成，董事会议事逐渐规范并依法运作。各行普遍构建了以股东大会、董事会、高级管理层、监事会为主体的现代公司治理基本架构。董事会下设的专门委员会齐全，几乎所有银行都设立了关联交易控制委员会、风险管理委员会、薪酬与考核委员会、提名委员会、战略与发展委员会等专门委员会。同时，董事会召开的频率增加，以 2006 年为例，大型银行平均各年召开近 10 次董事会会议和 25 次专职委员会会议，每家银行董事会平均审议议案近 50 项，而专门委员会平均审议议案近 55 项（蒋定之，2007）。董事会决策的专业性得到提高；董事会议事效率提高，董事会成员履职能力提高，越来越敢于发表不同意见；董事会开始逐渐发挥在公司战略制定和风险管理中定调子的作用等。董事会的议事范围涵盖了战略发展规划、资本补充、公司治理、风险管理、内部控制、财务审计、激励约束、重大投资、项目合作、呆账核销和基本制度建设等涉及全行层面的各个领域，核心决策职能得以逐步强化。以外资参股为契机，各行及时制定和完善了《董事会议事规则》、《股权管理办法》、《董事、监事薪酬制度》及各专门委员会《工作规则》等公司治理细则。

表5　部分中资商业银行境外董事、高管情况一览表

银行	人数	姓名（所属国家地区）	金融业从业年数
光大银行	3	Steven Hoagland(美)/ Francis Edward Hawke(美)/ 吴明华(英)	23/10/7
浦东发展银行	5	Richard Stanley(美)/王幼章(台)/王业胜(马)/林永源(新)/曾宽扬(台)	23/7/12/19/20
民生银行	3	苏庆赞(新)/王联章(港)/王彤世(港)	25/18/36
兴业银行	3	陈国威(港)/蔡培熙(新)/罗强(港)	32/35/21
渤海银行	4	梁菁菁(港)/包为客(港)/彭耀杰(港)/希孟(英)	16/17/21/16
华夏银行	1	Colin Grassie(英)	23
深圳发展银行	9	Frank Newman(美)/ Damiel Carroll(美)/ Au Ngai(港)/单伟建(美)/张桐以(美)/Michae Hanlon(美)/王博民(港)/李文活(港)/孙涤(港)	35/18/11/17/12/25/12/28/7
上海银行	4	孟克文(美)/薛关燕萍(港)/郭锡志(港)/叶逢生(港)	21/30/35/24
南京银行	4	罗强(台)/谢华礼(法)/林伟光(新)/艾飞立(法)	24/31/16/23
西安市商业银行	3	泰瑞(加)/京沛德(加)/叶麦克(美)	25/18/27
济南市商业银行	1	欧恩陶(澳)	25
杭州市商业银行	1	伯瑞特(澳)	22
南充市商业银行	3	顾玲(德)/史蒂芬(德)/朗格瑞(德)	12/7/15
北京银行	3	侯德民(比)/Bachar Samra(美)/Ralph Lange(荷)	21/17/10
宁波银行	2	张树光(新)/蔡裕祥(新)	28/11
天津银行	3	Douglas Red(美)/Chirben Huang(台)/Lynne Sutherland(澳)	26/16/11
工商银行	3	Christopher A Cole(美)/梁锦松(港)/John L. Thornton(美)	-/20/-
中国银行	6	Frederick Anderson Goodwin(英)/梁定邦(港)/Peter Cooke(英)/Patrick de Saint-Aignan(美)/佘林发(新)/Alberto Togni(瑞士)	-/30/30/30/-/40
建设银行	4	Gregory L. Curl(美)/谢孝衍(港)/Elaine La Roche(美)/Peter Keith Levene(英)	-/30/27/-
交通银行	4	王冬胜(英)/史美伦(港)/Ian R. Wilson(英)/Thomas J. Manning(美)	-/-/30/20

数据来源：楼文龙、肖远企（2007）及有关银行年报。

2. 直接派驻董事。截至2007年底已经引入境外战略投资者的25家中资银行中，所有境外战略投资者都在入股银行派驻了董事（参见表5）。很多中资银行五年来的实践证明，这些董事一方面积极参与银行重大事项决策，另一方面为持股银行带来了先进的经营管理理念和技术，提升了持股银行的经营管理水平。例如，中国工商银行董事会中来自高盛的董事在资金业务发展规划、投资银行业务战略、内部控制制度建设和风险管理战略等方面积极向中国工商银行传递知识和经验，在多个领域提出了有价值的建设性意见[1]。汇丰银行先后向交通银行提了柯清辉先生和冯国纶先生以及王冬胜先生和史美伦女士担任该行董事及专门委员会委员[2]，他们具备丰富的商业银行管理经验、高度的敬业精神，在交行董事会和专门委员会工作中发挥了不可替代的作用，提高了董事会决策的科学性。华夏银行的外籍董事提出了设立首席风险官[3]、强化资本有效管理、成立独立的风险管理机制等有益建议。同时，各行独立董事的履职能力得到加强，在很大程度上发挥出了对大股东和执行董事的制约、制衡作用。

3. 境外战略投资者协助构建规范的信息披露和投资者关系管理体系。充分的信息披露和完善的投资者关系管理，对充分保障各利益相关方对银行经营管理的知情权、监督权、参与权至关重要，也是健全公司治理架构的重要组成部分。我国国内资本市场投资者关系管理（IRM）尚处于起步阶段，在没有成熟经验可资借鉴的背景下，境外战略投资者提供了诸多有价值的帮助，包括帮助设计投资者关系管理整体框架，制定投资者关系实施目标和实施进度表；进行分析师、投资者和同业竞争者数据库的建设等。例如，高盛集团成立专门的工作小组协助中国工商银行构建投资者关系管理体系，并派驻香港联交所前首席财务官为该行的信息披露和投资者关系管理提供现场指导[4]。截至2006年，我国对社会公众披露经营管理信息的银行已达到101家，占我国商业银行总数的80%（刘明康，2007）。

4. 推进内部审计与合规管理。我国商业银行的内部审计过去普遍以合规性审计为主，审计资源配置不合理且流于形式，审计的监督作用难以得到有效发挥。在境外战略投资者派遣的内审专家的指导下，绝大多数银行不断改进审计流程，制定现场审计和持续审计规程，开始逐渐由合规性审计向风险导向审计模式转变。外方专家还对我国商业银行审计条线的管理提出了大量丰富细致、有价值的管理建议，包括审计条线的独立性、审计部门的管理、审计计划的制订、审计资源的配置、审计标准的建立、报告制度的改进、审计的后续跟进等。在合规管理方面，外方向我国商业银行提供了包括合规政策制定、合规检查方法、对违规人员的处理等合规具体职能的经验，分享了国际著名商业银行的合规管理模式。汇丰银行于2005~2006年间派遣内部审计专家到交通银行审计部门工作[5]。在汇丰银行的协助下，交通银行已建立了总行、地区、分行三级垂直独立的审计体制架构，建立审计计划、审计检查、审计评价、审计

---

① 中国工商银行网站，《中国工商银行年报》，2007年。

② 交通银行网站，《交通银行首次公开发行股票（A股）招股意向书》，2007年。

③ 《华夏银行30余位首席信用风险官将上任》，《第一财经日报》，2008年2月14日。

④ 中国工商银行网站，《工商银行与高盛集团正式启动战略合作》，2006年3月21日。

⑤ 《引进境外战略投资者给沪上三家银行带来了什么》，《金融时报》，2005年12月5日。

报告、审计追踪和持续审计六个环节构成的循环审计流程。中国工商银行与高盛公司就国际大型商业银行内部审计的经验及合规管理模式进行了研究，制定了改进内部审计体系、完善合规管理的具体实施方案，高盛公司还向工行提供了审计计划阶段、审计执行阶段的流程设计思路、审计方法应用模板及相应的审计表格范例[①]。通过与高盛管理控制部的合作，工行基本掌握了高盛审计实施阶段采用的风险控制（RCT）方法。

5. 公司治理培训加强。例如，国际金融公司（IFC）专门聘请麦肯锡咨询公司为北京银行董事、监事和高管人员进行公司治理培训，有针对性地提出了改进公司治理的"24条改进措施"，切实将完善公司治理机制落到了实处，取得了很好的效果（闫冰竹，2007）。汇丰银行派出了多名专家，专门给交通银行董事会、管理层以及总行有关部门详细介绍了汇丰在公司治理架构、董事会运作、董事会战略规划实施等方面的情况（蒋超良，2006）。

总之，境外战略投资者入股中资银行后，明显帮助中资银行改进和完善了公司治理架构和机制，影响是积极的、显著的、普遍的。然而，从长期看，引入境外战略投资者和良好的公司治理架构给银行创造的价值最终要反映到银行的盈利能力和风险控制上。如何将良好的公司治理融入到银行的日常风险管理中，如何最终将良好的架构、理念、技术反映到银行的绩效和财务状况中，真正实现"产权多元化 ⟶ 良好的公司治理 ⟶ 较高的银行效率和绩效"的良性传导，既是各行面临的现实问题，也是最终考量国有银行改革成效的重要参照系。

（三） 外资参股是否有助于改进运营模式

境外战略投资者入股中资银行后，帮助入股银行诊断和分析业务和管理流程缺陷，在此基础上，帮助中资银行改进业务运营模式，实施流程再造。主要表现在：

1. 引入和强化了"以客户为中心"、"流程银行"等经营管理理念。中资银行所引入的战略投资者基本都是国际先进银行，它们长期以来极其重视客户关系的维护和服务质量的改进。中资银行在引入境外战略投资者后，成功借鉴其经验和成果，逐步形成科学的经营理念并有效落实。在强调客户重要性的基础上，各银行开始真正关注客户需求，通过各种有效途径及时了解客户的真实需求，进一步确定满足客户需求的具体措施和方法，并不断通过调查等途径进行客户反馈，由反馈信息检验业务质量并进而加以改进。另外，在参股外资银行的协助下，通过流程变革项目的实施，大多数银行逐渐形成了业务和管理的流程化理念，有效地促进了"流程银行"观念的形成，从而促进了中资银行的不断创新和业务流程优化。

---

① 中国工商银行网站，《工行限量限期发售"珠联币合"理财产品》，2006年5月15日。

2．推进组织架构改革。长期以来，中资商业银行，尤其是大型国有银行的组织架构是流程分割的职能部门型和单线回报的科层式总分行制，这种具有浓厚行政色彩的组织架构愈发不适应市场经济的发展要求，存在诸多的弊端，不利于银行经营效率的提高。为了使所参股的中资银行更清楚更好地了解其自身的组织架构，许多战略投资者通过专项技术援助协助探究分析中资银行在组织构架方面的问题，并提出具有针对性的改革建议。在引入境外战略投资者后，部分国内银行在借鉴境外战略投资者组织架构的基础上，初步建立了以客户为中心的、按业务条线进行垂直管理的矩阵式组织架构，通过明确前、中、后台的职责，合理划分业务板块等具体措施，克服原有组织架构的弊端，强化资源配置能力，提高服务效率和品质。

例如，深圳发展银行在境外战略投资者——新桥——的帮助下，按业务线建立了新的组织架构，按公司、零售、同业和资产保全四条业务线分别预算，实行条块结合的矩阵式考核[①]，业务考核以业务线（"条"）为主，而利润考核以分行（"块"）为主。高盛向中国工商银行金融市场部派驻的资金交易业务专家对工行资金交易流程体系提出了建议[②]。主要贡献包括：为金融市场部建立有效的风险管理机制，整合现有系统平台，协助设计每日损益表等。

3．改进业务管理流程，提高银行运营效率。外资参股后，借助外资股东的先进经验和技术支持，大多数中资银行逐渐形成了科学、规范和高效的分工协作体系和业务流程，开始向"流程银行"转变。部分银行开始实行客户经理制，设计了"一站式"的全方位服务流程，实现银行和客户之间的单点接触，提高了银行业务效率。例如，高盛集团向工商银行详细介绍了资产托管业务经验，包括资产管理人、主托管人、次托管人之间的业务流程；介绍了人力资源管理信息化建设发展历程和绩效管理的信息化运用情况，对工商银行改进业务和管理流程提供了很有价值的帮助（楼文龙、肖远企，2007）。渤海银行在渣打银行支持下，借鉴国际银行业的流程再造理念，按照前、中、后台相分离的原则设置部门，并根据业务需要在部门内部设立相应的业务单元，并依据"以客户为中心"和集中运营、风险可控的原则，搭建了集中营运的大后台，进行集中运营和品质管理。建行和美国银行个贷中心项目的实施，完善了个贷业务新流程，力求建行在全行范围内实现个人贷款业务流程的标准化。此外，建行还通过缩短从客户递交贷款申请到贷款资金发放的办理时间和减少所需贷款资料数量及客户签名等措施，提高了个贷业务的工作效率和客户满意度[③]。其与美国银行的个贷中心项目在广东省分行推广时，辖下珠海、东莞、中山、汕头四家分行的快速放款方式使个人住房贷款平均办理时间减少了 10.85 天，工作效率提高了 55%（参见表6）。

---

① 人民网，《深发展见证金融业成长》，2008 年 1 月 16 日。

② 《战略合作项目启动 工行高盛步入蜜月》，《上海证券报》，2006 年 3 月 20 日。

③ 中国建设银行网站，《中国建设银行年报》，2007。

表6　中国建设银行广东分行个贷业务流程优化对比分析表

指标名称	上线前	上线后	变化幅度
平均值	19.6天	8.746天	−55%
最大值	133天	23.2天	−83%
最小值	7天	1.26天	−82%

（四）外资参股是否有助于改进风险管理

衡量商业银行风险管理体系是否完善，国际上一般从以下四个维度加以判断：（1）董事会和高级管理层是否实现了对风险的妥善监控；（2）商业银行是否具备完善的风险管理的政策和程序；（3）是否具有有效的识别、计量、监测、控制风险的体系；（4）是否有完善的内部审计和外部审计。根据调查和访谈，外资参股中资银行后显著提高了这些银行的风险管理水平。境外战略投资者在协助中资银行开发和健全风险管理体系、构建全面风险管理架构等方面发挥了显著作用。

1. 董事会和高级管理层对风险的监控显著增强。在风险管控中，董事会承担风险管理的最终责任，负责确定银行的风险偏好和风险容忍度；董事会负责制定银行的风险管理政策和程序，有责任确保银行拥有健全的风险管理体系（巴塞尔银行监管委员会，2005）。外资入股后，商业银行董事会对风险的管控明显加强。在董事会的主持下，银行制定和修改了风险管理委员会章程、专业风险管理委员会工作规则、风险限额管理制度、新产品风险管理制度、风险报告制度等一系列制度性文件。董事会和董事会下设的风险管理委员会开始对高级管理层在银行的信用风险、市场风险、流动性风险、操作风险、法律风险、合规风险、声誉风险等的管理活动实施监督。所有银行都在董事会下设了由独立董事担任负责人的关联交易委员会或风险管理委员，负责对银行风险和关联交易的审批和控制。有些银行规定，关联交易控制委员会的主任委员和副主任委员对关联交易有一票否决权。中国建设银行、中国工商银行、渤海银行等设立了首席风险官，专司风险管控[①]。

2. 引进了国际银行业先进的风险管理理念，全面风险理念逐渐确立。通过和外方合作，越来越多的银行开始意识到，风险管理不只是风险管理部门的事，业务部门是风险管理的第一道防线。风险管理应贯彻"四眼"原则、"双线报告制度"及"矩阵式报告体系"。很多银行着手强化全面风险管理，完善各类风险管理政策，推进内部信用评级和经济资本管理建设。外方通过提供资料、培训、建议、要求、具体操作等多种方式将国际通行的风险管理理念逐步灌输给国内商业银行的员工，尤其是高级管理层，为中资银行建立风险管理体系奠定了良好的基础。例如，渤海银行在业界较

---

① 各上市银行2007年年报。

早地制定出了风险偏好政策①，风险管理部门根据风险偏好政策来监控银行的经营是否偏离预设标准，确保银行承担的全部风险在可控范围之内。

3. 促进了独立风险管理架构构建。中资银行充分借鉴外方合作伙伴的经验，构建全面、独立的风险管理组织架构。例如，筹建风险管理总部，建立风险监控部门；按照独立原则，建立地区审计中心和地区审批中心；风险监控部门实行双线报告，其他部门实行业务单元型风险管理模式。

4. 引进先进的风险管理工具。在外方专家的指导和帮助下，中资银行陆续引进了一系列风险管理工具。例如，建立风险过滤和监控名单，通过财务分析工具和非财务信号，将风险监控关口前移；开发了贷款评级矩阵表，对客户评级和贷款评级进行二维分类。在外方的推动和建议下，不少商业银行开始尝试运用商业保险技术补偿风险，例如，有些银行投保了财产险和雇员忠诚险等险种，以有效对冲风险。对风险进行情景分析和压力测试，压力测试涵盖了房地产、钢铁、水泥、制造业等受宏观调控影响明显的行业，并逐渐开始对利率风险和汇率风险等市场风险进行压力测试。

5. 协助建设风险监控系统，夯实全面风险监控技术基础。很多银行建立了矩阵式风险报告体系。银行分支机构开展的每项业务，在横向上对分行高管负责，在纵向上对总行（条线）负责。很多银行健全了管理信息系统，从根本上保证了管理数据的可得性和管理工具的实用性，全面提升了银行的风险理念和风险监控水平。

6. 信用风险、市场风险、操作风险等主要风险类别的识别、计量、监测、控制得到较大提升。大多数中资银行与境外战略投资者签订了信用风险管理、市场风险管理、操作风险管理等主要风险类别的技术支持与协助协议，这些技术援助项目已按照实施计划逐步推进，有力地提升了中资银行的风险管理水平。

（五）外资参股是否有助于促进金融创新

从外资参股中资银行的实践来看，很多中资银行都充分利用境外战略投资者的相关优势，积极开展金融产品与业务创新，以更好地适应我国利率市场化进程的深化以及资本市场的发展等金融新环境。主要表现在：

1. 完善研发机构设置，奠定研发基础。引入境外战略投资者后，中资银行越来越重视新产品开发，不断加大研发投入，有些银行还专门设置了负责产品研发的机构，负责新产品开发的可行性分析、合规性分析和风险控制等关键因素，增强产品开发的科学性、严谨性。例如，渤海银行借鉴了渣打银行的经验，在总行下设了产品开发部门，专职负责相应的产品开发与管理工作②。产品条线均以价值中心的形式出现，产品

---

① 《渤海银行争取成为滨海新区金融业综合经营试点》，《南方都市报》，2006 年 7 月 29 日。
② 《渣打：中国全面开放金融市场将是一件能够实现"三赢"的事情》，《中国新时代》，2007 年第 1 期。

的设计与开发遵循"以客户为中心"、"以利润为导向"的原则，在深入开展市场调研和深刻理解客户需求的基础上，进行全面成本收益分析，提高了新产品研发的科学性和成功率。

2．与参股外资金融机构开展合作研发，不断提升研发能力。国内银行所引入的境外战略投资者绝大部分都有经验丰富的研发力量，这些专家大都有着丰富的创新经验和突出的创新能力，他们帮助中资银行提高产品定价、模型设计、风险控制、计算机控制等能力，提高产品创新能力。同时，很多中资银行积极主动地与境外战略投资者开展研发合作，共同设计和开发适合中国本土需求的新产品。2007年3月，中国银行与苏格兰皇家银行合作在国内首开私人银行业务（参见表7），为金融资产在100万美元以上的个人高端客户提供专属的私人银行和投资专家服务，并为客户量身定制理财产品，中行的客户还将在法律许可的范围内全面享有苏格兰皇家银行客户所享有的全球范围的私人银行服务[①]。中国工商银行与其战略投资者高盛集团共同研发了国内第一款同汇率和利率挂钩的代客境外理财产品，包括与欧元兑美元汇率挂钩、与美元掉期利差挂钩的两款产品[②]；2006年共同开发了第一款人民币结构性理财产品——"珠联币合"；2007年又合作推出了一款全球旅游主题的"珠联币合"理财产品——"旅游股票挂钩型产品"。

表7　国内中资银行开展私人银行业务情况一览表

银行名称	开办时间	开办城市	客户门槛	已推出的服务或专属产品
中国银行	2007年3月	北京、上海	个人金融资产在100万美元以上	"奥运主题"证券投资集合资金计划、金融股权投资计划
中信银行	2007年8月	北京	个人金融资产在800万元人民币以上	"基金专户"：保守型2号、稳健型1号、积极型1号
工商银行	2008年3月	上海、广州	个人金融资产在800万元人民币以上	
交通银行	2008年3月	北京、上海、杭州、广州、深圳	个人金融资产在200万美元以上	海外全权委托投资服务、境内PE产品

3．中资银行自主业务创新能力有所增强。引入境外战略投资者后，不少中资银行的自主创新能力得以改进和提高。在业务合作中，中资银行通过项目实践深入了解了国际先进银行在开展新产品项目时的具体操作手法，例如项目筛选、尽职调查的业

---

① 《与苏格兰皇家银行合作，中行首推私人银行业务》，《国际金融报》，2007年3月21日。

② 中国工商银行网站，2006~2007年。

务流程、方法及经验，为自主业务创新奠定了基础。如交通银行借助汇丰银行提供的技术和人力资源支持，确立了信用卡业务由中心集中处理、各分行前台营销的运营新模式，构建了严密规范的卡业务内控架构和全流程风险管理体系。目前，太平洋信用卡中心业务发展势头良好，活卡率和带息本金率等指标均高于同业平均水平[①]。北京银行充分利用其境外战略投资者之一的荷兰国际集团（ING）在世界保险业的独特地位，引进其先进的保险产品，推进了"银保合作"的发展[②]。

（六）是否有助于促进我国的金融市场发展和金融体系基础设施建设

金融体系基础设施建设对于新兴市场国家改善金融发展和促进金融深化至关重要（沈联涛，2004）。境外战略投资者在一定程度上促进了我国金融基础设施建设。主要表现在以下几个方面：

1．促进了金融法律法规体系的健全和完善。例如，在制定《物权法》过程中，有担保债权的优先受偿权、应收账款等浮动抵质押物权的合法性在很长时间内悬而未决。在国际金融公司等外资金融机构的推动下，2005 年，在广泛进行问卷调查和详细资料分析的基础上，国际金融公司联合世界银行完成了《中国信贷人权利的法律保护》等一系列调查报告（吴晓灵，2005）。这些调查报告指出，中国商业银行目前可接受的担保资产范围太窄，有关动产担保的法律很不完善。报告提出了完整的立法和监管建议，包括扩大可供担保的资产范围；简化担保的设立；建立清晰完整的优先权规则等。相关调研、建议对于《物权法》最后确定有担保债权的优先受偿权、应收账款等浮动抵质押物权的合法性发挥了重要作用。此外，近年来境外战略投资者对入股银行抵债资产的处置、司法判决的关注和参与也在一定程度上促进了司法判决的公正性，减弱了地方政府对司法判决的干预。

2．有助于会计准则和审计制度的国际化和标准化。为了引入境外战略投资者、在海外上市并持续地符合上市地证券监管机构的要求，中国建设银行、中国银行、中国工商银行、交通银行等在 2002 年后就已经采用严格的国际会计准则编制和披露财务报告，并聘请"四大"会计师事务所进行财务审计。在业界引领了其他中资商业银行采取更接近国际标准的财务会计准则，提高信息披露质量。此外，上海银行从 1998年起就聘请国际权威的普华永道会计事务所出具符合国际会计准则的年度报告，按照国际标杆和上市公司的要求规范会计核算和信息披露。

3．促进了银行审慎监管有效性的提高。第一，银行合规意识的提高，为有效银行奠定了坚实的基础。境外战略投资者普遍十分注重合规经营，它们的基本共识是，

---

① 《特色服务 打造交通银行未来核心竞争力》，《第一财经日报》，2007 年 4 月 13 日。

② 《荷兰 ING 集团全面"进军"北京银行开卖分红保险》，《北京青年报》，2005 年 6 月 2 日。

合格是银行经营的生命线，因此，外资入股后，从中资银行董事会到管理层都格外关注合规风险，主动与监管当局沟通银行监管相关问题，有效促进了我国银行审慎监管规则的实施。例如，南充市商业银行的德方股东提出，南充市商业银行的资本充足率在任何时点上都不应该低于12%①，有效促进了严格资本监管制度的实施。第二，促进了银行监管规章的准确性、可操作性。境外战略投资者对我国法律法规和监管要求的明文规定非常认可，但对于监管法规中的"监管机构规定的其他条件"等模糊语言以及监管部门内部掌握、口头指示等做法难以理解，这些质疑会有助于提高我国银行监管立法的质量。第三，促进了银行监管机构对金融创新的关注和学习。

（七）是否有助于我国银行业专才的培养

专业人才的培养是引进外资战略合作中"引智"、"引制"最直接、最重要的形式。绝大部分中资银行都与境外合作方制订了专才培训计划，使我国银行业得以在短时间内加速培养了一批熟悉现代银行经营的专业人才。

1. 提高银行现有员工的业务能力和职业素养。在引入外资后，中资银行切实结合境外战略投资者的相关资源优势，积极开展形式多样、内容丰富的人员培训：培训受众覆盖面广，包括中高级管理层、业务骨干和普通职员等各层次员工；培训领域广泛，不仅有零售业务、资金交易、资产托管、投资银行等具体的业务，还有职业道德教育，以及风险管理、信息披露以及人力资源管理等重要的内容。美国银行与建设银行在开展战略协助和经验分享过程中，提供了涵盖零售业务、资产负债管理、风险管理等银行经营管理重要领域的培训多达20余期②。工商银行与高盛集团开展了多类培训合作项目，主要包括"松树街"领导力培训项目、高级专业精英人才培训项目等③。

2. 完善人才引进机制，为银行注入优良的新鲜血液。有些银行开始实施旨在选拔、培养和储备未来高级管理人员后备人才的管理培训生项目，为自身业务的可持续发展储备必要的人才。交通银行是国内较早实施管理培训生项目的银行，在这一过程中，汇丰银行派驻的人力资源管理专家直接参与了该项目的执行过程，并在流程设计和人员选聘等方面发挥了重要的作用④。深发展也于2006年启动了总行的"管理培训生"项目。很多中资银行直接从战略合作的外资银行引进外籍管理人才或业务骨干，借鉴其管理和业务的先进理念、经验和技术。

3. 健全完善薪酬激励和绩效管理体系，激励员工提高自身才能的主动性和积极

---

① 黄光伟，2008年7月6日在"中国银行业改革开放热点问题"学术论坛上的演讲，www.peopledaily.com.cn.

② 中国建设银行网站，《中国建设银行2007年年报》。

③ 中国工商银行网站，《中国工商银行2007年年报》。

④ 交通银行网站，《交通银行2007年年报》。

性。外方股东通过向中方银行详细介绍本行或国际先进银行的薪酬基本结构、销售类员工的佣金预付考核制度、支持类员工年资制，以及针对不同年限员工的绩效考核和培训联动机制等，帮助中资银行引入先进的薪酬激励与绩效考核方法。例如，交通银行借鉴汇丰银行的先进工具和做法，采用平衡计分卡作为改革人力资源绩效考核体系的核心方法。深圳发展银行对其考核激励制度进行创新，规范了绩效管理体系。

（八）引进境外投资者的经验总结

后评价分析表明，我国基本实现了引入境外战略投资者的预期效果，引资成效初步显现。在银行业开放进程中，我国开创了一种有别于其他新兴市场经济体的、独特的、以持有少数股权的境外战略投资者促进国内银行经营机制转变为主要内容的银行业开放模式。这一模式的核心要素有三点：一是只允许外资取得中资银行20%以内的少数股权（minority equity），这与东欧国家、拉美国家完全让渡控制权的开放截然不同；二是股权的转让对象主要限于能够给中资银行提供管理经验和技术的战略投资者，强调引进外资主要不是为了引进资金，而是为了促进中资银行完善公司治理结构，提高管理水平；三是开放的根本目标是提高中资银行竞争力，强调开放为我所用。银行业开放成就的取得归因于三位一体的协同：

一是我国政府决策层对银行业开放的科学认识和适度把握。长期以来，我国始终坚持以我为主、为我所用的对外开放基本原则。近年来，我国进一步确立了"以我为主、循序渐进、安全可控、竞争合作、互利共赢"（温家宝，2007）的金融业开放方针。在这些思想和认识的指引下，中国银行业对外开放的目标被确定为：提高中国银行业整体竞争力，建立一个健康、发达的银行体系。

二是监管机构的适时引导和技术辅导。在整个银行业开放和国有银行改革中，相关部门始终把推进公司治理改革作为核心和着力点。银行监管部门通过颁布《境外金融机构投资入股中资金融机构管理办法》等监管规章，确定了外资的资格条件和入股比例限制，为中外资银行股权合作提供了法律依据。在此基础上，确定了引入境外战略投资者的五项标准，明确引导境外战略投资者关注中长期利益。

三是商业银行在具体引入外资过程中，对既定共识、高层决策和监管要求的严格有效执行和主观能动性的充分发挥。在筛选潜在境外战略投资者阶段，相关银行结合自身实际，严格按照监管机构要求对入围投资者进行尽职调查，保证了境外战略投资者的质量和合作意愿。在签订入股合同时，除在入股比例、交易价格等技术细节方面与境外战略投资者达成协议外，各商业银行还努力通过协议争取更多的合作溢出效应，如要求境外战略投资者承诺提供包括产品开发、风险管理、业务经营等多方面的先进经验和技术援助。为了保证合同的有效实施，各银行还普遍成立了专门工作组，建立了有效的工作机制。

四、银行业对外开放的风险和挑战

收益和风险是一枚硬币的两面。中国银行业在享受外资进入带来的收益的同时也必须面对随之而来的各种风险和挑战。这些风险和挑战很大程度上就是中外资银行竞争的组成部分或主要内容，中资银行或监管当局唯一的选择是主动适应、积极应战。银行业对外开放可能带来以下四方面的风险和挑战：

（一）金融安全

学术界对金融安全并不存在统一的定义。王元龙（1998，2003）、梁勇（1999）和张铁强等（2007）从不同角度定义了金融安全。从现有的研究文献看，金融安全这一概念明显具有两个特征：

（1）这是一个近乎中国特有的概念，国外的学者在研究有关金融问题时，普遍运用金融稳定的概念而几乎没有文章使用过金融安全的概念[①]。在法律上，欧美法律中也几乎见不到有关金融安全的直接表述，但有关金融的立法却时常可以见到国家安全的字眼。

（2）就其实质而言，金融安全已经不单纯是一个经济概念，包含了较强的政治性。金融安全状态赖以存在的基础是经济主权独立。如果一国的经济发展已经受制于他国或其他经济主体，那么金融安全就无从谈起。金融安全概念的政治性极大地加大了有关金融安全研究的难度和复杂性。

笔者认为不妨将金融安全做如下定义：

金融安全＝金融稳定＋国家安全

金融稳定是指金融体系处于能够有效发挥其关键功能的状态。国家安全是指国家不受侵犯和危险或潜在威胁。在金融领域，国家安全包括金融资源控制权，金融市场不受到投机性攻击，信息安全等。一般而言，金融稳定已经包括金融效率的含义，如果要特别强调金融效率，可将上述等式扩充为：

金融安全＝金融稳定＋国家安全＋金融效率

这里我们主要分析引入外资对国家安全的影响，引入外资对金融稳定的影响将作单独分析。银行业在国民经济中的特殊性，决定了社会各界不可避免会格外关注引入

---

① 胡祖六在 2005 中国国际金融论坛上提及："我很难把金融安全这个词翻译成英文跟国外的学者交流，我刚才特意问了我的朋友渣打银行的 Stephen Green 先生，问他金融安全用英文怎么讲。他告诉我，金融安全这个词是很少用的，就是指你家里要有一个收入的保障和稳定的工作养家糊口，但是说到一个国家的体系像金融安全反而会引起很多误解。"

外资对国家安全的影响。由银行业引入外资导致的金融安全问题主要是金融资源的控制权问题。外资进入我国银行业会在两方面给我国的金融安全带来挑战：一是中资银行一旦被外资过度控制，也就意味着中国经济的命脉和核心被外国所控制，中国的金融安全就会面临着严重威胁。二是在外资主导的市场环境下，国内宏观调控的有效性会严重受限，中国政府对经济和金融的调控力就会被削弱乃至丧失。

有很多研究认为，对于处于国民经济特殊地位的银行业，各国在开放中给予一定的保护已成为惯例，即便是欧美这样的发达国家对银行业的开放也非常谨慎。如在美国，外国银行的分支机构如果经营零售业务，就必须参加美国的存款保险，但是，美国的存款保险机构则规定，分支机构不能参加美国的存款保险，这就把许多外资银行隔离在美国的零售市场之外。波兰等东欧国家被视为由于银行业过度开放导致金融主权丧失的典型案例。波兰国家银行提供的资料显示，1993 年，波兰共有 87 家商业银行，其中 48 家由波兰人控股，10 家由外资控股，其余 27 家由财政部直接和间接控股，2 家由国家中央银行控制；但是到 2003 年，商业银行总数缩减为 60 家，由波兰人控股的银行减少到 6 家，而由外资控股的则增加到 46 家，且外资所占股份超过 80%。令人诟病的是，波兰银行业绩效的改善是以出让银行绝对控股权为代价换取的。与此相似的还有捷克、匈牙利等东欧转型国家及俄罗斯，这些国家商业银行治理结构和经营绩效的改善所付出的代价是金融资源控制权和金融财富收益权的丧失。通常认为，这种模式并不适合于中国这样一个人口和经济大国。

（二）金融稳定

外资银行进入对东道国金融稳定的影响一直是学术界和政策界关注的问题。虽然有诸多研究认为，外资银行的进入有利于促进银行体系的稳定（例如，Caprio 和 Honahan，2000；Goldberg 等，2000；Dages 等，2000；Demirgüç-Kunt 和 Detragiache，1998；Mathieson 和 Roldos，2001）。然而，也有研究认为，外资进入可能会加大一国金融业的系统性风险。1997 年，当东南亚国家遭受金融危机的时候，设立在这些国家的外资银行纷纷撤离，外资银行的这种行为一度成为危机后东南亚国家限制外资银行进入的一条重要理由。1996~1998 年，当巴西经历金融危机的冲击时，本国商业银行的贷款额还在继续上升，但在巴西的外资银行贷款额却明显减少（Mathieson 和 Roldos，2001）。有学者通过比较阿根廷在 1994 年墨西哥危机和 2001 年金融危机时的短期国际资本流动和外资银行的短期信用额度，发现外资银行在后一次危机中并没有真正起到稳定金融体系的作用（Lacoste，2005）。在亚洲金融危机期间，在华外资银行的表现证明它们不一定是金融货币体系中的稳定因素。1997 年下半年，在华外资银行在两三个月内就提前收回外汇贷款 5 亿多美元。外资银行的本外币资产置换增加了外汇市场的压力，给当时外汇市场稳定造成了负面影响。在面临国际、国内外部冲击的情况下，外资银行的过度反应可能会影响金融稳定，增加监管当局风险处置的复杂性。

事实上，国际上引入境外战略投资者也不乏反面案例。例如，1998 年捷克政府将 IPB 银行（当时国内第三大银行）36%的股份出售给日本的野村证券，但野村证券旨在获取短期盈利，无意重造 IPB 的治理结构。2000 年，IPB 银行陷入严重的流动性危机，直接损失 13.1 亿美元，捷克政府被迫重新接管该行并转卖给比利时的 CSOB。IPB 银行的教训表明，并非所有的外资金融机构都是能够对国内银行进行有效改造的战略合作伙伴，引进战略投资者应更注重发展战略的一致性和追求中长期回报。

（三）对银行审慎监管的挑战

大量文献强调银行业开放进程中构建有效银行监管体系的重要性。银行业开放给银行监管带来的挑战主要表现在三个方面：

一是境外战略投资者和大型跨国银行通常会通过提供场外交易的衍生产品、结构性债券等大量的新型规避风险的金融工具来扩大市场份额。这些新产品在帮助客户规避风险的同时，也为外资银行逃避东道国监管当局的监管提供了一条途径，特别是在一些金融体系脆弱、监管不够完善的国家里（Garber，2000）。如果监管当局不能及时适应外资银行带来的新产品和新技术，可能会导致监管的改善出现时滞，并使某些衍生品业务在国内处于监管真空的状态。

二是银行跨国经营带来的系统性风险的增大，监管当局不仅需要掌握外资银行在国内的分支机构及子公司的财务状况，还需要密切关注外资银行总行的风险状况和风险抵补水平。如果母行出现重大问题，必然会影响到其在国内的分支机构。监管当局需要了解如果分支机构发生困难或危机时，母银行会在什么时候以及多大程度上给予支持。此外，外资银行为资本外逃提供便利的途径，也可能在市场（不论是东道国还是母国）发生危机时撤出资金，资本外逃和撤资都会破坏国内银行信贷的稳定性。因此，新兴市场国家金融体系的稳定越来越依赖于严格、高效的跨境审慎监管（Song，2004）。伴随着外资银行的进入以及对中资银行的股权投资力度的加大，外资银行正在加速实现与中国银行业的整合，形成较强的关联度与群动效应。一旦大型跨国银行发生严重危机甚至倒闭，将会影响国内金融市场的稳定。提高银行的审慎监管水平是中国金融市场对外开放环境下摆在银行监管当局面前的一个重要挑战。

三是境外战略投资者同时在境内从事银行、保险、投资银行等业务，事实上在从事综合经营。例如，混业经营的荷兰国际集团（ING）在上海、深圳分别设立了分行，取得了商业银行执照。2005 年以 19.01 亿元人民币认购北京银行 19.9% 的股份，成为北京银行第一大股东。同时，它的全资子公司巴林作为投资银行在上海设立了代表处，其基金管理公司和保险公司（荷兰保险和收购的美国安泰保险公司，其中后者已与太平洋保险合资）在北京分别设立了代表处和分公司。此外，荷兰国际集团的资产管理公司还参与国内产业基金的管理。荷兰国际集团的房地产业务也在北京和上海拓展。因此，荷兰国际集团目前在中国实际上可以从事商业银行、B股和H股境外承销、公司理财、直接投资（参股创维集团）、保险、房地产等多种业务。它的市场营销人员面对整个中国市场全方位地推销各类金融产品，寻找商机。它们的业务虽然源于中国境内，但操作和处理环节完全可以拿到中国境外去做。外资银行在境内从事综合经营加大了银行监管的难度。

（四）"摘樱桃"行为，即外资银行会将国内最优质的市场或客户吸引去，将风险较高的客户留给中资银行

从国际经验看，外资银行进入一国后，获取盈利的一个主要策略就是争取高端客户，这通常被称为"摘樱桃"（cherry-picking）行为（Garber，2000），即外资银行会将国内最优质的市场或客户吸引去，将风险较高的客户留给竞争能力次之的国内金融机构。例如，在外资银行大量进入墨西哥后，墨西哥中小企业和中小农户的信贷处于持续萎缩状态，银行对私人企业的贷款占银行总贷款的比重从1997年的57%下降到2003年的35%，中小企业贷款难就成了墨西哥经济发展的主要阻力之一①。

在华外资银行一直以来都将大企业客户和高端客户作为重点的服务对象，此类客户不仅是对银行利润贡献最高的群体之一，也是外资银行和中资银行互相竞逐的焦点区域。外资银行通过其母行可以为客户提供优质高效、方便快捷的全球金融服务，并为高端客户量身定制收益率较高的理财方案，分流了相当一部分中资银行的高端客户。目前最典型的案例是南京爱立信事件。2002年3月，由于中资银行无法为客户提供无追索权的保理业务，南京爱立信公司突然凑足巨资提前归还了南京工商银行、交通银行19.9亿元贷款，转而再向花旗银行上海分行贷回同样数额的巨款，敲响了中资银行优质客户流失的警钟。

---

① 截至目前，尚未有充分证据显示，境外战略投资者或外资银行的进入加大了我国中小企业的贷款难度。相反，外资银行在华中小企业贷款业务近年来有所扩大。渣打银行等外资银行率先在国内开发出针对中小企业的无抵押贷款，无抵押贷款的最高额度由起初的50万元提升至100万元。

五、 政策建议

从全球视角考察可以发现，中国银行业开放程度仍然较低。2007 年底，外资银行资产占我国全部银行业资产的比重为 2.4%，远低于全球 35% 的平均水平。即便与直观上通常认为比较保守的日本（2007 年外资银行资产占 8.5%，境外机构投资入股日本银行业情况见表 8）、新加坡（2005 年外资银行资产占 76%）等国家相比，我国银行业对外资开放的程度也要低得多。

表8　境外机构投资入股日本银行业一览表

分类	银行名称	目前主要外资股东	持股比例
外资 控股银行	新生银行	J.C.Flowers 美国基金	32.6%
	青空银行	Ceberus 美国基金	60.5%
	东京香河银行	龙星基金 美国基金	68.2%
大型 金融集团	三菱日联集团	道富银行及信托公司	1.89%（第五大股东）
		大通曼哈顿银行 NA 伦敦	1.31%（第九大股东）
		外资股东总数：1100	外资合计持股比例：35%
	三井住友集团	大通曼哈顿银行 NA 伦敦	2.49%（第三大股东）
		道富银行及信托公司	1.96%（第五大股东）
		外资股东总数：1058	外资合计持股比例：40%
	瑞穗集团	大通曼哈顿银行 NA 伦敦	1.25%（第五大股东）
		道富银行及信托公司	1.03%（第九大股东）
		外资股东总数：1085	外资合计持股比例：30%
地方性 中小银行 （部分）	冲绳银行	Silchester 英国基金	8.2%
	东和银行	Liberty Square 美国基金	7.3%

资料来源：刘春航（2008）。

在"金砖四国"中，巴西、俄罗斯、印度外资银行资产占本国银行总资产比重分别为 22%、8.3%、7%，我国的外资银行资产占比最低（参见图 1）。这在某种程度上与我国长期以来重视货物贸易自由化，审慎推进资本和服务业自由化的政策导向密切相关。金融改革开放进程过慢引发了许多不良后果，导致了巨额的不良资产和严重的道德风险，给国家和社会带来了沉重负担（郭树清，2006）。日本的教训表明，服务业劳动生产率的提高对于一国经济的可持续增长和经济均衡发展至关重要，封闭的、低效的服务业（包括金融业）会严重损害一国经济[①]。

---

① 日本内阁府2007年的一项调查显示，日本的制造业和计算机软件等IT相关行业的劳动生产率和美国不相上下，但服务业的劳动生产率只相当于美国劳动生产率的60%，这种状况损害了日本经济的稳健发展。

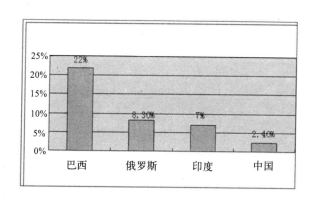

图1 "金砖四国"外资银行占本国银行总资产比例比较

资料来源：IMF 报告、银监会年报等，其中巴西数据为 2003 年，俄罗斯数据为 2005 年，印度和中国的数据为 2007 年。

从成本收益分析看，我国银行业对外资开放利多弊少。在开放进程中，开放的目标函数应是最大化收益，最小化风险，即通过对开放进程、方式、技术的管理，尽可能获得最佳收益成本比。针对境外战略投资者进入所带来的风险和挑战，本文提出以下九项政策建议：

（一）进一步把握好开放的节奏，审慎开放股权

过去三十年来，我国银行业开放所积累的一条重要经验是：银行业开放的进程要与我国的监管能力、市场承受能力相适应。从我国银行业开放的风险控制看，对开放进程的控制和把握是其中的关键要素。可以预见，随着我国经济的持续发展和金融服务需求的快速增长，外资会持续进入银行业，银行业跨境并购活动将可能非常活跃，这将涉及金融稳定、金融安全、资本账户开放、人民币汇率等重大问题。为了审慎把握银行业开放的进程，建议：

1. 鉴于我国银行业的稳健性尚待检验和进一步提高，资本账户的开放应循序渐进，短期跨境资金流动的开放应相当谨慎。亚洲金融危机的教训之一就是，在本国金融体系存在强烈的政府担保、银行监管薄弱无力的状况下，过早地实行了资本项目自由化（Kaminsky 和 Reinhart，1999）。我国当前外汇储备充足、国际收支持续盈余，但这些都远非资本项目完全开放的充分条件，建议在遵循整体渐进、分步实施的原则下，先放开长期资本流入，再逐渐有控制地审慎开放短期资金流出入。

2. 协调推进银行业改革和开放。充分协调银行业改革、监管与开放的关系，把中资商业银行竞争力和银行监管能力作为决定银行业开放程度的重要考虑因素和制约

159

条件。银行业对外开放的目标是提高中资银行的竞争力，提高金融资源配置效率。在银行业开放问题上，新加坡政府就明确提出，必须确保开放能够提升本国银行的市场竞争力（Lee，2001）。新加坡金融管理局认为，开放带来的竞争不能自发地解决所有问题，政府需要前瞻性地管理竞争，采取措施帮助本国银行迎接竞争挑战，不断发展壮大，如果开放削弱了本国银行的竞争力和市场地位，开放就是失败的。

3．坚持对内开放与对外开放的统一。尽管境外战略投资者在改善银行治理结构和提升业务竞争力上具有特定优势，但国内战略投资者也具备投资稳定、文化认同、尤其是有"竞争回避"的优势。随着国内资本市场的发展和公司治理的完善，应该继续赋予国内合格的战略投资者更多的投资机会。

4．关于外资入股中资银行的比例限制，可采取按照中资银行的影响力和重要性区别对待的政策。对于四大国有商业银行的外资持股比例目前应该维持单个境外投资者不得超过20%、多个境外投资者不得超过25%的比例限制。对于落后省份或问题银行，主要包括中小城市商业银行、农村商业银行、农村合作银行等，则可以将持股比例适度放宽，甚至个案允许外资银行收购境内问题银行。

5．无论如何，各地方政府不应再给予外资入股或设立外资银行以任何优惠政策。例如，武汉市政府2008年1月公布了《促进外资金融机构来汉发展的政策意见》，设立支持外资金融机构发展专项基金1亿元人民币，专项用于鼓励、支持外资金融机构发展；对在武汉新设外资金融机构给予400万～1 000万元人民币的一次性奖励；对于新设外资银行在汉购买、租赁办公房屋给予补贴和优惠；对新设外资银行给予大幅税收优惠等政策。从全国统筹的角度看，地方政府的优惠政策应避免由于"过度竞争"和公共资源、公共利益的不当让渡，造成新的中外资不平等的竞争环境；应避免与国家对东北、中西部、"三农"等实施的区域发展政策产生矛盾或不协调。

6．随着我国开放进程的推进，有必要研究和关注开放式保护主义，做到既积极开放，又适当保护。开放式保护主义是指一国政府一方面保持市场总体对外开放的大环境，另一方面又根据本国利益的需要，以公益性、社会性、程序性等类非商业性诉求为依据，以制定专项法规、形成定向约束、设计特殊管理体系等为手段，以对国外竞争者设置制度化市场障碍为目的，在维持甚至扩大国内市场整体开放的同时，实现对局部市场的特定保护（姜建清、赵江，2003）。美国对金融业的保护就是典型的开放式保护主义模式，其一直在金融业实行亦明亦暗、亦放亦收、既竞争又保护的政策。这种开放式保护主义思想，以及按照这一思想推行的开放式金融保护主义政策，值得我国学习、研究和借鉴。

（二）建立金融安全审查机制或听证制度

美国、加拿大、法国、日本、印度、新加坡等国家都通过立法等形式，确立对外资并购本国企业的审查机制。以美国为例，1957 年，美国政府即颁布行政命令，组建美国外国投资委员会（CFIUS），对外资特别是来自中东国家的企业投资进行国家安全审查。1988 年，美国国会出台了《埃克森—佛洛里奥法》，限制外资对美国资产进行并购，授权总统及 CFIUS 对外资投资或收购美国企业进行国家安全审查。2007 年 7 月 26 日，美国国会又发布了《外国投资与国家安全法》，进一步提高了外资并购美国公司的安全门槛，增加了国家安全方面的限制性解释，包括购并案件是否有外国政府控制，购并企业所在国在不扩散、反恐、技术转移等方面的记录以及购并对长期能源、关键资源需求的影响等。2008 年 4 月，美国财政部又发布了《外国人兼并和收购管理条例》(Regulations Pertaining to Mergers, Acquisitions, and Takeovers by Foreign Persons) 征求意见稿，准备就执行和实施《外国投资与国家安全法》进一步作出明确规定。近年来，中海油公司并购美国优尼科石油公司、迪拜港务公司收购美国 6 家港口管理公司等并购案例都因没有通过美国外国投资委员会的审查而被迫放弃。

长期以来，我国在外资并购国内企业的安全审查立法上几乎空白。最近几年，外资并购的安全问题才开始得到关注。2006 年，商务部、国务院国有资产监督管理委员会、国家税务总局、国家工商行政管理总局、中国证券监督管理委员会、国家外汇管理局等六部门制定并下发的《关于外国投资者并购境内企业的规定》第十二条规定："外国投资者并购境内企业并取得实际控制权，涉及重点行业、存在影响或可能影响国家经济安全因素或者导致拥有驰名商标或中华老字号的境内企业实际控制权转移的，当事人应就此向商务部进行申报。当事人未予申报，但其并购行为对国家经济安全造成或可能造成重大影响的，商务部可以会同相关部门要求当事人终止交易或采取转让相关股权、资产或其他有效措施，以消除并购行为对国家经济安全的影响。"国家发展和改革委员会 2006 年 11 月发布《利用外资"十一五"规划》则指出，我国将加强对外资并购涉及国家安全的敏感行业重点企业的审查和监管，确保对关系国家安全和国计民生的战略行业、重点企业的控制力和发展主导权。2007 年 8 月 30 日颁布，2008 年 8 月 1 日起施行的《中华人民共和国反垄断法》第三十一条规定："对外资并购境内企业或者以其他方式参与经营者集中，涉及国家安全的，除依照本法规定进行经营者集中审查外，还应当按照国家有关规定进行国家安全审查。"这是我国首次在经济立法中出现有关国家安全的条款和表述。

为了推动金融安全审查机制的相关立法，一种方案是制定适用于金融、军工、能源、电信等各类行业的、统一的外国投资安全法或外国投资安全条例；另一种方案是制定专门的国家金融安全法或国家金融安全条例，相比较而言，第一种方案即制定统一的外国投资安全条例似乎更加可行，条例的主要内容应包括需要进行投资安全审查的情形、审查的原则、审查的程序、法律责任等。建议条例明确，在国务院领导下成立外国投资安全委员会，该委员会的主要职责是对外资投资入股国内企业进行国家安全审查，对某些可能危害国家经济安全的事项实行主动性介入和审查；有权阻止外资投资入股国内企业。对于特别重大的并购项目，还可以引入听证会机制。金融行业的并购申请既可以由统一的外国投资安全委员会审查，也可以考虑到金融行业的专业性和特殊性由单独设立的金融安全审查委员会审查。

需要强调的是，对待金融安全问题，应该注意避免陷入两种极端：一种极端是忽视金融安全问题，认为既然改革开放了，市场公平竞争，自由交易，对金融安全丧失了警惕；另一种极端是僵化理解金融安全，只顾安全不求效率，甚至妖魔化外资，并以此对开放政策质疑。因此，一方面要在金融领域的跨境并购中引入国家安全审查机制，另一方面又不能使之成为金融业改革开放的障碍。相反，为了保障金融安全，应继续推进金融业的改革开放（成思危，2007）。

（三）加强对拟引进境外投资者的甄选

后评价分析和相关研究表明，中资银行所引进的战略投资者的实力、合作意愿、技术援助力度、合作关系等直接影响着中资银行的引资效果和业务转型。在选择战略投资者时，应该重点遵循以下原则：

1. 在明确自身战略定位和战略目标的基础上，选择最有利于实现本行战略目标、最符合本行战略定位的境外战略投资者作为合作伙伴。其要义在于两方面：一是双方在经营发展战略上的一致性，可以减少战略融合成本和风险，更能确保外方作为"战略投资者"的稳定性；二是讲求"优势强化"，而不局限于"优势互补"，有利于在日趋激烈的竞争中巩固已有的市场地位，并通过双方合作不断开拓国内国外两个市场（刘勇，2006）。在引进境外战略投资者时，要特别重视战略合作双方的匹配性，总体原则是要有利于产生协同、互补、共赢效应，以有效调动战略合作双方的积极性，深入挖掘合作潜力和不断拓展合作领域，使战略合作收到长期成效。例如，如果中资银行未来的业务发展重点在个人业务，则应该选择一家在个人业务领域拥有专长和优势的合作伙伴。

2. 中资银行在选择引资对象时应因行制宜、因时制宜，保持足够的自主性和理性，选择与自身发展战略和企业文化较易融合的银行，不应局限于超大型境外金融机构，应该把一些具备业务专长、适合本行的中上等乃至中等银行纳入视野。同时，很多中上等规模银行在华尚未设立分支机构，与之股权合作更能实现"竞争回避"。

3. 境外战略投资者要真正具有长期投资意愿和承诺。战略投资者给入股银行带来的积极效应要通过较长一段时间的援助、输入和流程改造，才能逐渐显现。只有与入股银行长期合作，战略投资者才有可能积极帮助入股银行改善公司治理，实现技能转移。另外，与普通工商企业相比，银行要具备更稳定的股东关系和资本结构才能实现持续稳健经营。在引进境外战略投资者时，要特别重视战略合作关系的相对稳定性。因此，中资银行应选择那些具有长期投资承诺的境外战略投资者进行合作，以免其在有利于自身利益时出售股份而退化为财务投资者和投机者。从过去五年的实践看，要求战略投资者入股中资银行至少锁定三年的时间可能偏短，从不少国家情况看，境外机构入股银行的时间一般为五年。建议有关部门将战略投资者的持股期限从至少三年调整为五年乃至十年，同时，应要求境外战略投资者在资金撤出后，将业务合作和技术援助再延续一年至三年时间。

4. 境外战略投资者要具有帮助拟入股银行提高经营管理水平的明确意愿，合作态度要真诚可靠。引入境外战略投资者的主要目的是引进技术、智力和机制，这就要求在甄选境外投资者时要格外关注其是否具有帮助本行改进经营管理水平的良好意愿和动机。成功的合作通常要建立在充分理解、相互尊重的基础上。境外战略投资者合作的诚意和强烈程度是决定后续合作成功与否的重要因素，应该予以特别关注。

（四）进一步改进引入境外战略投资者的引资方式、股权定价等技术细节

尽管广发行重组曾经一波三折，但它探索出的全新引资模式值得后续银行借鉴。与以往的银行业重组不同，广发行重组方案不是由国家先注资，在财务指标改善后再引资。其方案之一，是采取由外资先报价的方式，持股比例、控股权、管理权都向竞标财团敞开，由外资自行提出入股金额和"门票费"。此外，在筛选战略投资者和股权定价上，建议今后逐渐引入拍卖和招投标方式，完善银行股权转让的价格发现机制。一段时间以来，国内银行在战略投资者筛选上通常只选择少数或单一入股对象，然后进行竞价，尽管这种方式因目标明确、成本低而在国际上也被广泛采用，但其缺陷是可能因竞价不充分导致股权价格被低估。在中国建设银行、中国银行等已有经验的基础上，今后银行引入境外战略投资者应逐渐建立多方询价渠道和多方竞价平台，引进股权拍卖和招股投标方式。国内商业银行在引进境外战略投资者时，要充分了解境外战略投资者时价值观和投资意图，事先评估境外战略投资者对发展战略带来的可能的干扰，完善在持股比例、竞业限制、退出机制等方面的协议条款，为实施战略提供保障。

为了达到引进技术、智力和机制的目的，中资银行应该与境外战略投资者签署详细的技术支持与协助协议，约定境外投资者在哪些领域、哪些业务条线、哪些产品给入股银行提供何种程度的技术支持和援助，同时在业务合作条款中也要制定明确的进度安排条款和违约责任。对于一些核心技术的转让在相关协议中也要详细约定。

（五）妥善处理国际化与本土化的关系，构建和强化本土化核心竞争力

境外投资者的价值判断、战略选择、管理经验等往往基于发达国家或地区成熟的市场经济体系，以及与之相匹配的信用环境。简单照搬国际标准或国际惯例，忽视我

国作为新兴转轨市场经济国家金融发展的特定阶段，会极大地限制战略协同效应的发挥，甚至阻碍中资银行的改革和发展。从过去五年的实践看，部分境外战略投资者对推进适应于本土化的、属于入股银行自身的核心能力和核心竞争力建设不够重视。境外战略投资者的支持通常局限于移植自身模式和派出人员，而轻视培养中方的经营管理人员，不能积极支持、配合中方管理人员结合中国实际情况构建适应本土化需要的、能促进业务发展的管理模式、人力资源和基本客户群。例如：在某中小银行业务量、产品线、机构网点还十分有限的情况下，境外战略投资者全盘引入了该行母行的矩阵式组织管理模式，同时不重视培养熟悉本土市场的中方高中级管理人员，而是直接从母行派驻没有总行部门经营管理经验的管理人员来掌控该行的核心业务条线。此外，一些境外战略投资者的银行反映，由于国情、经营管理水平及市场环境等方面的差异，外方提供的建议和培训较多，有针对性的实际解决方案少。一些经营管理理念非常先进，但由于市场环境及客户环境的差异，以及我国经济基础薄弱、金融生态环境落后，导致短期内不具备实施基础；还有一些得到认可与接受的经营理念，由于缺乏具体的实施操作办法，暂时无法落实。

因此，在引入境外战略投资者过程中，要妥善处理好国际化与本土化之间的冲突，在积极借鉴境外金融机构先进服务理念、管理经验及经营模式的同时，要对其管理和技术进行充分研究，研发出更适应国内市场需求的产品、更适应未来发展的技术、更具有自身特色的经营理念和管理经验，在"国际化"与"本土化"之间寻找平衡点。国内商业银行要意识到，最终依然要依靠自主创新来掌握市场竞争的主动权。因此，中资银行要积极提高自主创新能力，尽快消化吸收境外战略投资者先进的国际经营理念、技术、流程，在此基础上，结合我国的市场特点和竞争状况，生成本土化的经营机制、业务流程和金融产品。

（六）妥善解决境外战略投资者存在的利益冲突问题

现在的境外战略投资者中，一方面在一家或两家中资银行中持有股权，另一方面又在我国境内设有子行或分支机构。随着我国银行业对外开放的不断扩大，目前对外资银行的各种限制已经取消，外资银行可以通过开设法人银行或分行的形式从事全面或部分人民币业务。例如，花旗银行在上海设有子行，可以经营全面人民币业务，同时又先后入股了上海浦东发展银行和广东发展银行。这些子行或分支行在主营批发业务的同时，也在不断拓展零售业务，客户定位于母国公司、我国境内的外资企业以及中资涉外企业。随着银行市场竞争日趋激烈，境外战略投资者在华的子行或分支行与其入股的中资银行的局部利益竞争将难以避免。

当一家战略投资者投资两家以上同质中资银行时，很可能使得被入股的中资银行有同样的业务结构或客户群体，从而出现利益冲突。目前，国际金融公司共入股 8 家中资银行，包括南京银行、上海银行、兴业银行、北京银行、中国民生银行等；淡马锡入股了3家银行，包括中国银行、中国建设银行、中国民生银行。不少中资银行反映，在"一投多"的情况下，外方投资者的技术资源和人力资源往往显得捉襟见肘，合作协议中的很多项目不能得到有效落实。例如，汇丰银行入股交通银行后，对上海银行的支持力度有所减弱，上海银行在汇丰银行战略发展中的地位和作用也日趋弱化。

为了妥善解决外资入股中资银行中存在的利益冲突问题，可以考虑引入以下机制和措施。第一，在甄选合格的境外投资者时，拟引资银行应该深入了解本行在外资银行在华整体战略中的地位和作用，详细了解外资金融机构准备如何处理入股中资机构与发展自身网络的关系，如何处理两者之间的竞争关系。第二，严格执行合作协议中签订的竞争回避条款，让外方退出容易引起利益冲突的业务条线。例如，美国银行入股建行后，即将其上海分行的零售业务移交给建行上海分行，终止了在华的零售业务。第三，可以借鉴中国工商银行的做法，引入投资银行、保险公司等非商业银行型投资机构。但工行的引资模式对中小银行并不具有普适性，引入非商业银行合作伙伴对于中小银行改进业务运营模式和流程难以发挥积极和实质性作用。第四，一家战略投资者入股的同质银行不宜超过两家的限制应该得到严格执行。

（七）进一步关注文化融合问题

很多银行在引入境外战略投资者后，暴露出合作双方的文化上的冲突，中外方高管和职员在文化背景、沟通交流方面存在的问题逐渐显露。

一是语言障碍大，严重影响了管理决策的效率。很多境外战略投资者派驻的外方高管、董事和技术人员不懂中文，为了协助外方更好、更高效地工作，很多银行专门为外方配置了队伍庞大的翻译，多的达到30多人。在有外方参加的会议中，往往需要事先准备好双语资料，在需要翻译较多会议文件的时候导致会议时间的被迫拖延。同时，由于不可能所有会议都能达到同声传译效果，外方发言的时间往往会影响会议时间，这些都会使决策时滞延长。尽管配备了翻译，但在讨论很多专业问题时，由于项目的专业性和讨论的深度，中外方人员的交流仍存在较大困难，客观上降低了合作项目推进的效率。

二是东西方文化和思维差异较大。例如，外方习惯于照章办事，国内不少银行一直以来则习惯于特事特办，往往需要对一些紧急业务或紧急情况进行临时决策，很容易使外方产生反感情绪。特别是在没有事先准备文字材料的情况下，会导致决策效率更为低下。另外，外方专家在银行经营管理技术方面均拥有较深的造诣，同时银行工作经验丰富，但由于其来华时间较短，对市场环境的了解还不充分，对中方员工队伍的适应能力和执行能力预期过高，并常常坚持技术手段的普适性，因此其项目建议常常缺乏实施的现实基础。另一方面，中资银行项目管理人员和业务骨干往往强调自身实际情况，对技术项目的转化能力不够，不能及时根据实际情况对项目设计进行改造，提出系统、有效的本土化方案，影响了合作项目的深入实施。

总之，由于中外双方的国情、社会制度、文化背景、经营理念、技术水平、管理方式等方面的不同，加大了双方融合的难度。一方面要加强了解沟通，加速双方磨合；另一方面又要通过制度建设，不断探索建立良好的沟通机制。例如，可以考虑通过设立专门负责合作的部门或项目办公室的方式，建立双方高层定期碰头、互访、经常交换意见的制度，不断推进双方的合作力度和深度。

（八）　银行监管部门要进一步加强对引入境外战略投资者的效果评估，加大督导力度

1．监管部门应及时跟踪和评估引入战略投资者的实际效果，建立持续的后评价机制。针对发现的问题和普遍的不足，指导中资商业银行有针对性地对引资和合作中的问题加以关注和改进。对申请再次入股中资银行的外资银行，应充分评估其此前已入股中资银行的实际效果，据此决定核准与否或设置附加的审批条件，真正引入对提升中资银行经营管理水平有明显帮助的战略投资者。

2．建议相关监管部门进一步考虑补充完善引进境外战略投资者的指导性原则与指引，就引进境外战略投资者过程中涉及的境外战略投资者标准、股权结构安排、定价、排他性、反稀释条款等一系列具有共性的问题，出台有针对性的指引意见和最佳做法。为加强集中撤资的风险管理，可以考虑进一步延长持股年限、增加减持条件、只允许股份分步减持等。

3．相关监管机构应提高境外战略投资者提名担任中资银行高级管理人员的任职核准条件。一是要求派驻的高管应具备较高的专业水平、丰富的经营管理经验并在海外担任过相对称的高管职位；二是考虑到语言文化的重要性，应要求派驻的高管会流利地使用中文进行交流，了解中国文化，熟悉中国的市场和法律。

4．更普遍地利用市场化机制选聘银行高管。与建立现代化公司治理机制不相适应的是，国有银行改革中用人机制，改革缺失（胡祖六，2004）。大部分银行只是在裁撤一些分支机构和减少部分冗员，并没有触及传统用人机制尤其是行长、副行长、执行官等高管人事制度。尽管不少银行在尝试从国际市场上招聘高管专才，包括副总裁、首席风险官、首席运营官等，但这种市场遴选人才的范围还不够广，还未形成主流的人才选聘机制。如何具体落实党的十六届三中全会提出的"要坚持党管干部原则，并同市场化选聘企业经营管理者相结合"，是今后摆在国有银行改革议程上的一项重要议题。上述问题最终会影响银行的财务绩效。

（九）业务合作中衍生产品不当销售或收取超额费用等问题值得关注

中外资银行合作中存在的普遍的现象是，作为外资股东的外资银行积极向入股中资银行销售衍生产品。为了转移部分信用风险或市场风险，从外方合作银行中按照公允价格购买部分衍生产品，自然无可厚非。然而，外资银行能否以公允价格向中资银行出售适合其入股银行风险特征的衍生产品则是值得关注的一个风险点。在合作中，部分外方机构为了推销总部研发的衍生产品并从中赚取丰厚利润，有可能会从事不当销售：即将复杂衍生产品出售给中资银行用以规避本来可以通过简单衍生产品就可以规避的风险。中资银行在购买衍生产品时，应该选择最适合自己的衍生品，而不是最复杂的产品；同时要坚持通过多边询价，以公允价格达成交易。另外，个别境外战略投资者向入股银行收取超额业务费用的现象也值得警惕。部分银行委托境外战略投资者代理国际业务时，外方合作伙伴全然不顾双方的特殊合作关系而收取超额费用，导致中资银行此类业务中出现亏损。

综上所述，银行业开放是我国银行业发展战略的一个重要组成部分，但不能替代发展战略本身。引入境外战略投资者对我国银行业重组改造无疑意义重大，但在整个银行业改革的路线图中，引入境外战略投资者只是其中的一个环节、一个组成部分，不能指望境外战略投资者进入就能解决我国原有银行体制中的所有痼疾。例如，从目前的实践看，引入境外战略投资者有助于改善公司治理，但不能决定最终的公司治理成效。此外，国有银行改革的成效在相当程度上取决于政府能否做到以市场化的方式行使对商业银行国有股权的管理——诸多实践证明这是最有效的模式。

最恰当的做法是将境外战略投资者定位为银行改革的催化剂。催化剂能改变（加速或减慢）其他物质的化学反应速率，但能否发挥作用、能在多大程度上发挥作用取决于化学反应（银行内部改革）的性质。银行业改革最终能否成功取决于中国能否把外部先进的理念、制度、技术与本土的市场、人才、文化有机融合起来，形成真正本土化的银行业发展策略。

部分主要参考文献：

Berger, Allen N., 2006, Bank Ownership and Efficiency in China: What Will Happen in the World's Largest Nation? www.frb.gov .

Brock, Philip L., and Suarez,Liliana Rojas, 2000. Understanding the Behavior of Bank Spreads in Latin America, Journal of Development Economics, 63, 113–134.

Caprio, G. and Honohan, P., 2000. Finance for Growth: Policy Choices in a Volatile World. World Bank, Washington DC.

Claessens, S., Demirgü-Kunt, A., Huizinga, H., 2001. How does foreign entry affect the domestic banking market? Journal of Banking and Finance, 25, 891–911.

Demirgüç-Kunt, A., Levine, R. and Min, H.-C., 1998, Opening to Foreign Banks. Issues of Stability, Efficiency, and Growth. In: Seongtae Lee (ed.) The Implications of Globalization of World Financial Markets. Bank of Korea, Seoul.

Denizer, C., 1999. Foreign entry in Turkeys banking sector, 1980–1997, Unpublished manuscript, IFC/World Bank.

Goldberg ,Linda, 2004. Financial FDI and Host Countries: New and Old Lessons, NBER Working Paper No. 10441.

Kroszner, R., 1998. On the political economy of banking and financial regulatory reform in emerging markets, Unpublished manuscript.

Levine, R., 1996. Foreign banks, financial development, and economic growth. In: Song ,Inwon, 2004. Foreign Bank Supervision and Challenges to Emerging Market Supervisors, Working paper, International Monetary Fund, No. 04/82.

Uiboupin,Janek, 2004. Effects of foreign banks entry on bank performance in the CEE countries. University of Tartu - Faculty of Economics and Business Administration Working Paper No. 33.

郭树清：《积极稳妥地推动中国金融业进一步对外开放》，《国际经济评论》，2006年第4期。

胡祖六：《关于政府参/控股商业银行治理的国际经验与启示》，《比较》第12辑，中信出版社，2004年5月。

姜建清、赵江：《美国开放式金融保护主义政策分析——兼论开放式保护主义》，《金融研究》，2003年第5期。

刘春航：《日韩银行业对外开放政策、绩效及启示》，2008年打印稿。

吴晓灵：《中国动产担保物权与信贷市场发展》，中信出版社，2005年。

张杰：《注资与国有银行改革：一个金融政治经济学的视觉》，《经济研究》，2004年第6期。

张晓朴：《如何应对中国银行业对外开放面临的挑战》，《国际经济评论》，2006年第4期。